W0281118

Kavita Daswani

Love happens

EUROPA VERLAG

Aus dem amerikanischen Englisch von Claudia Wuttke

Kavita Daswani

Love happens oder Heirat auf *indisch*

Roman

Europa Verlag
Hamburg · Wien

Originalausgabe:
»For Matrimonial Purposes«
G. P. Putnam's Sons, New York 2003
© Kavita Daswani, 2003

Deutsche Erstausgabe
© Europa Verlag GmbH, Juli 2003
Umschlaggestaltung: Kathrin Steigerwald, Hamburg
Satz: Pinkuin Satz und Datentechnik, Berlin
Druck und Bindung: GGP Media, Pößneck
ISBN 3-203-76025-8

Informationen über unser Programm erhalten Sie beim
Europa Verlag, Neuer Wall 10, 20354 Hamburg
oder unter www.europaverlag.de

Erster Teil

Erstes Kapitel

»Die gewöhnliche religiöse Hochzeit wurde und wird noch immer nach langen Beratungen, der Auswertung von Horoskopen, dem Zusammentragen günstiger Vorzeichen sowie der Übereinstimmung gewisser vielversprechender körperlicher Eigenschaften von den Eltern der Brautleute arrangiert ... Während der Mann mindestens zwanzig Jahre alt sein sollte, sollte die Frau kurz vor ihrer Pubertät verheiratet werden.«

A. L. Basham in: *The Wonder that was India*

Meine Großmutter wurde zwei Tage vor ihrem zehnten Geburtstag verheiratet. Meine Mutter fand ihren Mann mit zwanzig. Wenn ich also davon ausging, daß sich das akzeptable Alter zum Heiraten mit jeder Generation um zehn Jahre nach hinten verschob, dann hätte ich mein Jawort spätestens mit dreißig geben müssen.

Inzwischen war ich aber schon dreiunddreißig und weit davon entfernt, in den heiligen Stand der Ehe zu treten. Genau dieser Umstand, über den niemand in meiner Familie besonders glücklich war, trübte die Freude ausgerechnet auf der Hochzeit meiner zweiundzwanzigjährigen Cousine Nina und führte dazu, daß sich der bis dahin zurückgehaltene Unmut schließlich Bahn brach.

Nina war, wie man bei uns sagte, »über das Seil gesprungen«. Sie war bedeutend jünger als ich, und doch heiratete sie vor mir. Andererseits, hob Ninas Mutter bei der Gelegenheit hervor, wie lange glaubte eine Frau denn auch, warten zu können?

Ich bemühte mich, zu lächeln und ein glückliches Gesicht zu machen. Nicht daß ich unglücklich gewesen wäre. Lediglich die Hitze machte mir an diesem schwülen Maiabend zu schaffen, und ich war ein wenig nervös, zumal ich bemerkte, wie sich unter meinen Achseln auf dem Stoff meines Sari feuchte, silbergraue Halbkreise abzuzeichnen begannen. Ich hätte mir doch das Deo besorgen sollen, das mir mein Hautarzt empfohlen hatte – es hätte die Schweißbildung mindestens um die Hälfte reduziert, wenn nicht ganz unterdrückt. Statt dessen mußte ich nun die Oberarme an meinen Körper pressen, um die verräterischen Flecken zu verstecken. Mein Sari und die dazu passende Bluse waren in einem Blaßrosa gehalten – nicht gerade eine Farbe, um Schweiß zu kaschieren. Es war ein cremiges, zartes Rosa, das an den perlmuttenen Schimmer von Muscheln erinnerte oder an die Haarbänder kleiner Mädchen. Knapp sechs Meter Stoff waren um meinen fitneßstudiogestählten Körper gewickelt, geheftet und gekräuselt, was mich nach meinem Dafürhalten wie ein rotleuchtendes, gefülltes Omelett aussehen ließ. Das zumindest gab ich jedem zur Antwort, der mir vorschwärmte: »Wie hübsch du heute bist, Anju!«

Den ganzen Abend war ich hektisch damit beschäftigt gewesen, den Sitz der Blumen in meinem Haar zu kontrollieren. Sie waren nicht echt, sondern aus Papier, erstanden in einer dieser Bretterbuden, die es in Bombay an jeder Straßenecke gab, und die einzelnen Blüten waren kaum halb so groß wie ein Fingernagel. In meiner aufwendigen Hochfrisur steckte mindestens ein Dutzend davon. Das war nicht gerade meine Vorstellung von dezentem Chic. Aber mein Friseur hatte darauf bestanden: »Deine Cousine heiratet. Da brauchst du etwas Schmuck.«

Zum Glück war dezenter Chic auch nicht das Gebot der Stunde im Jhulelal-Tempel, in dem Nina in Anwesenheit von dreihundert Menschen – die meisten von ihnen hatte sie nie zuvor gesehen – ihrem Zukünftigen in Kürze das Jawort geben sollte. Ich fühlte mich unwohl, exponiert mit den anderen Angehörigen vorn bei der Braut zu stehen, ich, die ältere, unverheiratete Cousine, und ich war mir der neugierigen Blicke der Leute durchaus bewußt – sicher, sie wollten sehen, was ich anhatte, mehr noch aber wollten sie herausfinden, ob sich in meinem Gesicht ein Anflug von Schmerz oder Eifersucht abzeichnete, wo doch schon wieder eine jüngere Verwandte von mir heiratete. Ich schloß meine Augen für einen Moment, atmete tief ein und fand meine Mitte, wie man es mir jeden Mittwoch in meinem Hatha-Yoga-Kurs zeigte. Darauf wurde mein Lächeln ein wenig breiter und blieb es auch während der ganzen Zeremonie.

»Du bist die nächste«, flüsterte meine Tante Mona, die zweite Cousine meiner Mutter, mir ins Ohr. Sie grinste mich an und offenbarte dabei zwischen den Schneidezähnen eine Lücke in der Größe Ost-Timors. So unattraktiv der Anblick auch war, galt dieser Spalt doch als Symbol des Glücks. Jeder Gesichtsleser, der sein *Chapatti*-Brot wert war, wußte, daß je breiter die Lücke, desto großzügiger Fortuna. »Mach dir keine Gedanken, *Beti*, es wird nicht mehr lange dauern, und dann bist du an der Reihe«, sagte sie und klopfte mir dabei tröstend auf den Rükken. »Armes Mädchen. Jetzt heiratet schon wieder eine deiner Cousinen vor dir. Aber mach die bloß keine Sorgen, Gott wird deine Gebete erhören. Es ist alles nur eine Frage des Karmas. Ts, ts, ts.« Ich lächelte höflich, wie ich es in all den Jahren gelernt hatte, und wunderte mich insgeheim, daß sich mein Selbstbewußtsein in den vergangenen Tagen noch nicht vollständig in Luft aufgelöst hatte. Seitdem ich vor einer Woche in Bombay angekommen war, war mir vieles zuteil geworden: Rat, Zuneigung, Mitgefühl, am häufigsten aber Mitleid und Trost. So wie jetzt von Tante Mona, die mir ihren Zuspruch mit einer solchen Grabesstimme zuraunte, als hätte man soeben Multiple Sklerose bei mir diagnostiziert. Meine Verwandtschaft kam keine Sekunde auf die Idee, mich nach meinem spannenden, unabhängigen Leben in New York zu fragen, was ich dort tat, wer meine Freunde waren, ob ich ein Ticket für das Broadway-Stück »The Producers« erstanden hatte, als Matthew Broderick und Nathan Lane noch mitspielten.

Statt dessen wurde ich unablässig gefragt, warum ich noch nicht verheiratet war.

Ich wandte mich wieder Nina zu, die in ihrem Traum von Hochzeitssari wirklich hinreißend aussah. Er war ebenfalls rosafarben, aber ihr Rosa war ein viel festlicheres: satter, kräftiger, dunkler, aufwendig mit Gold bedruckt – es war das Gewand einer Braut. Um ihr in der Mitte gescheiteltes, glänzendes schwarzes Haar hatte sie ein Tuch aus dem gleichen Stoff gelegt, und ihre makellose weiße Stirn war mit winzigen roten Punkten bemalt, die sich in Bögen um ein aus Gold und Diamanten gefertigtes Bindi schmiegten. Mit einer ihrer großzügig mit Henna gefärbten Hände strich sie sich eine Strähne zur Seite, die ihr über die halbgeschlossenen Augen gefallen war. Nina betete, benommen von der Hitze und dunkelrot im Gesicht. Sie und ihr Bräutigam saßen – ihre Eltern jeweils neben sich – vor einem hellen, orangezüngelnden Feuer, beide tief in Gedanken versunken, während der Priester unserer Familie, der Maharischi Girdhar, einen Endlosmonolog auf Sanskrit vor sich hin murmelte, den außer ihm niemand verstand.

Die Zeremonie war fast vollzogen, und was jetzt noch folgte, war seit jeher mein absolutes Lieblingsritual: Der Bräutigam tauchte seinen Finger in eine Schale mit *Sindoor*, rotem Zinnoberpulver, und strich damit den Scheitel seiner Braut entlang, als wollte er sagen: »Du gehörst jetzt mir. Wir sind füreinander bestimmt.« Dabei sah er sie mit einem Blick an, aus dem nicht unbedingt Liebe sprach und auch keine Ergebenheit, mir kam es eher wie eine Mischung aus Stolz und furchtsamer Scheu vor. Aber was auch immer genau es war, es wirkte aufrichtig, aus Dankbarkeit geboren. Zudem schien er erleichtert. Er hatte es geschafft, er hatte die perfekte Frau gefunden. Nun würde der Spaß losgehen, und später würden sie ihre erste gemeinsame Nacht verbringen, sich sogar zum ersten Mal küssen.

Der Bräutigam hatte Ninas Herz erobert, ohne sich wirklich

darum bemüht zu haben. Sie erlag seinem Aussehen, seiner Größe (er war einen Meter achtzig), seiner umgänglichen, zuvorkommenden Art. Es war ein abgekartetes Spiel. Sie haben sich zweimal getroffen und verlobten sich. Das war vor fünf Wochen.

Das Paar stand auf, bereit, sich zu umarmen und die Ringe auszutauschen. Nina senkte den Kopf vor ihrem frischangetrauten Ehemann, der sie aufgeregt wie ein Archäologe betrachtete, der soeben über einen besonders seltenen Fund gestolpert war, den er kaum abwarten konnte zu untersuchen. Innerhalb von Sekunden waren die beiden von einer Traube Gratulanten umringt, die sie herzten, küssten, ihnen die Hände schüttelten, in erster Linie jedoch, um aus der Nähe einen Blick auf die Kette zu erhaschen, die Ninas Eltern ihr geschenkt hatten, und die genaue Anzahl Karat des Diamantrings abzuschätzen, den Ninas Bräutigam ihr auf den schlanken Finger ihrer linken Hand geschoben hatte.

Auch für mich war es an der Zeit, mir den Weg durch die Menge zu dem Paar zu bahnen. Die Gerüche vermischten sich, und ich hatte das Gefühl, mich in einer Wolke aus Schweiß, Kurkuma, *Paan*-Blättern und Pantene-Haaröl zu bewegen, hier und da glaubte ich auch einen Hauch des einst beliebten Parfüms »Charlie« wahrzunehmen, das jemand fünfzehn Jahre in seinem metallenen Küchenschrank der Marke Godrej aufbewahrt hatte. Ich schüttelte mich kurz, ging dann weiter, und als ich bei den Eheleuten ankam, nahm ich all meine Sympathie und meinen guten Willen zusammen und umarmte sie.

»Du siehst großartig aus, Liebes. Ich freue mich so für dich. Gott schütze dich«, sagte ich und küsste Nina auf die warme, weiche Wange.

»*Didi* Anju«, flüsterte sie und nahm meine Hand. Ich liebte es, wenn sie mich *»Didi«* – große Schwester – nannte. »Als ich um das Feuer lief und mein Gelöbnis ablegte, habe ich auch für dich gebetet. Du bist die nächste. Ich habe Gott angerufen, und Gott erhört die Gebete einer Braut.«

Die liebenswerte Unschuld ihrer Worte hätte mich fast zum Weinen gebracht, aber Tränen hätten an dieser Stelle als ein Zeichen der Sehnsucht und Trauer mißverstanden werden können, also unterdrückte ich sie. Ich wandte mich dem Bräutigam zu und sah zu ihm auf. »Herzlichen Glückwunsch, mein Guter.« Ich streckte mich, um ihn zu umarmen. »Paß gut auf sie auf!«

Da war sie wieder: die großzügige, verläßliche, alleinlebende ältere Schwester, genau wie das Wort *Didi* besagte.

Als ich meine Pflicht bei den Brautleuten erfüllt hatte, wandte ich mich ab und kämpfte mich durch die Grüppchen plaudernder Gäste, die nunmehr dem Ausgang in Richtung des unterhalb der Tempelhalle liegenden, weitläufigen Eßbereichs zustrebten. In einer Ecke machte ich meine Eltern aus und tapste, noch immer barfuß, zu ihnen hinüber. Als nächstes stand mir der Horror bevor, draußen in dem Haufen von Schuhen meine eigenen wiederzufinden. Hochzeiten in Bombay waren ein Fest für Schuhdiebe, und ich fragte mich – bedauerlicherweise ein wenig zu spät – ob es wirklich eine gute Idee gewesen war, mich ausgerechnet für meine sechshundert Dollar teuren, bestickten Dolce-&-Gabbana-Sandalen zu entscheiden.

»Also gut, laßt uns runtergehen und essen«, sagte meine Mutter und zupfte automatisch den Teil meines Saris zurecht, der etwas durcheinandergeraten war.

Mein Vater wischte sich den Schweiß mit einem Taschentuch von der Stirn.

»Was für eine Hitze«, sagte er. »Wir sollten wirklich gehen. Vielleicht ist es unten etwas kühler.«

Aus den großen, scheppernden Kästen der Klimaanlage wurde eiskalte Luft in den Raum hinüber zu den langen Schlangen von Menschen geblasen, die sich vor dem Büffet gebildet hatten.

»Und?« fragte meine Mutter erwartungsvoll. »Hast du jemanden entdeckt, der dir gefällt? Irgendein hübscher Junge?«

»Mum, ich habe wirklich nicht darauf geachtet«, antwortete

ich. »Ich wollte mich auf die Zeremonie konzentrieren. Und sollte hier wirklich ein gutaussehender, interessanter Mann rumlaufen, hätte er doch wohl schon versucht, Blickkontakt mit mir aufzunehmen, meinst du nicht?«

Meine Mutter seufzte zum wiederholten Mal und sah sich um. Menschen, deren Teller mit scharf gebratenen Auberginen und Gemüse-*Biryani* beladen waren, begannen, sich auf den zahllosen Reihen von Plastikstühlen niederzulassen, die zu diesem Anlaß aufgestellt worden waren.

Und in dem Moment hat sie ihn entdeckt.

»Wer ist das?« fragte meine Mutter und zeigte auf einen schwarzgekleideten Unbekannten auf der anderen Seite des Raumes. »Der Junge, der mit Maharischi Girdhar spricht.«

»Mum, hör auf, mit dem Finger auf ihn zu zeigen. Woher soll ich denn das wissen?« Ich wurde langsam gereizt. Sie war einfach unvermeidlich, diese Suche nach einem geeigneten Mann auf einer Familienhochzeit. Aber mir war heiß, und ich war müde, mein Sari fühlte sich an, als ob er sich wieder zu dem einen, langen Stück Stoff entfalten wollte, das er war, und einen Tag vor meiner Regel war ich einfach nicht in der Stimmung. Wäre mein Therapeut jetzt hier, würde er sagen, daß ich innerlich eine leichte Abwehrhaltung gegen Ninas neuen Familienstand als Ehefrau entwickelte, daß er die schlimmsten Ängste, was meine eigene Zukunft betrifft, in mir wachrufen würde. Da er mit dieser Vermutung in der Vergangenheit häufig richtiggelegen hat, hatte ich beschlossen, daß ich ihn nicht mehr mochte, und die hundertfünfundzwanzig Dollar, die er mich pro Stunde kostete, wollte ich künftig jede Woche lieber in ein neues Paar Schuhe investieren.

Aber die große, hochoffizielle Ehemann-Suchmaschine, wie ich es insgeheim nannte, lief bereits auf vollen Touren. Ich war vor ein paar Tagen gekommen und hatte schon von diesem und jenem Mann gehört, was meine Mutter jedoch soeben entdeckt hatte, schien alle zu toppen und *die* Perspektive meines Lebens zu sein.

Ich drehte mich zu dem Mann um, den meine Mutter im Visier hatte. Als erstes fiel mir sein extrem glänzendes Haar ins Auge, das gerade so aussah, als hätte er eine ganze Flasche Vitalis-Öl hineingekippt. Außerdem hatte er nur eine Augenbraue. Na ja, strenggenommen hatte er vielleicht doch zwei, aber sie waren zu einer zusammengewachsen. Eine Monoaugenbraue. Für einen Moment spürte ich den starken Drang, nach Hause zu laufen und mein Zupfbesteck zu holen. Er trug ein schwarzes Shirt mit feinen, eingewobenen Lurexstreifen, unter dem ein weißes Unterhemd mit kurzem Arm hindurchschimmerte, dazu schwarze Hosen. Den ultimativen modischen Flop erlaubte er sich jedoch bei den Socken: Sie waren weiß. Außerdem baumelte an der Kette, die er um den Hals trug, ein fetter Goldanhänger, ganz zu schweigen von seinem glänzenden Armband und der diamantbesetzten Uhr. Bei seinem Anblick fühlte ich mich in die achtziger Jahre zurückversetzt. Stand er am Ende auf Retro-Schick? Nein. Ich verwarf die Möglichkeit zugunsten der Annahme, daß er schlicht und ergreifend keine Ahnung hatte. Zudem kaute er so demonstrativ auf einem Kaugummi herum, daß man meinen könnte, er imitiere den Kuh-Stil. Warum sonst sollte jemand mit einem Wrigley's im Mund auf eine Hochzeit kommen?

»Warte mal eine Minute«, ordnete meine Mutter an und marschierte los, um sich mit Ninas neuer Schwiegermutter zu beratschlagen, da sie offensichtlich zu dem Schluß gekommen war, daß, wenn der Unbekannte nicht zu unserer Seite der Familie gehörte, er wohl Teil der anderen sein mußte.

Just in dem Moment drehte sich der Monoaugenbrauen-Typ zu mir um und sagte etwas zu Maharischi Girdhar, der daraufhin meine Mutter abfing. Die beiden sprachen eine Weile flüsternd miteinander, während ich als Komposition in Blaßrosa allein in der Menge stand und unbeholfen von rechts nach links sah. Ich weiß, daß ich mich längst hätte ins Getümmel stürzen sollen, um noch mit dem entferntesten Verwandten ein paar leere Sätze auszutauschen, aber ich war inzwischen so genervt, daß ich der nächsten Person, die mich fragen würde, wann ich denn nun an der Reihe sei, ganz sicher mein mit Swarovski-Glas besetztes Judith-Lieber-Täschchen auf den Kopf gehauen hätte.

Ich entdeckte meine beiden Brüder umringt von einer Horde Mädchen, die wunderhübsch und strahlend aussahen in ihren Saris, mit großen, herabbaumelnden Ohrringen und bunten Armreifen. Ich muß dazu sagen, daß meine Brüder in ihrer Nachbarschaft so etwas waren wie Prinz William und Prinz Harry, wenn sie auch etwas älter waren als die beiden adligen Briten. Anil war neunundzwanzig, Anand zwei Jahre jünger, und die beiden waren die schärfsten und begehrtesten Jungs weit und breit. In ihrem indischen Seidenoutfit sahen sie umwerfend aus, beide waren frisch rasiert, hatten das Haar glatt nach hinten gekämmt, wenn sie lächelten, zeigten sich ihre perfekt weißen Zähne, und mit ihrer sorglosen Haltung, die hierzulande gern mit »genieße den Tag, es könnte dein letzter sein« umschrieben wurde, wirkten sie nachgerade wie frisch einer Werbung für Listermint-Mundwasser entsprungen. Die anderen, jüngeren Mädchen, die die große Ehemann-Suchmaschine angeschmissen hatten, waren fasziniert von den beiden – ebenso wie ihre energisch drängenden Mütter. Dabei tat der Umstand, daß die beiden eines Tages ein Juweliergeschäft und einen Antiquitätenladen erben würden, ihrer Anziehungskraft als solcher sicher keinen Abbruch. Ich überlegte, zu ihnen zu gehen und ihnen Gesellschaft zu leisten, durchaus tolerierend, daß die Schar junger Frauen entsetzlich nett und zuvorkommend zu mir sein würde – es war eben immer gut, einen unwiderstehlichen Bruder zu haben, oder auch zwei.

Dann aber sah ich, daß mein Vater allein auf dem Weg nach draußen war, also folgte ich ihm.

Über die Metallabsperrungen hinweg, die den Tempel umgaben, sah er hinaus auf den Indischen Ozean. Er wirkte wehmütig, als dächte er an all die Familienhochzeiten, denen er beigewohnt hatte, hier, in genau diesem Tempel – allein im vergangenen Jahr waren es drei gewesen – und wie er jedes Mal aufs neue gebetet hatte, daß er bei der nächsten seine eigene Tochter hergeben würde.

Er schloß die Augen und atmete tief durch. Als er sie wieder öffnete, sah er mich auf sich zukommen, auf meinen lächerlich hohen Schuhen über das Pflaster staksend, von denen er genau wußte, daß ich ein Vermögen für sie bezahlt hatte.

»Frische Luft«, sagte er und genoß den in dieser hektischen Woche, in der sich alles nur um die Festvorbereitungen gedreht hatte, so seltenen Augenblick der Ruhe. »Alles ist gut. Gott ist groß«, seufzte er, nachdenklich und ernst.

Ich hielt einen Moment inne.

»Puh! Hier draußen stinkt's. Die Luft ist *überhaupt nicht* frisch. Auf der Madison Avenue, Ecke 75. Straße, würden die Chancen besser stehen, eine saubere Brise einzuatmen. Ich kann ja förmlich sehen, wie deine Lungen schwarz werden. Komm, laß uns wieder reingehen.«

Kaum hatten wir die Tempelhalle betreten, kam meine Mutter auf uns zugeschwebt.

»Anju, *Beti*, er hat nach dir gefragt. Dieser Junge. Maharischi Girdhar hat gesagt, daß er dich mag und dich gern treffen würde. Was meinst du?«

Ich muß gestehen, daß sich ein Teil von mir geschmeichelt fühlte. Es kam schließlich nicht jeden Tag vor, daß mich ein Mann in einem überfüllten, heißen Raum ausmachte und stante pede entschied, mich zu heiraten. Das letzte Mal war mir das passiert, als ich mit einer Freundin in einem heruntergekommenen Salsa-Schuppen auf der 30. Straße war. Dem Geruch nach hatten sich die Stammgäste dort seit 1976 nicht mehr geduscht. Einer von ihnen, ein Typ in einem Nadelstreifenanzug aus Polyester, mit schnurgeradem Schnauzbart und fettigem Haar, meinte, er wolle mich heiraten. Direkt danach übergab er sich in einen Blumenkübel. Bedauerlicherweise war das mein letzter Antrag gewesen.

Gleichwohl gab es da doch die Sache mit den unterschiedlichen Typen und dem ersten Eindruck. Der letzte Mann, mit dem ich regelmäßig ausging, trug Klamotten von Hedi Slimane und Prada sowie eine Tag-Heuer-Uhr. Kein Gold, kein Kaugummi. Er war cool. Und er hatte klar definierte Augenbrauen. Der traurige Grund, warum wir aufhörten, uns zu sehen, war der, daß er nicht daran dachte, mir einen Antrag zu machen.

Aber hier und jetzt wollte meine Mutter nichts von wegen schlechtem Stil oder dergleichen hören. Die Kleiderfrage war für sie kein akzeptabler Grund für ein Nein.

»Was soll ich dem Maharischi sagen?« bohrte sie nach.

»Mum«, flüsterte ich. »Er sieht aus, als stünde er auf der amerikanischen Fahndungsliste ganz oben.«

»Anju, jetzt mach aber mal einen Punkt.«

»Schon gut, schon gut. Woher kommt er?«

»Accra.«

»Accra? Wie Accra in Ghana, Westafrika?« rief ich aus. »Was zum Teufel habe ich in Accra verloren?«

»Hör auf zu fluchen, *Beti*. Die Leute könnten dich hören. Sie werden denken, daß du keine Manieren hast.«

Mister Monobraue war ein entfernt entfernter Verwandter des Bräutigams, und er war hier, um eine Frau zu finden. Er kam aus einer anständigen Familie, die ihr Geld mit Lebensmittelläden gemacht hatte.

»*Beti*, der Maharischi sagt, daß er ein sehr guter Junge ist. Aus sehr gutem Hause. Wohlhabend. Triff dich doch wenigstens mit ihm, hm?«

»Ich bin sicher, daß er sehr nett ist, Mum, aber im Ernst, ich kann mir nicht vorstellen, in Accra zu leben. Ich meine, findet da nicht alle fünf Minuten ein neuer Militärputsch statt? Und er wirkt, versteh mich nicht falsch, irgendwie uninteressant. Ich glaube nicht, daß uns viel verbindet.«

Meine Mutter warf mir den für sie typischen Blick zu, die Frust-Ärger-Enttäuschungs-Combo in XL, zusätzlich gepaart mit einem Hauch von Ungeduld.

»Ehrlich, Anju, manchmal habe ich den Eindruck, daß du schon zu lange in *Umrica* lebst.« Seufzend machte sie kehrt und ging zurück zu dem Priester, der auf eine Antwort wartete. Sie würde ihm sagen, daß wir darüber nachdächten, was in der Sprache indischer Eltern soviel hieß wie: Sie brauchte noch ein oder zwei Tage, um mich zu überzeugen.

Mister Monobraue war in der Zwischenzeit in Begleitung einer kleinen, drallen Frau, die ich für seine Mutter hielt, zum Büffet gewechselt. Ich lief ein wenig umher und stieß schließlich auf Namrata, Ninas achtzehnjährige Schwester, die sich um den Gabentisch kümmerte.

»Hallo, Liebes, alles klar bei dir?« fragte ich.

»Soweit ja. Ich bin nur wahnsinnig müde. Und meine Füße tun weh wie sonst was«, sagte Namrata und schwenkte eine mit hübschen Umschlägen, kleinen Seidenbörsen und einem abgegriffenen Samtkistchen gefüllte Plastiktüte eines Duty-Free-Shops aus Singapur hin und her, die jeweils Bargeld, Goldmünzen oder Schmuck enthielten, den die Braut niemals tragen würde.

»Und wie geht es dir, *Didi*? Amüsierst du dich?«

Namrata war genau wie ihre Schwester, liebenswert und aufrecht. Sie erinnerte mich an Britney Spears vor ihrer Zeit als sexuell aufgeladenes Popsternchen, eine aufgeweckte und beliebte junge Frau, die allerdings auf nabelfreie Tops und Minirock verzichtete. Wie ihre nunmehr verheiratete Schwester konnte auch Namrata gut singen – ihr Repertoire reichte von hinduistischer Filmmusik bis hin zu den religiösen *Bhajans*. Sie hatte gelernt, wie man Zitronen einlegt und *Papads* brät. In ihrem zartfliederfarbenen, reich bestickten *Gagara Choli* sah sie schlicht traumhaft aus. Namrata war gerüstet, und ihre Mutter hielt bereits nach Schwiegersohn Nummer zwei Ausschau. Doch Ninas Schwester war im Gegensatz zu vielen anderen Frauen hier im Raum kein kicherndes, naives Mädchen mehr; sie war klug und hatte Humor, also beschloß ich, das Monobrauen-Dilemma mit ihr zu erörtern.

»Siehst du den Typ da drüben?« Ich zeigte in seine Richtung. »Er hat Maharischi Girdhar erzählt, der das meiner Mutter erzählt hat, daß er sich für mich interessiert. Aber er kommt aus Accra. Und was, bitte schön, soll ich in Accra?«

Namrata sah zu ihm hinüber, und über ihr Gesicht huschte ein wissendes Lächeln.

»Du kannst es dir selbst schon denken, oder, *Didi*? In deinem babyrosa Sari siehst du aus wie ein leckeres Stück Mäusespeck. Von außen ist alles so schön weich und süß und wonnig, und drinnen ist nichts als Luft. Das ist die Art Frau, die er sich wünscht, meinst du nicht?«

Zwei Tage später verbrachte ich den Vormittag mit meiner Mutter auf dem Bhuleswar-Markt. Sollte es eine Hölle auf Erden geben, dann stellte ich sie mir so vor. Wie aufgefädelt reihten sich unzählige kleine Buden an einer Straße entlang, die nicht wirklich eine Straße war. Die Autos kamen nicht weiter, weil ein Meter vor ihnen eine tote Kuh oder ein schlafender Obdachloser im Weg lag, Hausierer schoben alte Holzwägelchen mit Plastikeimern und rostfreien Forken umher und wuselten in dem stinkenden, von Millionen von Fliegen bevölkerten Labyrinth durch die dichtgedrängte Menschenmenge.

Wir parkten unseren weißen Ambassador und verließen die ruhige und kühle Kabine, um uns unter die schätzungsweise siebzehn Millionen Fußgänger zu mischen, denn die einzige Möglichkeit, den Bhuleswar-Markt zu bewältigen, war zu Fuß. Der Gestank nach Kuhmist war überwältigend, und jedesmal, wenn sich in dem Gewühl ein durchgeschwitzter Arbeiter an mir vorbeizwängte, verzog ich das Gesicht. Dürre Männer, deren Zähne sich vom Genuß der *Paan*-Blätter verfärbt hatten, pfiffen hinter uns her und ließen ein paar dumme Sprüche ab, wenn wir vor einer Bude hier oder einem Laden da unvermittelt haltmachten. Meine Mutter regte sich darüber auf, daß ich mich für bestickte Caprihosen und ein knappes weißes Martin-Margiela-T-Shirt entschieden hatte. »Du hättest dir einen *Salwar Kameez* aus Baumwolle anziehen sollen, *Beti*. So sieht gleich jeder, daß du eine Ausländerin bist.«

Und dennoch, die Schnäppchen, die wir mit nach Hause brachten, waren den Horror wert gewesen. Ich hatte mir ein paar breite Kupferarmbänder gekauft, massenhaft Bindis, kleine bemalte Tonschalen, in denen indische Familien ihr heiliges Feuer aufbewahrten, die sich aber in dem Loft meiner besten Freundin Sheryl in Tribeca ganz wunderbar als schmückende Raumobjekte machen würden. Wir erstanden ferner einen ganzen Haufen Wollschals und meterweise bunte Seidenstoffe, die Marion, Erin, Kris und die anderen Mädels vom Job im Handumdrehen in schicke Kissenbezüge oder sommerliche Wickelröcke verwandeln würden. Ich fand ein Paar mit Spiegelscherben verzierte Slipper, die bei Scoop um die zweihundert Dollar kosten würden (»So eine Frechheit!« empörte sich meine Mutter, als ich sie darauf hinwies) und die ich in Bombay für umgerechnet vier Dollar bekam. Es gab viele gute Gründe, die alte Heimat zu besuchen.

Kurz vor der Mittagszeit, bevor die Hitze zu unerträglich wurde, waren wir wieder zu Hause.

In dem Apartment auf der Warden Road, in einer hübschen Wohngegend nicht weit vom Meer, bin ich aufgewachsen. Der kühle Marmorboden in unserer Diele fühlte sich herrlich unter meinen nackten Füßen an. Die Wohnung nahm die gesamte oberste Etage des siebenstöckigen Gebäudes ein. Früher war die Fläche in zwei Vier-Zimmer-Wohnungen aufgeteilt gewesen, inzwischen aber war daraus ein einziges, nicht besonders vorteilhaft geschnittenes, aber geräumiges Apartment geworden. In weiser Voraussicht hatte mein Großvater beide Einheiten gekauft, als er mit seiner Familie etwa zur Zeit der Teilung Indiens und Pakistans 1947 nach Bombay geflohen war. Es war ihm gelungen, das Land unserer Familie in Hyderabad Sind, unserer ehemaligen Heimat, zu verkaufen, und in Zügen zusammengepfercht mit Tausenden anderen Flüchtlingen kam er mit den Taschen voller alter Goldmünzen, die er über die Jahrzehnte gespart hatte, über die Grenze. Mit Hilfe von Verwandten kaufte er sich etwas Grundbesitz, eröffnete ein Juweliergeschäft und lebte mit seiner Familie in sicherem Abstand zu den Wirren des Krieges.

Als wir die Wohnung betraten, streckte meine Mutter – wie jedesmal, wenn sie das Haus verließ oder zurückkam – die Hand aus, um den Fuß der Statue des Gottes Ganesha zu berühren, die neben der Tür stand. Ich versuchte, es ihr gleichzutun, vergaß es aber meistens.

»Ich würde jetzt gern einen Tee trinken, Mum«, sagte ich, während ich die papiernen Einkaufstüten in meinem Zimmer deponierte. Ich sehnte mich plötzlich förmlich nach einer dieser dampfenden Tassen *Chai*-Tee mit dem köstlichen Kardamom-Aroma, der mit viel Milch getrunken wurde und den inzwischen auch Starbucks zu imitieren versuchte.

»*Chotu, chai laikhe ao*« – Chotu, bring uns Tee –, rief meine Mutter unserem Koch zu, der emsig damit beschäftigt war, *Dhal* und *Pulao*, Linsen und Reis, sowie *Pakodas*, frittierte Bällchen aus Kichererbsenmehl, zuzubereiten.

Mein Vater saß auf einem burgunderroten Seidensofa und las die indische Ausgabe der Times; die ausgestreckten Beine ruhten auf einem Glastischchen.

»Hitzewelle in New York, heißt es hier.« Er sah von seiner Zeitung auf. »Warum willst du schon wieder fahren? Ich bin sicher, du kannst dein Ticket noch umbuchen und nicht morgen, sondern vielleicht erst ein paar Tage später fliegen«, sagte er.

»Dad, ich muß wieder arbeiten. Ich habe mir nur zwei Wochen Urlaub genommen. Die Hochzeit ist vorbei. Es war sehr schön hier, aber jetzt ist es Zeit zu gehen. Außerdem kriege ich lieber in New York einen Hitzschlag, als weiter hier herumzulungern. Verstehst du, was ich meine?«

Ich setzte mich zu ihm auf das Sofa und drehte mich dem Fenster zu. In den Straßen von Bombay herrschte rund um die Uhr das komplette Chaos. Etwas anderes gab es hier gar nicht. Die Autos sieben Etagen unter uns hupten unablässig wie wild, und der einzige ersichtliche Grund dafür war der, daß die Fahrer das Geräusch ihrer Hupen hören wollten. Fußgänger sprangen zwischen den Wagen und Mopeds – die hier liebevoll »Scooter« genannt wurden – herum, ohne auch nur eine Sekunde um ihr Leben zu bangen. Die Menschen hier hingen einem gewissen Fatalismus an: Egal, ob man überfahren wird oder einen Körperteil verliert – alles kommt, wie es kommen soll, was auch immer passiert. Riesige Reklametafeln, auf die die Gesichter der gerade umschwärmtesten Schauspieler gemalt waren, Hrithik Roshan und Karisma Kapoor, ragten über den Dächern einsturzgefährdeter Gebäude hervor. In Indien schien alles im nächsten Moment kollabieren zu wollen. Auf der gegenüberliegenden Straßenseite warb ein neues Fitneßstudio in riesigen Lettern um Kunden. »Geöffnet von fünf Uhr morgens bis elf Uhr abends!« hieß es dort triumphierend. »Besuchen Sie uns! Werden Sie FIT! Sehen Sie mit uns COOL aus!« Die Bilder zeigten eine offenliegende Brustmuskulatur und einen abgeschnittenen Torso. Es war nicht gerade eine Stärke meiner Heimat, sich auch in der Werbung von den schönen Künsten inspirieren zu lassen. Und doch war dies das neue Bombay, das, in dem in Frauenzeitschriften für Kondome geworben wurde, wo in »Bollywood«, dem indischen Pendant zur amerikanischen Filmindustrie, auch schlüpfrige Liebesszenen gedreht wurden, wo halbnackte MTV-Moderatorinnen und Körper wie aus »Baywatch« über die Bildschirme flimmerten und jeder Mensch eine Affäre hatte.

Und wo Eheschließungen noch immer arrangiert wurden.

Direkt vor dem Gebäude hielt nun ein dunkelgrüner Mercedes und ließ drei gutangezogene, wie aus dem Ei gepellte Frauen – es waren Inderinnen, die aber ganz offensichtlich nicht hier lebten – auf dem Bürgersteig aussteigen. Sie spazierten in Richtung Bencer, einem ziemlich edlen Geschäft in der Straße. Sie stolperten über den unebenen Fußweg, der mit Kuhmist und Müll übersät war. Früher mußte Bombay auch ihre Heimat gewesen sein, aber jedesmal, wenn sie jetzt zurückkamen, wurde ihnen die Stadt und ihr Rhythmus zunehmend fremder, genau wie mir.

Während das Mittagessen vorbereitet wurde, entspannte ich mich bei meiner köstlichen Tasse *Chai*, während meine Mutter mit ihrer Schwester Jyoti sprach, Ninas Mutter. Die Jungvermählten waren auf Hochzeitsreise nach Südostasien gefahren, und danach würden sie nach London fliegen, wo der Bräutigam wohnte.

»Ach, Leela, ich vermisse Nina«, klagte Jyoti. »Nun ist sie aus dem Haus und nicht mehr länger meine Tochter, nun gehört sie jemand anderem.«

»Aber Jyoti«, tröstete meine Mutter ihre Schwester, als wäre gerade jemand gestorben. »Das passiert uns doch allen. Die Mädchen müssen heiraten und die Eltern verlassen. Sei dankbar, daß deine Tochter einen so guten Jungen gefunden hat. Sie wird glücklich, mach dir keine Sorgen. Sieh mal, ich warte noch immer darauf, daß meine Anju jemanden findet. Sonst war doch niemand mehr von Übersee auf der Hochzeit, oder?«

»Was ist denn mit diesem Mann aus Accra?« fragte Jyoti. »Der Maharischi Girdhar hat mich heute angerufen. Er sagt, der Junge ist sehr interessiert. Ich denke, du solltest es ein bißchen vorantreiben.«

»Ha! Na warte. Wir werden beim Mittag darüber sprechen.«

Chotu, er war seit zwanzig Jahren unser Koch, kam mit einem großen Tablett aus Edelstahl aus der Küche, auf dem Näpfe und Schalen mit dampfenden, reichgewürzten Speisen standen. Immer, wenn ich nach Hause kam, war es das gute indische Essen, worauf ich mich am meisten freute. Heißer, weicher *Pulao*, Erbsenreis, dazu *Mung Dhal*, eine Linsenpaste. Spinat, der um Bröckchen von *Paneer*, indischem Weichkäse, gelegt war und noch in einem Sud aus einem Dutzend frischen Gewürzen schmorte. Häppchengroße *Pakodas*, die man in einen Dip aus Mint-Chutney stippte und mit einer dicken Scheibe Weißbrot aß. Ulrika, meine Fitnessgöttin in New York, würde mich in der Luft zerreißen, wenn sie das sähe.

»*Beti*«, sagte meine Mutter und tat dabei das Essen auf den

Teller meines Vaters, »Der Junge aus Accra ist noch immer hier. Warum triffst du dich nicht mit ihm?«

Sie machte eine Pause und wartete auf eine Antwort. Als ich beharrlich schwieg, hakte sie nach.

»Also, was meinst du?«

Ich hatte seit der Hochzeit nicht eine einzige Sekunde an Mister Monobraue, der zudem Kaugummi kaute, weiße Socken und ein goldenes Halskettchen trug und öltriefende Haare hatte, gedacht. Ich war darauf vorbereitet, am nächsten Tag ins Flugzeug zu steigen, um nach New York zurückzukehren, der Stadt, in der ich seit sieben Jahren lebte, und mich wieder meinem ziemlich genialen Job als PR-Beraterin in der Modebranche zu widmen. Meine Eltern wußten, daß es dort nicht leichter für mich sein würde ... zwar gab es unendlich viele Männer, aber keiner entsprach dem, was sie sich für mich in den Kopf gesetzt hatten. Und aufgrund einer merkwürdigen kulturellen Osmose, der ich unfreiwillig anheimfiel, kamen sie auch mir nicht richtig vor. Ich war Gast in den angesagtesten Clubs, besuchte die hippsten Restaurants der Stadt, kannte jeden, den man kennen sollte. Jobbedingt mußte ich sogar ab und an nach Europa. Aber die meisten Männer, die ich kennengelernt hatte, waren schwul oder weiß, für gewöhnlich waren sie beides. Perverserweise hatten meine Eltern nichts gegen Schwule, gegen Weiße allerdings schon. Als ich dreißig war, hatte meine Mutter mich mal mit einem netten indischen Mann aus einer netten indischen Familie bekannt gemacht. Ich habe es sofort erkannt – die rote Versace-Lederhose verriet alles, ebenso wie sein liebenswürdiges, am Ende jedoch abschätziges Interesse für meine Sammlung an Manolo-Blahnik-Schuhen. Nachdem der schwule Verehrer und seine Mutter sich verabschiedet hatten, erklärte ich meiner Mutter meine Zurückhaltung, die alle Skepsis mit einer simplen Bemerkung in den Wind schoß: »Wenn sie erst verheiratet sind, ändert sich das.«

»Das bezweifle ich, Mum«, hatte ich gesagt. »Denk zum Beispiel an Elton John.«

In schöner Regelmäßigkeit wurde ich einmal im Jahr, und das jedes Jahr, seit ich in New York lebte, zwecks Ehevermittlung nach Bombay zitiert. Alle meine Cousinen haben auf die Art ihren Mann kennengelernt, für gewöhnlich auf der Hochzeit einer anderen Verwandten. Es ergab fast so etwas wie einen Domino-Effekt, wobei ich es durchaus interessant fand, daß ich das einzige weibliche, unverheiratete Mitglied der Familie war, mit Ausnahme von Namrata und einer anderen Cousine, die jedoch erst elf war, man allerdings bei dem Tempo, mit dem diese Dinge vorangetrieben wurden, gut und gern davon ausgehen konnte, daß auch sie noch vor mir unter die Haube kam. Und ich hatte gehört, daß auf Ninas Hochzeit mindestens fünf unberührte, blutjunge, attraktive Mädchen ihr Interesse an »egal welchem« meiner Brüder angemeldet hatten – so funktionierte die Schnäppchenjagd nach dem künftigen Partner. Daß auch ich ein Angebot erhalten hatte, war an sich schon von unschätzbarem Wert. Schließlich war Bombay so etwas wie eine globale Eheanbahnungsbörse. Alles, was ein Single tun muß, ist, in die Stadt zu kommen, ein paar Anrufe zu tätigen, zu beten und dem Rat von Astrologen, dem Geistlichen der Familie sowie dem einen oder anderen professionellen Kuppler zu folgen. Und dann betet man noch ein bißchen mehr, daß diejenigen, in deren Hände man einen nicht unbeträchtlichen Teil seines Schicksals gelegt hat, auch wirklich wissen, was sie tun.

Das Wichtigste aber war, wie meine Mutter nie müde wurde, mich zu erinnern, daß man natürlich bereit sein mußte, Kompromisse einzugehen.

Aus der Sicht meiner Familie war Mister Monobraue eine große Sache. Jemand hatte buchstäblich »nach mir gefragt«. Egal, wie sie es auch betrachteten, es blieb eine unschätzbare Ehre. Ich hatte ihnen immer versichert, daß ich heiraten *wollte*. Das wollte ich wirklich. Ich wollte zurück in das traditionelle System schlüpfen. Aber ich war in der Zwischenzeit schon so lange fort von zu Hause, daß die Gesellschaft, in die ich hineingeboren war, mich vergessen hatte. Sobald ein attraktiver, verfügbarer Mann die Bühne betrat, war ich nicht mehr die erste Wahl, weil ich allein in New York lebte, weit weg von den heiratswilligen Massen.

Ich fühlte mich zu diesem jahrhundertealten Brauch der arrangierten Hochzeit eigentümlich hingezogen – ihm haftete etwas Exotisches an, etwas Prächtiges und gleichzeitig Zerbrechliches, und sollte ich mich fügen, würde ich auf der sozialen Skala ganz nach oben rutschen: Eine Frau heiratet den Mann, den ihre Familie für sie aussucht. Das ist der höchste Ausdruck an Frömmigkeit, und gemäß der Tradition würde es mir großen, großen Segen einbringen.

Auf jeder meiner Reisen nach Bombay hoffte ich insgeheim, daß diese endlich die ultimative, schicksalsträchtige würde, auf der ich »ihn« fände. Daß auch ich hier, inmitten von Hochzeitsfesten, Strippenziehern und verzweifelten Müttern, die nach dem richtigen Pendant für ihre Sprößlinge suchen, den Mann treffen würde, für den ich bestimmt war.

Und nun gab es jemanden, der sich für mich interessierte.

Leider Gottes aber lebte er in Accra.

»*Beti*, es ist nicht der Ort, der zählt, es ist der Mensch«, sagte meine Mutter, die bedauerlicherweise auch meine geheimsten Gedanken zu lesen verstand, wie nur Mütter es können. »Wenn er ein guter Junge ist, dann wirst du überall auf der Welt glücklich werden.«

Schöner Gedanke, aber noch konnte ich ihn nicht teilen.

»Was meinst du dazu?« fragte meine Mutter meinen Vater.

Ich fand es noch immer rührend, daß meine Mutter meinen Vater auch nach fünfunddreißig Jahren Ehe nie mit seinem Vornamen ansprach. Als ich noch sehr klein war, hat sie mir mal gesagt, daß Frauen sich auf ihre Männer nur mit einem sehr großen »Er« beziehen. Alles andere würde deren Ehre besudeln. »Dein Mann ist dein Gott, und du mußt ihm mit Respekt und Würde begegnen«, hatte sie gesagt. Ich muß damals etwa fünf gewesen sein.

Mein Vater schien mit der Frage überfordert. Er war in meine Heiratsangelegenheiten längst nicht mehr so involviert wie, sagen wir mal, vor fünfzehn Jahren. Vermutlich würde er sogar sagen, daß er »aufgegeben« hat, was mein kummervolles, kontinuierlich einsames, dreiunddreißigjähriges Herz nicht gerade mit Hoffnung und Zuversicht erfüllte.

Schließlich machte mein Vater doch den Mund auf. »Wir sollten es in Betracht ziehen«, sagte er und griff – einen weichen braunen *Chapatti*-Fladen zwischen den Fingern – nach einem Stück *Paneer*. »Du bist hier, also kannst du es auch versuchen. Dann ist das Geld für den Flug wenigstens nicht umsonst ausgegeben.«

Nach dem Essen rief meine Mutter den Maharischi Girdhar an.

»Ja, es geht um den Jungen aus Accra«, sagte sie, als würde sie auf eine Anzeige für einen gebrauchten VW in der Village Voice antworten. Sie griff nach einem Zettel und einem Stift und begann, Stichworte zu notieren.

»Ja ... selbstverständlich ... oh, gut ... fast neununddreißig? ... Sehr gut ... gebildet ... beruflich erfolgreich und ... gut ... ja. Ich werde mit meinem Mann sprechen und Sie wieder anrufen ... Nein, Anju will morgen wieder fahren, aber wenn sich etwas ergeben sollte, wird sie natürlich bleiben. Ihr Job in New York ist da doch nicht so wichtig, was? Erst muß sie den Jungen treffen, nicht wahr?« sagte sie vorauseilend, um dem Priester zu schmeicheln, der ohne Zweifel den Schlüssel zu meinem künftigen Glück in den Händen hielt.

Sie legte auf und drehte sich zu uns um.

»Hört zu, das sind die Einzelheiten: Er ist fast neununddreißig, was ein gutes Alter ist. Einsdreiundsiebzig groß, was auch nicht schlecht ist. Sicher, er ist kein Riese, aber wenn er nicht so groß ist, hörst du vielleicht endlich auf, diese hohen Absätze zu tragen«, resümierte sie und ging dabei weiter die Angaben durch.

»Er ist der einzige Sohn, eine Schwester, verheiratet, sie sind selbständig, haben ein paar Geschäfte und sogar eine Fabrik. Reich. Eltern sind nett. Er ging auch auf eine Schule in Amerika. Reist mal hierhin, mal dorthin, und ich bin sicher, er würde dich mitnehmen.«

Der Meinung, daß sie den Kandidaten überzeugend genug angepriesen hatte, machte sie eine Pause.

»Er scheint alles mitzubringen. Was also willst du noch?« fragte sie aus nachvollziehbaren Gründen.

»Nun, zunächst einmal führe ich in New York ein ganz gutes Leben«, hob ich an. »Und ich bin sicher, daß er ein netter Kerl ist, aber ich glaube nicht, daß Accra der richtige Ort für mich ist.«

»*Beti*, willst du denn auf ewig allein bleiben?« entgegnete meine Mutter. »Stell dir doch einfach mal vor, du würdest jemanden treffen, ihn heiraten und mit ihm an einem Ort leben, der dir gefällt, so wie New York oder London oder Singapur, und dann würde etwas passieren, und er müßte in eine weniger attraktive Stadt ziehen, zum Beispiel nach Accra. Willst du etwa sagen, du würdest dann nicht mit ihm gehen? Das ist nun mal die Ehe: Man muß Opfer bringen und Kompromisse eingehen.«

»Durchaus, Mum, ich verstehe dich ja, aber noch bin ich nicht mit ihm verheiratet, also muß man über Opfer auch nicht weiter nachdenken. Ich habe jetzt die Wahl. Weißt du, was ich meine?«

Ich betrachtete das langsam ergrauende Haar meiner Mutter, das sie elegant nach hinten gekämmt trug und das ihr weiches, glattes Gesicht umschmeichelte, dessen betörendstes Merkmal ihre majestätische, beinahe hochmütige Nase war. Sie trug einen Kaftan aus Polyester, ähnlich den *Djellabas*, die Gucci vor ein paar Jahren in Anlehnung an die Mode der 70er entworfen hatte, der meiner Mutter aber war von unserem Hausschneider gefertigt. Es war das Kleidungsstück, mit dem sie sich zu Hause am wohlsten fühlte.

»Anju, du kannst nicht alles haben im Leben und immer nur auf etepetete machen. Hat dir der Maharischi nicht schon vor

Jahren zu erklären versucht, daß man manchmal auch Kompromisse eingehen muß? Wo willst du denn alles, was du dir vorstellst, in einem Jungen finden? Das ist unmöglich, *Beti*. Du bist fast vierunddreißig. Nicht mehr lange, und niemand wird sich mehr für dich interessieren. Du solltest über alles gut nachdenken.«

Ich *dachte* über alles gut nach. Ich dachte darüber nach, ob ich jeden Morgen von Matt Lauers Stimme geweckt werden wollte, ich dachte über die Maniküre und die Sauerstoff-Gesichtsmaske bei Bliss nach, auch über die samstäglichen Shopping-Nachmittage in Little Italy dachte ich nach. Und über die Partys und Wohltätigkeitsveranstaltungen, auf denen ich gespannt darüber nachdachte, ob Paris Hilton und Aerin Lauder wohl auftauchen und was die fabelhaften Ex-Miller-Girls anhaben würden. Und ich probierte jede einzelne Martinisorte und jeden neuen Designerschuh, und ich kicherte mit meinen Freundinnen, wenn sie mal wieder ihre Männergeschichten zum besten gaben. Es hatte ein paar Jahre gedauert, aber inzwischen war mir dieses Leben vertraut, mehr noch, ich war glücklich damit. Und wie so viele andere Frauen in meiner Situation sehnte ich mich nun nach einem Mann, der es unhinterfragt mit mir teilen wollte. Jemanden, der so lebte wie ich, dieselben Dinge liebte, der auch äußerlich zu mir paßte. Und gleichzeitig wünschte ich mir, daß meine Eltern ihn für mich aussuchten und auch die anderen ihn für gut befanden. Das war doch nicht zuviel verlangt, oder?

Parallel dazu war mir bewußt, daß eine Frau bis zu dem Tag, an dem sie heiratete, in den Augen der indischen Gesellschaft nicht besonders viel zählte. Bis dahin blieb sie im Haus ihrer Eltern stets ein Gast; sie waren übergangsweise diejenigen, die für sie sorgten. Und wenn dann der richtige Mann kam, egal wie oder wo er lebte, dann würde diese junge, alleinstehende Frau ihr Leben nach seinem ausrichten. Es ging nicht darum, was sie wollte, es ging darum, was ER für beide wollte. Aus dieser Perspektive heraus verwundert es nicht, daß meine Mutter einst völlig verstört war, als in einem amerikanischen Film eine Frau ihren absolut reizenden Ehemann verließ, weil sie »sich finden« wollte.

»So ein Blödsinn«, hatte meine Mutter gesagt. »Er schlägt sie nicht, er verhält sich anständig, und sie will ihn verlassen. Warum denn nur? So eine dumme Frau.«

Meine Mutter verstand es einfach nicht, aber wie hätte sie auch? Ihr ganzes Leben bestand nur aus Opfern und Kompromissen, aus genau den Tugenden, die sie mir jeden Tag aufs neue einzuimpfen versuchte. Als meine Eltern sich damals das erste Mal trafen, waren sie fünf Stunden später schon verlobt, und zwei Wochen danach heirateten sie. Zusammen haben sie sich in einem Leben eingerichtet, das es ihnen leicht machte, sich aneinander zu gewöhnen. Aber sie waren beide auch erst zwanzig gewesen, und das Wort »Entscheidungsfreiheit« existierte nicht für sie. Wie meine Mutter mich bei jeder passenden Gelegenheit erinnerte: Als sie in meinem Alter war, war sie bereits dreizehn Jahre verheiratet und hatte alle ihre drei Kinder schon geboren.

Ja, tief in meinem Innern wollte auch ich heiraten. Für mich hatte die Ehe mit Liebe zu tun, mit gegenseitigem füreinander Einstehen und mit Sicherheit – plus des einzigartigen Festes, der neuen Saris und der vielen hübschen Kleider, die man als Aussteuer mitbekam. Doch eine Familienhochzeit in Bombay war das eine; ein Leben in Accra etwas komplett anderes.

»Mummy, ich habe schon vor einer Ewigkeit beschlossen, daß es einer der G8-Staaten werden muß. Entweder ein entwickeltes Land oder gar nichts. Außerdem gibt es noch den Kompatibilitäts-Faktor. Wir sehen schon viel zu unterschiedlich aus.«

Da mischte sich mein Vater ein.

»Was meinst du damit? Ist er dir zu klein?«

»*Nein*!« sagte ich mit Nachdruck. »Aber man muß einen Draht zueinander haben, die Chemie muß stimmen, versteht ihr, es muß so etwas wie eine Verbindung geben. Man merkt das einfach, entweder sie ist da, oder sie ist nicht da.«

»*Aarey*, was redest du denn da?« entgegnete meine Mutter.

»Mummy, ich will einfach bloß glücklich werden.«

»*Beti*«, erwiderte sie. »Ich möchte nicht, daß du glücklich wirst. Ich möchte, daß du heiratest.«

Zweites Kapitel

»Für einen jungen Mann oder eine junge Frau ziemt es sich nicht, bei der Wahl des Partners die Initiative zu ergreifen. Aufgrund der veränderten Wertvorstellungen hat das füreinander bestimmte Paar heute jedoch im Gegensatz zu früher die Möglichkeit, sich vor der Eheschließung kennenzulernen und nicht erst bei der Zeremonie das erste Mal zu sehen.«

Dharam Vir Singh in: *Hinduism, An Introduction*

Offensichtlich blieb nichts weiter zu tun, als bei Delta Airlines anzurufen und meinen Flug umzubuchen. Meine Mutter hatte mich förmlich angefleht, noch für ein paar Tage in Bombay zu bleiben, und mich in der ihr eigenen Logik davon zu überzeugen versucht, daß die Hochzeitsfeierlichkeiten doch eigentlich gerade erst zu Ende gegangen seien und man sich jetzt mit allen Familienangehörigen zusammentelefonieren müsse, um herauszufinden, ob nicht irgendwo noch der eine oder andere passende junge Mann herumschwirren würde. Und natürlich konnte sich meine Mutter dann auch nicht verkneifen, mir beiläufig erneut Mister Monobraue schmackhaft zu machen: »*Beti*, wo du jetzt noch hier bist, warum triffst du dich nicht mit dem Jungen aus Accra? Du kannst doch nicht bloß danach gehen, was er anhatte. Eine Frau kann die Kleidung ihres Mannes immer ändern«, hatte sie mir erklärt. »Und überhaupt, was hast du gegen weiße Socken?«

Maharischi Girdhar zögerte nicht lange und arrangierte für den nächsten Abend ein Treffen in der Sea Lounge des Taj

Mahal Hotels. Er hatte keine Zeit zu verschwenden. Wenn aus der Sache etwas wurde, bekam er 25 000 Rupien Vermittlungsprovision – das entsprach etwa dem Preis einer kleinen Louis-Vuitton-Tasche, und es war für ihn ganz gewiß mehr als genug, um die nächsten sechs Monate über die Runden zu kommen. Er hatte schon den Mann für Nina gefunden und meinte von daher wohl, zumindest bei unserer Familie gerade einen guten Lauf zu haben. Im Gegensatz zu anderen Partnervermittlungsagenturen bekam er kein Geld, bis die Dinge nicht auch wirklich in die Tat umgesetzt waren. Für ein bloßes erstes Treffen wurde ihm kein *Paise* gezahlt. Den Jackpot gewinnt man mit der Hochzeit, und Trostpreise gibt es nicht. Entweder alles oder nichts.

Die Sache hatte eine Eigendynamik entwickelt, die mich mit sich riß. Egal, wie ich es drehte und wendete, es gab einfach keinen guten Grund mehr, aus dem heraus ich noch hätte nein sagen können – die Ausrede von wegen »mir gefällt sein Aussehen nicht« zog nicht mehr. Auf Geheiß meiner Eltern hatte ich Marion, meiner Chefin, eine E-Mail geschickt, in der ich ihr schrieb, daß ich mir eine Art Magen-Darm-Grippe eingefangen hatte und mir der Arzt davon abriet, so nach Hause zu fliegen. Marion mailte mir zurück, daß das absolut in Ordnung ginge, im Büro sei alles unter Kontrolle, und da sie mein Geflunker ganz offensichtlich durchschaute, fügte sie im P.S. hinzu: »Und, hast du schon einen Mann gefunden?«

Am nächsten Abend um sechs Uhr betraten wir – meine Eltern und Anil, der ältere meiner Brüder, vorneweg – die ausladende, majestätische, mit rotem Teppich ausgelegte Treppe, die von der Hotellobby hinauf zur Sea Lounge führte. Das Taj Mahal war einer meiner bevorzugten Rückzugsorte in Bombay: In den vergangenen Wochen, als meine Familie noch emsig mit den Hochzeitsvorbereitungen beschäftigt war, war ich häufiger mit der jüngsten Ausgabe der Vanity Fair unter dem Arm hergekommen, hatte mich hingesetzt, an meinem Glas mit frischer Kokosmilch genippt und gelegentlich durch die geöffneten Fenster hinaus auf das monumentale Gateway of India und das dahinterliegende Meer geschaut. Neutral, lichtdurchflutet und von einer frischen Brise durchweht war dieser Ort ein beliebter Treffpunkt für Verabredungen wie der meinen.

Tante Jyoti hatte mich darum gebeten, traditionell in einem schlichten *Salwar Kameez* gekleidet zu gehen. »Das ist besser, Anju, du siehst damit indischer und nicht so fremd aus.«

Ich aber hatte erwidert, daß ich mich in einem Seidenkleid von BCBG deutlich wohler fühlen und somit auch eine entspanntere Ausstrahlung haben würde. Es war keusch genug, um niemandes Gefühle zu verletzen, und gleichzeitig doch so feminin, daß meine Mutter mich, als ich fertig herausgeputzt vor ihr stand, begeistert angestrahlt hatte. Sie wollte, daß ich mir zusätzlich schönen Schmuck ummachte, der der Accra-Familie zeigen sollte, daß wir Leute aus gutem Hause waren, der aber auch nicht so protzig sein durfte, daß man den Eindruck gewinnen konnte, ich sei eine kostspielige Diva de Luxe. Eine echte Herausforderung.

Die anderen erwarteten uns bereits zusammen mit Maharischi Girdhar an einem Tisch in der Ecke. Die weitläufige, komfortable Lounge – alle Stühle waren mit einem anheimelnden wassergrünen Stoff bezogen, und nirgendwo gab es künstliches Licht – war angefüllt von dem sonoren Murmeln und Raunen der Gäste.

Mein Zukünftiger hieß Puran. Neben ihm saß seine Mutter, es war die Frau, mit der ich ihn auf Ninas Hochzeit am Büffet gesehen hatte. Ebenfalls dabei war ein traurig dreinblickender Mann – ich vermutete, sein Vater. Puran kaute schon wieder auf einem Kaugummi herum, und ich hoffte inständig, es möge nicht das von neulich abend sein. Ich bemühte mich, nicht immer auf seine eine buschige und zerzauste Augenbraue zu starren, die mich an zwei junge Frettchen erinnerte, die Schnauze an Schnauze lagen. Aber da war noch etwas ... wie auf der Hochzeit trug er wieder das halbdurchsichtige schwarze, mit Lurexfäden durchwirkte Shirt und dieselben schwarzen Hosen. Als ich näher kam, sah ich, daß auf der ganzen Länge kleine

Blumen in den Stoff eingearbeitet waren. Jemand sollte diesen Mann dringend zu einer Modeberatung schicken, dachte ich bei mir.

Als wir bei dem Tisch ankamen, standen sie auf, Hände wurden unbeholfen geschüttelt, man stellte sich gegenseitig vor, und ich lächelte nervös, gab mir Mühe, im Sinne dieser Angelegenheit freundlich und umgänglich zu sein, im Grunde meiner Seele aber davon überzeugt, daß diese Begegnung zu rein gar nichts führen würde.

»Anju, warum setzt du dich nicht dort drüben hin?« fragte meine Mutter mit einem gewissen Flehen in der Stimme und zeigte dabei auf den leeren Platz an der Seite des potentiellen Bräutigams. Ich war froh, mich für meine Tods-Slipper entschieden zu haben, denn Puran war kleiner, als ich ihn in Erinnerung hatte. Getränke wurden bestellt, Small talk abgehalten (»Es ist so heiß in Bombay, und mit jedem Tag wird es schlimmer«, betonte Purans Vater), und die beiden Mütter machten sich gegenseitig für ihre Saris Komplimente. Ich sagte nichts. Ich hatte so viele dieser Veranstaltungen mitgemacht, daß ich die Regeln in- und auswendig kannte. Sie gingen ungefähr so:

1. Warte, bis der Mann etwas gesagt hat.
2. Lächle.
3. *Verrate so wenig wie möglich von dir.*

(In den Worten des einstigen Gurus meiner Mutter hörte sich das so an: »Zeig nicht, daß du eine eigene Meinung hast oder intelligent bist. Männer mögen das nicht. Wenn du erst verheiratet bist, kannst du sagen, was du willst, aber bis es soweit ist, sei lieber still.«)

Diese Grundsätze waren oberstes Gebot. Und hatten bis heute doch zu nichts geführt.

»Ihnen gefällt Bombay also?« fragte mich Purans Mutter.

Ich lächelte und nickte.

»New York muß Ihnen aber auch gefallen?« erkundigte sich der Vater. »Was machen Sie dort?«

»Ich, äh, ich arbeite in einem Büro, meine Firma, äh, beschäftigt sich mit dem Anzeigengeschäft«, antwortete ich. Ich hatte inzwischen gelernt, mein Leben kleinzureden. Puran war so beschäftigt damit, an seinem Plastikstrohhalm zu saugen und seinen Mangosaft zu schlürfen, daß er noch kein einziges Wort gesagt hatte, weder zu mir noch zu sonstwem am Tisch. Ich hatte mich für einen *Lassi* entschieden, in dem Moment aber, als man ihn mir brachte, hätte ich eine Fendi-Tasche für einen Cosmopolitan gegeben. Ich grinste bei der Vorstellung, was meine künftigen Schwiegereltern wohl für ein Gesicht machen würden, wenn ich mir einen kräftig mit Wodka aufgegossenen Cocktail bestellen würde.

»Nun, Puran«, hob mein Vater an und schlug dabei den Ton eines jovialen Vorgesetzten in einem Bewerbungsgespräch an. »Wie ich höre, haben Sie in Accra ein paar Geschäfte.«

Schließlich machte Puran doch noch den Mund auf, wobei seine Stimme piepsiger war, als ich gedacht hatte. »Ja. Lebensmittelläden, Haushaltswaren, was man so braucht«, sagte er, ohne weiter ins Detail zu gehen.

»Und, wie laufen die Geschäfte?«

»Auf und ab. Im letzten Jahr gab es ein paar Aufstände. Dabei sind unsere Läden geplündert worden.«

Das machte mir nicht gerade Mut. Bei einem ersten Kennenlerngespräch direkt von der Anarchie vor der eigenen Haustür anzufangen, war keine wirklich gute Idee. Ich blickte um Unterstützung heischend hinüber zu meinem Bruder. Anil zwinkerte mir zu und lächelte, »tu einfach so, als wenn es ein Spiel wäre«, schien er mir bedeuten zu wollen. Am Tisch breitete sich ein unangenehmes Schweigen aus, als Purans Mutter mich von oben bis unten musterte und herauszufinden versuchte, ob ich die geeignete zukünftige Schwiegertochter war.

Hätte dieses Treffen dreißig Jahre früher stattgefunden, wäre mein Auftreten zweifellos ein anderes gewesen: Als meine Mutter zum ersten Mal mit meinem Vater verabredet war, hatte man ihr Jasminblüten in ihr langes, geflochtenes Haar gesteckt, und sie hatte einen blauen Seidensari getragen und kein einziges

Mal aufgeblickt. Ganz sicher wäre auch das Wort New York in der Unterhaltung nicht gefallen. Und kaum hatte sie den Raum betreten, wollte mein Vater sie auch schon heiraten. Die Begegnung war, das mußte man ihr lassen, zutiefst romantisch.

Purans Mutter wünschte sich wie jede Mutter eines vermeintlich attraktiven Inders generell eine unberührte, häusliche Frau aus einer wohlhabenden Familie für ihren Sohn. In diesem Fall könnte man mit einer großzügigen Mitgift und gleichzeitig mit einer Frau rechnen, die fügsam war und keine Ansprüche stellte. Das war das Ideal. Purans Mutter mißfiel der Lebensschwerpunkt-Amerika-Faktor, doch sie war bereit, darüber hinwegzusehen, wenn sie an die Art von Feier dachte, die meine Eltern ausrichten würden, weil sie mich endlich losgeschlagen hatten. Daran, und an die Koffer voller Silber und Seide, an die roten Samtkistchen gefüllt mit Schmuck und Goldmünzen, die man ihr im Vorfeld der Hochzeit schicken würde ... was also bedeutete im Vergleich dazu schon der gewisse Unabhängigkeitsdrang der Schwiegertochter – zumal ihr der im Verlauf der Ehe bestimmt ausgetrieben werden konnte?

»Puran, warum gehst du nicht ein bißchen mit Anju spazieren?« schlug seine Mutter vor und leitete damit geschickt den zweiten Teil der Übung ein. Sag bitte nein, flehte ich innerlich. Das wäre das Zeichen dafür, daß er kein Interesse hatte, daß er zu dem Schluß gekommen war, ich würde nicht zu ihm passen, und ich könnte mit meiner Familie getrost nach Hause gehen, dann nach New York zurückfliegen, ohne je wieder über Accra nachdenken zu müssen.

Doch Puran stellte folgsam sein Glas Mangosaft ab, stand auf und wandte sich in der Erwartung zu mir, daß ich es ihm nachtun würde. Ich hatte keine andere Wahl, als ebenfalls aufzustehen; mich zu weigern wäre zu beschämend für meine Eltern gewesen, sie hätten es mir ewig vorgeworfen. Ich tröstete mich damit, daß wir nur ein wenig im Hotel herumschlendern würden, keine große Sache, das würde ich schon schaffen. Schnell rief ich mir all das ins Gedächtnis zurück, was ich nicht sagen durfte: Meine Mutter hatte bei meinem Alter ein bißchen geschummelt, ich war also erst dreißig. Und kein Wort über die Reiserei, die ein fester Bestandteil meines Jobs war. Männer wollten von ihrer potentiellen Braut nicht hören, daß sie Backstage-Interviews mit Michael Kors in Paris organisierte.

Sag nichts, bevor du nicht gefragt wirst, und dann spiel es herunter. Alles andere würde die Sache von Anfang an kaputt machen, und meine Eltern hätten die nächste »Absage« zu verkraften. Außerdem ließ mein Stolz nicht zu, von einem Mann abgelehnt zu werden, den ich selbst niemals heiraten würde, selbst wenn die einzigen drei Männer auf der Welt Osama bin Laden, Saddam Hussein und der kleine, Kaugummi kauende Puran wären.

»Wann stehst du morgens auf?« fragte er mich, als wir durch die Lounge auf die Flügeltür zuschritten, die nach draußen auf den Flur führte.

»Entschuldigung?«

»Wann stehst du morgens auf?«

»Äh, nun ja, hier, wenn ich Urlaub habe, relativ spät, vielleicht so um zehn. Du weißt ja, wie das ist, wenn jemand heiratet und man jede Nacht unterwegs ist. Aber in New York normalerweise eigentlich nie nach sieben. Ich versuche, vor der Arbeit noch ins Fitneßstudio zu gehen und ...«

Mir wurde klar, daß ich bereits zuviel von mir erzählt hatte, und ich brach ab. Ich sollte besser nicht so ehrgeizig oder erfolgreich klingen, also erinnerte ich mich an das Wort, das meine junge Cousine benutzt hatte: Mäusespeck. Ich sollte mich in Mäusespeck verwandeln, wenigstens für diesen einen Tag.

»In Accra stehen wir nämlich alle früh auf«, erläuterte er mir. »Es ist einfach zuviel zu tun. So gesehen ist es gut, daß du eine Frühaufsteherin bist, dann fällt dir die Umstellung leichter.«

Ich verwendete eine gehörige Portion Kraft darauf, die Worte wieder hinunterzuschlucken, die mir mit Macht entfahren wollten. Der arme Kerl glaubte wirklich, der Deal sei gemacht. In seinem Kopf war ich bereits seine Frau.

»Wir haben drei Hausmädchen und einen Koch, aber man muß ihnen regelmäßig über die Schulter gucken. Das ist eine Aufgabe der Dame des Hauses. Manche der Mädchen können noch nicht mal einen Staubsauger bedienen. Kannst du einen Staubsauger bedienen?«

Ich seufzte. Das also war aus meinem Leben geworden! Ich stand an einem schwülen Abend in einem der schönsten Hotels Bombays, hübsch zurechtgemacht in einem BCBG-Kleid lächelte ich sanft und gab weitgehend die aufmerksam-charmante Traumfrau ab, während neben mir ein schlechtangezogener, Wrigley's kauender Typ lief, der mich vor allem deswegen heiraten wollte, weil er Unterstützung bei der Hausarbeit brauchte.

»Meine Mutter hat mir erzählt, daß du in der Modebranche arbeitest«, fuhr er fort. »Gefällt dir meine Hose?«

Er hielt an, hob ein Bein wie ein Hund, der an einen Baum pinkeln wollte, und zeigte auf die kleinen Blumen. »Sie ist der letzte Schrei«, sagte er stolz.

»... Und samstags gehe ich mit meiner Mutter immer auf den Markt ... Wir haben drei Hausmädchen und einen Koch, aber man muß ihnen regelmäßig über die Schulter gucken, von daher ist es besser, wenn wir das Gemüse selbst besorgen ... Man kann den Einheimischen einfach nicht trauen. Gibt man ihnen Geld für Aubergine, kaufen sie sich davon Zigaretten und sagen, man hätte sie beklaut. Lächerlich! Aber meine Mutter hat inzwischen Mühe, immer auf den Markt zu gehen, ich meine, sie wird ja auch nicht jünger, das wäre also dann natürlich auch deine Aufgabe. Und jeden Montag bringe ich sie zu einem Picknick mit Freunden. Picknickst du gern? Manchmal ist es aber draußen zu heiß, so daß wir das Treffen reihum bei einem von uns veranstalten. Das ist dann mehr wie eine kleine Hausparty. Wir spielen Bingo. Spielst du Bingo?«

»Wenn ich nicht gerade beim Tae Bo bin, auf jeden Fall«, erwiderte ich. Verwirrt sah Puran mich an, bevor er weiter aus seinem Accra-Nähkästchen plauderte – daß er regelmäßig zum Mittag nach Hause komme, sollte er es manchmal aber nicht schaffen, müsse man ihm das Essen eben ins Büro bringen. Sein Vater lebe mehr oder weniger im Ruhestand, also müsse er sich allein um die Geschäfte kümmern, und weil das gelegentlich sehr anstrengend sei, sei es Zeit für ihn, eine Frau zu finden, jemanden, der auf ihn warte, wenn er abends nach Hause komme und ihm ein Glas Whisky-Soda einschenke – obwohl sie nicht trinken dürfe, denn er glaube, daß das Trinken sehr schädlich für ein Frau sei.

»Und ich werde gern massiert. Kannst du gut massieren?«

Und so redete er weiter und weiter, ohne sich auch nur ein einziges Mal danach zu erkundigen, wie ich mir mein Leben wohl vorstellte. Hätte er es getan, hätte ich ihn trotzdem nicht geheiratet, aber wenigstens wäre er mir dann nicht mehr so entsetzlich altmodisch vorgekommen. Ich erwartete ja gar nicht, daß er auf den Grund meiner Seele schaute, aber ein gewisses Maß an höflichem Interesse wäre doch schön gewesen. Immerhin jedoch konnte ich mir zugute halten, daß ich bei ihm – im Gegensatz zu vielen anderen Männern bei Begegnungen dieser Art – keine Sekunde gedacht habe, er könnte der Richtige für mich sein. Und wenn es schon zu sonst nichts führte, war es doch wenigstens eine nette Anekdote, die ich den Mädels in New York erzählen konnte. Sollten die bloß nicht sagen, *sie* hätten die miesen Dates.

»Wir sollten besser zurückgehen, oder?« fragte ich, als wir etwa die fünfzehnte Runde in der Hotellobby drehten. Puran schien glücklich und zufrieden darüber, daß er nach Jahren des Werbens endlich die richtige Kandidatin gefunden haben könnte.

O*h mein Gott*!« rief ich aus, als wir wieder sicher in unserem Auto saßen. »Was war das denn? *Wer* war das? Was habt ihr euch bloß dabei gedacht?«

»Soll das heißen, er gefällt dir nicht, Anju?« fragte meine Mutter mit unschuldigem Tonfall.

»*Gefallen*? Er mir? *Gefallen*? Was sollte einem denn da gefallen? Hast du ihn gesehen? Hast du mit ihm geredet? Der Typ ist ein totaler Holzkopf. *Bitte*! Die ganze schöne Aufmachung war pure Verschwendung! Sogar Mascara habe ich mühselig aufgetragen. Ich könnte jetzt auf meinem Weg zum Flughafen sein, aber nein, ich buche mein Ticket nach New York um, um einen Mann zu treffen, der so anziehend ist wie eine Stuhlprobe.«

»*So* schlimm kam er mir nun auch wieder nicht vor«, entgegnete mein Vater. »Und die Leute sind interessant.«

Anil, der vorne grinsend auf dem Beifahrersitz saß, machte endlich auch mal den Mund auf.

»Sicher, die alten Herrschaften haben sich schon über mögliche Hochzeitstermine verständigt, während ihr beide durch die Gegend spaziert seid«, sagte er. »Sie wollen, daß es noch vor seiner Rückkehr nach Accra über die Bühne geht, vermutlich also in den nächsten Wochen. Du solltest schon mal deine Siebensachen zusammenpacken, *Didi*, du heiratest nämlich«, frotzelte er.

»*Mum*!« rief ich flehentlich. »*Komm schon*!«

»Wenn du kein Interesse hast, hast du kein Interesse«, entgegnete sie resigniert. »Ich werde es ihnen morgen sagen, wenn sie anrufen. Aber sei dir darüber im klaren, daß sie Maharischi Girdhar erzählen werden, wie pingelig du bist, und dann wird er uns auch nicht mehr Bescheid sagen, wenn er von anderen Jungs hört, weil er dich nämlich für etepetete hält, aber was sollen wir machen? Wenn du nein sagst, müssen wir auch nein sagen«, erklärte meine Mutter seufzend.

»Ich weiß, Mum, aber mal ehrlich, du kennst mich. Glaubst du wirklich, daß ich mich auf so etwas einlassen sollte?«

»Ich glaube, *Beti*, daß du an dein *Alter* denken solltest. Du bist keine zwanzig mehr. Du bekommst nicht mehr so viele Anträge wie Nina und Namrata. Und es gibt auch nicht mehr so viele unverheiratete Jungen, die älter sind als du. Er mag vielleicht nicht perfekt sein, aber er paßt wenigstens zu dir. So als der reifere Typ, meine ich.«

Wie erwartet klingelte am nächsten Tag das Telefon. Es war Maharischi Girdhar, der uns mitteilen wollte, daß »der Junge ja gesagt hat«. Für ihn war das eine triumphale Verkündung, und ich bin mir sicher, daß er seine Vermittlungsprovision bereits verplant hatte. Darüber hinaus aber hielt er es für eine ungeheuer brillante und clevere Leistung, eine so eigensinnige Frau wie mich, die ihre Familie in Bombay zurückgelassen hatte und ganz allein nach *Umrica* gegangen war, schließlich doch noch an den Mann gebracht zu haben. Das würde seinen Status in den religiösen und gesellschaftlichen Kreisen, in denen er sich bewegte, zweifelsfrei erheblich verbessern.

Ich bekniete meine Mutter, mit der Sprache herauszurücken. »Es tut mir leid, Maharischi, aber er ist nichts für uns«, sagte sie ruhig und sich bewußt darüber, daß sich mit diesem Satz mein Ruf als forderndes, undankbares Geschöpf ohne jeden Realitätssinn weiter festigte.

»Aber warum?« hakte der Geistliche entsetzt nach, als hätte ich soeben George Clooney einen Korb gegeben. »Das ist ein guter Junge. Sein Hintergrund ist tadellos. So viele Mädchen haben sich für ihn interessiert, und für wen entscheiden sie sich? Für deine Tochter! Wie könnt ihr jetzt nein sagen?«

»Es tut mir leid, Mum«, sagte ich, nachdem sie aufgelegt hatte. »Aber du weißt genau, daß das niemals gutgegangen wäre.«

»Wirklich, Anju ...« Sie seufzte. »Ich verstehe einfach nicht, worauf du wartest.«

Etwas später an diesem Nachmittag schickte Tante Jyoti einen Pott mit einer eigentümlichen Creme vorbei. Jemand hatte auf der Hochzeit die Bemerkung fallen lassen, daß ich zwar »ein ganz hübsches Gesicht« habe, aber doch »ein bißchen arg dunkel« sei. Eine helle Hautfarbe war ein mindestens ebenso wichtiges Kriterium auf dem Heiratsmarkt wie ein Körper, an dem weder Arme noch Beine fehlten. Normalerweise konnte man meinen Teint als »*Chai* mit viel Milch« umschreiben. Nach dem einen oder anderen Sonnenbad aber glich ich farblich zugegebenermaßen doch eher einem doppelten Espresso. Hellhäutigkeit symbolisierte Zerbrechlichkeit, Demut und Liebreiz. Eine Frau konnte schielen, schiefe Zähne und eine sichtbar verpfuschte Nasenoperation hinter sich haben, solange ihre Haut hell war, galt sie als in etwa ebenso schön wie Catherine Zeta-Jones.

So saß ich also mit einer Jumbodose des Hautaufhellers »Promise of Fairness« auf meinem Bett. Auf der Packung stand nichts über die Zusammensetzung, doch irgendwo hatte ich gelesen, daß man bei diesem Produkt hohe Anteile von Quecksilber nachgewiesen hatte. Ich rief meine Tante an, um ihr davon zu erzählen und ihr warnend zu bedenken zu geben, daß, wenn ich mich damit behandeln würde, ich mit grausigen Hautkrankheiten und Melanomen zu rechnen hätte.

Das überzeugte meine Tante sofort. »Oh, dann laß es besser«, sagte sie. »Denn wenn mit deinem Gesicht etwas passiert, wer will dich dann noch haben?«

Gegen Abend fühlte ich eine leichte Depression in mir aufsteigen. Es wurde wieder eine dieser glühendheißen Nächte; ich lag auf dem Bett und hörte eine alte Toni-Braxton-CD. Ich hatte noch kein neues Abflugdatum nach New York festgemacht, und viel gab es für mich hier bei den Nachbereitungen des Chaos von Ninas Hochzeit nicht mehr zu tun. Im Grunde bestand die Zeit bloß noch aus Warten und der Hoffnung – jedenfalls hoffte meine Mutter darauf –, daß das Telefon klingelte und sich ein weiterer Interessent auftat.

Ich entschloß mich, kurz über die Straße zu laufen und das Internetcafé, das in Wahrheit nichts weiter war als ein in einer ehemaligen Garage aufgestellter Haufen Computer nebst Kaffeemaschine, zu besuchen. Ich ging an einem Trio fünfzehnjähriger Jungs vorbei, die emsig damit beschäftigt waren, sich Pornos aus dem Netz runterzuladen, setzte mich an einen Acer und rief meine E-Mails ab. Ich hatte fünfunddreißig neue Nachrichten, und fast alle kamen von meinen Freunden in New York, die mich über *ihre* Urlaubspläne aufs laufende brachten. Sheryl wollte den Amazonas runterschippern. Marion dachte an die Pyramiden. Erin hatte vor, in der Nähe der Hamptons zu bleiben.

»Aber du, meine Süße, machst die einzigartigste Erfahrung von uns allen«, schrieb Sheryl. »Die buchstäbliche, weitreichende, keinen Stein auf dem anderen lassende Suche nach dem richtigen Mann. So tapfer! So Indiana-Jones-mäßig. Muß jetzt hurtig los. In der Bubble Lounge soll es heute mächtig brummen. Tschau, meine Liebe. Ich drück dich!«

Eine Stunde später – ich war wieder zu Hause – klingelte das Telefon. Es war Rita Mehta, eine professionelle Ehevermittlerin, die meine Mutter ein paar Tage zuvor angerufen hatte. Ich hörte, wie meine »näheren Angaben« weitergeleitet wurden: Alter (29 – wieder eine kleine Volte nach unten), Größe (1,62 m), Figur (durchschnittlich), Hautfarbe (mittel). Bis dahin hatte ich nicht den Eindruck, daß die Rede von der dynamischen, schillernden Frau die Rede war, die ich zu sein glaubte. Hobbys, Vorlieben, Interessen kamen nicht zur Sprache. Nur wie groß, wie alt, wie dünn, wie hell ich war.

»Ist sie sehr *umricanisch*?« fragte die Kupplerin, worauf meine Mutter zögerlich durchblicken ließ, daß ich in New York gearbeitet hatte, »aber nur vorübergehend, in einem Büro.«

»Ich meinte damit, ob sie sich anpassen kann«, erläuterte Rita die Frage.

»Sie ist ein sehr liebes Mädchen«, sagte meine Mutter daraufhin. »Auf Draht, aber eher der häusliche Typ. Ein ganz runder Charakter. Sie hat nur kurz in *Umrica* gelebt, und in ihrem Herz ist sie eine Inderin.« Meiner Mutter war völlig klar, daß mein »nur kurzer« Aufenthalt in Amerika nicht bloß ein kleiner Stolperstein, sondern ein gewaltiger Felsbrocken auf dem Weg in die Ehe war. Männer, die nach Indien kamen, um dort ihre Zukünftige zu finden, verzichteten in der Regel lieber auf Frauen, die sich fernab ihrer Familie in einem unabhängigen Leben erprobt hatten. Mister Accra hatte sich entschieden, diesen Umstand zu ignorieren, weil er ihm offensichtlich bei seiner Sicht auf die Dinge nicht wichtig schien. Alles, was er sich wünschte, war eine Frau, die ihn heiraten, mit ihm in sein Land gehen und dort für den Rest ihrer Tage die Bedienungsanleitung des Staubsaugers auswendig lernen würde.

»Wir suchen nach einem anständigen Jungen«, fuhr meine Mutter fort. »Keine schlechten Angewohnheiten«, was verklausuliert soviel hieß wie: keine Zigaretten, kein übermäßiger Alkoholkonsum, keine extravaganten Ausgaben und kein Schürzenjäger – alles in allem Einschränkungen, mit denen jeder Mann aus meinem eigenen Freundeskreis so gut wie aus dem Rennen gewesen wäre.

Meine Mutter machte sich wieder ein paar Notizen in ein schmales rotes Heftchen, auf dem vorne »Jungs« draufstand. Da ich neben ihr saß, sah ich sie schreiben: »Dubai, 36, hat eigenes Bekleidungsgeschäft, gute Manieren.« Lalit Soundso. Name des Vaters, Name der Mutter.

»Ein ganz tadelloser Bewerber«, sagte Rita. »Ich habe alles nachgeprüft. Er ist zur Zeit nicht in Bombay, aber wenn sich etwas Interessantes anbietet, käme er runtergeflogen.«

Diesmal fragte mich meine Mutter noch nicht einmal mehr nach meiner Meinung. Keine Stunde später telefonierte sie schon mit einer Freundin, die früher in Dubai gelebt hatte.

»Kannst du mir einen Gefallen tun und herausfinden, ob das ein guter Junge ist? Es geht ums Heiraten«, fügte sie schnell hinzu.

Armer Kerl, dachte ich. Er ist vermutlich gerade auf einem Kamel unterwegs oder tut, was auch immer man zu seinem Freizeitvergnügen in den Vereinigten Arabischen Emiraten unternimmt, nicht ahnend, daß meine Familie noch vor Sonnenuntergang genug über ihn wissen würde, um eine Biographie im Stil Kitty Kelleys über ihn zu schreiben.

Wie sich herausstellte, hatte Lalit wegen Scheckbetrug sechs Monate im Gefängnis gesessen, worauf mein Vater kurz und knapp entschied, die Finger von ihm zu lassen. »Wir wollen keinen kriminellen Schwiegersohn.« Meine Mutter hingegen fand sein Urteil vorschnell. »Warum? Er hat doch niemanden umgebracht. Und laß sie nur erst verheiratet sein. Dann ändert sich das.«

Eine weitere Woche verstrich. Am Sonntag vormittag leistete ich meinen Eltern beim Studium der Heiratsgesuche in der Times of India Gesellschaft. Mein Vater hatte ein paar Inserate der in Frage kommenden Kandidaten eingekreist. »In Übersee lebender Inder (Sindhi), männlich, Mitte dreißig, sucht ebenfalls im Ausland lebende Frau derselben Kaste. Sollte mindestens 1,58 m groß, schlank, mittelhell sein und einen guten Charakter haben.«

Meine Mutter wählte die Nummer am Fuß der Anzeige. »Äh, ja, hallo, ich rufe wegen des Jungen an, der heute in der Zeitung sein Inserat aufgegeben hat.«

Mich durchfuhr plötzlich ein stechendes Gefühl der Schuld, daß ich mit meinen bald vierunddreißig Jahren nicht in der Lage war, mir selbst einen Partner zu suchen, und daß meine Mutter auf ihre alten Tage ihre Sonntagvormittage damit zubringen mußte, mit den Familien fremder Männer zu telefonieren.

»Ja, das Mädchen ist im Moment hier ... Wir kommen aus Bombay, aber sie lebt derzeit in New York und arbeitet dort in einem Büro ... Ja, sie hat die passende Größe ... Wie alt ist Ihr Junge? Ha, fünfunddreißig, sehr gut. Und wo lebt er?« Meine Mutter entzündete ein wahres Feuerwerk an Fragen, denen die Frau am anderen Ende der Leitung, die Schwester des Betreffenden, Rede und Antwort stand.

»Ha, gut, ja«, begeisterte sich meine Mutter und begann, etwas auf das Papier zu kritzeln. Dann legte sie abrupt den Stift zur Seite und sagte schnell: »Ha, okay, okay, vielen Dank. Ich werde mit meiner Tochter sprechen und Sie wieder anrufen.« Dann legte sie auf.

»Und?« fragte mein Vater.

»Er lebt in Indonesien«, antwortete meine Mutter. »Ihm gehört dort ein kleines Studio zum Kopieren von Videos, das kennst du doch, die Leute bringen ihre Bänder hin, und er kopiert sie ihnen auf einem seiner vielen Rekorder.« Sie sah zu mir herüber.

»Ich glaube nicht, daß er dich interessieren würde.«

Dann aber stießen wir auf einen bedeutend vielversprechenderen Kandidaten. Ein Mann aus Spanien. Madrid, um genau zu sein. Hm, dachte ich, klingt romantisch und kosmopolit. Die Heimat von Dalí und Picasso, Städte wie Sevilla und Granada, ein echtes Königspaar, nicht zu vergessen die Tapas und Sangría. Und wenigstens ein Ort, wo ein Stromaggregat nicht automatisch als willkommene Anzapfstation für den eigenen Haushalt betrachtet wurde.

Der Anzeige nach war er Banker, siebenunddreißig, gebildet, von sympathischem Naturell, groß. »Vom 2. bis 15. Juni in Bombay.«

»Das ist jetzt«, verkündete meine Mutter enthusiastisch. Sofort griff sie erneut nach dem Hörer und hatte dieses Mal eine ausgesprochen angenehm klingende Frau am Apparat, vermutlich die Mutter des Bräutigams. Er hatte in Yale studiert und war dann über einen Headhunter nach Spanien gekommen, um dort die neue Niederlassung einer amerikanischen Bank aufzubauen. Er hatte eine Schwester, die noch in Kalifornien studierte, woraus man schließen konnte, daß er aus einer relativ liberalen Familie kam. Wie ich hatte auch er sich zwei Wochen Urlaub genommen, um in Bombay nach dem passenden Partner zu suchen. Man beschloß, vor dem nächsten Schritt zunächst Fotos auszutauschen. »Husch, husch, geh schnell eins holen, aber eins, auf dem du nicht so alt aussiehst«, instruierte mich meine Mutter.

Ein paar Stunden später tauchte ein Kurier mit einem Umschlag bei uns auf, in dem das Foto des Bankers aus Spanien steckte und dem wir im Gegenzug meins mitgaben. Zögerlich zog ich den Farbausdruck aus der Hülle. Es war ein Bild, daß ihn vor einem Straßencafé zeigte. »Barcelona, Juli 2000« stand mit Tinte auf der Rückseite geschrieben. Er trug ein Shirt von Ralph Lauren, das er in blaue Denim-Jeans gesteckt hatte. Lächelnd sah er in die Kamera, einen Finger an den Rand einer Espresso-Tasse gelegt, das dunkle Haar sonnenbeschienen und ein Teil seines Gesichtes vom Schatten verdunkelt. Es war ein gutes Gesicht, keine Frage. Offen, freundlich, intelligent. Er wirkte nett, anders als diese engstirnigen Idioten, die auf der Suche nach einem weiteren Hausmädchen, einer zweiten Mutter durch die Gegend streunten.

»Er gefällt dir, habe ich recht?« fragte meine Mutter, als sie mein zufriedenes Lächeln sah.

»Nun, er sieht nett aus.«

Mit einem Mal schienen sich ganz neue Perspektiven aufzutun. Es konnte passieren, daß mein Vater aufhörte, sich darüber zu beschweren, daß ich doch nur »Flugkosten verschwenden« würde, daß die Freunde meiner Mutter endlich keinen Grund mehr hätten, während ihrer Kartenrunden in Wehgeschrei über meine armes, ewiglich unverheiratetes Selbst auszubrechen. Und schließlich, am allerwichtigsten, konnte es passieren, daß ich jemanden fand, der zu mir paßte, obwohl ich nicht die ideale indische Ehefrau war – niemand, der die Talente einer Martha Stewart und den Körper einer Gisele Bündchen auf sich vereinigte, keine vegetarische Antialkoholikerin, die den ganzen Tag nicht aufhörte zu lächeln, zu beten, zu gefallen und zu nikken. Vielleicht, nur vielleicht konnte es passieren, daß ich, obwohl ich nicht so war, trotzdem von jemandem gemocht wurde. Wie der verständnisvollere Teil meiner Verwandtschaft immer sagte: »*Beti,* der Junge, der für dich bestimmt ist, ist schon geboren. Er ist irgendwo da draußen in der Welt. Wir müssen ihn nur finden.«

Die Sonne ging unter, und durch die geöffneten Fenster wehte eine leichte Brise ins Zimmer. Mein Vater war auf seinem Sessel eingenickt, meine Mutter hatte sich für ein Stündchen ins Schlafzimmer zurückgezogen, und die Jungs waren draußen unterwegs. Ich aß *Dokhlas* – weiche Grießbällchen, die mit einem kühlen Mint-Chutney serviert wurden – und sah mir eine zum wiederholten Mal ausgestrahlte Aufzeichnung von Tommy Hilfigers Modenschau auf CNN an. Ich erinnerte mich an den Abend, als ich, wie alle PR-Agenten, etwas abseits gestanden und aufmerksam darauf geachtet hatte, daß die Journalistinnen der Vogues, der Elles und In-Styles glücklich auf ihren Plätzen saßen. All die Diven in der ersten Reihe wirkten verkniffen und gelangweilt, gerade so, als täten sie der Welt mit ihrem bloßen Erscheinen einen unglaublichen Gefallen. Gleichzeitig betete jede einzelne von ihnen innerlich, daß sie es sein möge, die neben dem speziell zu dieser Modenschau geladenen Superpromi plaziert wurde, der mal der mäßige und ordinäre Samuel Jackson, mal die zarte, hübsche Gwyneth Paltrow mit dem traurigen Blick sein konnte.

Das war mein Leben – Laufstege, Cocktailpartys und die Auszeichnung, sagen zu dürfen, schon einmal mit Angelina Jolie im gleichen Raum gewesen zu sein. Es machte Spaß, und es glitzerte, aber mehr steckte auch nicht dahinter. Neulich hatte ich mein Tagebuch aus dem vergangenen Jahr wieder einmal gelesen: »Wow! Habe die ultimative Tasche von Kate Spade im Schlußverkauf bei Barneys erstanden!« Oder: »Warum habe ich bei Patagonia 1500 $ ausgegeben, obwohl ich es hasse zu wandern?« Oder: »Erschöpft vom Power-Yoga. Daran konnten auch die drei Himbeerstolichnayas danach nichts mehr ändern.«

Mit keinem Wort wurden dort tiefere Gefühlsregungen erwähnt, höchstens dann einmal, wenn ich gerade von meinem Meditationskurs kam und mir, zu Hause angekommen, schwor, mein Leben von Grund auf zu ändern, um mir die größeren, universalen Sinnzusammenhänge zu erschließen und meinen inneren Frieden zu finden. Es dauerte aber nicht lange, da übernahm der »westliche Flügel« wieder die Regentschaft, und alles war vergessen. Ich lebte mein Leben mehr und mehr an der Oberfläche. Und wenn ich mich bemüht hätte herauszufinden, was sich darunter verbarg, wäre ich vermutlich auf versteckte Neurosen, ungesunde Neidgefühle und einige Macken mehr gestoßen, mit denen ich nicht hätte umgehen können. Also gönnte ich mir statt dessen doch lieber einen Cosmopolitan, ein neues Paar Schuhe oder was auch immer. So gesehen führte ich ein perfekt biologisch abbaubares Leben, eines, das, glitte es mir eines Tages aus den Händen, sich mit dem Schmutz und Staub vermischen und schließlich irgendwo versickern würde, ohne eine Spur zu hinterlassen.

Ich brauchte dringend eine Veränderung. Und diese Veränderung könnte eine Hochzeit sein.

Ich stieß stumm ein Stoßgebet in den Himmel, daß der gutaussehende Mann aus Madrid anrief. Weder hatte ich bislang seine Stimme gehört, noch wußte ich irgend etwas von ihm, das über die Basics hinausging, und doch schien er seit langem mal wieder näher an »den Richtigen« heranzureichen als jeder andere. Wie die Unschuld vom Lande, die ihre Dankesrede für den Oscar bereits in der Schublade hat, wußte ich schon genau, wie ich die Kinder von dem Mann nennen würde, den ich erst noch treffen mußte.

Schließlich erwachten meine Eltern wieder aus ihrem Mittagsschlaf. »Und? Hat er angerufen?« fragte meine Mutter. Ich schüttelte den Kopf. Wir alle wußten, daß mit jeder Stunde, die verstrich, die Wahrscheinlichkeit abnahm, daß das Telefon noch klingeln würde. In dem Moment wurde mir klar, daß, so attraktiv *ich ihn* auch fand, ihm mein Aussehen deswegen noch lange nicht gefallen mußte. Konnte das sein? Ich hatte ihm eins meiner besten Fotos geschickt. Wir hatten es an einem sonnigen Nachmittag im Central Park aufgenommen; ich trug ein sommerliches, pinkfarbenes Top und weiße Hosen, und mein Anblick vermittelte ansatzweise auch das Mäusespeck-Phänomen – man konnte ja nie wissen. Mein leicht getöntes, schwarzes Haar glänzte im Sonnenlicht, und mein lächelndes Gesicht strahlte entspannte Zufriedenheit aus. Auch meine Haut wirkte nicht zu dunkel. Wie also konnte mich nach diesem Foto jemand nicht kennenlernen wollen?

Ich versuchte, mich mit allem Möglichen abzulenken, aber jedesmal, wenn das Telefon klingelte, hielt ich in der Bewegung inne und betete, daß er es sein möge.

Der Anruf kam nie.

Am Spätnachmittag des nächsten Tages schaute Tante Jyoti zum Tee vorbei und machte es sich in Vorbereitung ihrer beispiellosen Klatsch-und-Tratsch-Session, die mindestens drei Stunden dauern würde, auf dem Sofa bequem.

»Ich habe gehört, daß sich die Eltern von diesem Madrider Jungen über euch erkundigt haben«, eröffnete sie in meine Richtung mit verschwörerischer Miene, als hätte sie soeben bedeutende Informationen aus dem Pentagon erhalten.

»Ach, tatsächlich? Wir haben gestern mit ihnen telefoniert«, warf meine Mutter überrascht ein. Sie hätte das Thema gern unangetastet gelassen, bis etwas »geklappt« hat, so peinlich war ihr inzwischen das Gejammer über die fehlgeschlagenen Vermittlungsversuche, die meinen Weg kennzeichneten. Aber wenn es um Heiratsangelegenheiten ging, war Bombay ein Dorf, und es dauerte keine fünf Minuten, bis sich die Nachricht meiner Erstkontakte und Angebote verbreitet hatte. Ich kam mir langsam vor wie einer dieser Vorführfilmchen, die in Hollywood unter Agenten, Regisseuren und Produzenten von Hand zu Hand gingen, auf die jeder einen schnellen Blick warf, bevor er sie weiterreichte und sich in endloser Schleife die nächste Tür öffnete und wieder schloß.

»Wir haben Fotos ausgetauscht«, sagte meine Mutter, die offensichtlich beschlossen hatte, daß sie ihrer Schwester auch gleich die ganze Geschichte erzählen konnte. »Seins hat uns gefallen. Aber wir haben nichts mehr von ihnen gehört. Vielleicht war Anju ihnen nicht hübsch genug. Aber was soll's, jetzt können wir es auch nicht mehr ändern, solche Dinge passieren.« Obwohl ich wußte, wie enttäuscht sie war, setzte meine Mutter meinetwegen eine Miene auf, als ließe die Angelegenheit sie völlig kalt. Da war es ihr doch endlich gelungen, jemanden zu finden, den ihre Tochter in Betracht zog, und dann war es die andere Seite, die kein Interesse zeigte. Karma, dachte sie. Am Ende ließ sich alles darauf reduzieren.

»Es hat nichts mit ihrem Aussehen zu tun«, sagte Tante Jyoti. »Die Familie hat Nachforschungen angestellt und herausgefunden, daß Anju schon eine ganze Weile allein in New York lebt. Damit ist sie ihnen zu unabhängig. Der Junge meint, solche Frauen könne man nicht mehr formen. Er hätte lieber eine etwas traditionellere Frau gehabt. Was will man da machen? Damit muß man leben.« Als hätten sie eine Querschnittsgelähmte vor sich, sahen meine Mutter und meine Tante mich ebenso mitleidig wie zärtlich an.

»Das ist so ungerecht!« rief ich aus. »Ich meine, der Typ ist zum Studieren in die Staaten gegangen, richtig? Seine Schwester lebt noch dort, richtig? Was soll dann diese verdammte Heuchelei?«

»Anju, *Beti*«, beschwichtigte mich Tante Jyoti. »Das ist etwas anderes. Jungs finden es in Ordnung für sich und vielleicht auch für ihre Schwestern, aber wenn es drauf ankommt, möchten sie eine solche Frau nicht heiraten. Es gefällt ihm einfach nicht, daß du so viele Jahre allein und ohne deine Eltern im Ausland gelebt hast. Er glaubt, daß du ihm inzwischen zu selbständig geworden bist. Ich habe dir damals, bevor du gegangen bist, gesagt, daß genau das passieren würde. Und, habe ich recht behalten? Das ist der Grund, warum ich meinen Töchtern so etwas nie erlauben würde«, sagte sie und warf sowohl mir als auch meiner Mutter einen abschätzigen Blick zu, bei dem ihr stolz durch den Kopf zu gehen schien, daß ihre ältere Tochter schon mit zweiundzwanzig weggeschnappt wurde und die Jüngere sicher auch bald fällig war.

Überraschenderweise sprang meine Mutter mir zur Seite.

»Jyoti, die Jungs sollten heutzutage durchaus etwas offener sein, etwas vorausschauender im Denken. Wenn er meine Tochter nicht will, ist das Pech für ihn. Dann finden wir jemand besseren. Soll er doch so eine dumme Gans heiraten, die noch nicht mal tief Luft holen darf, ohne vorher um Erlaubnis zu fragen.«

»Du sagst es«, stimmte ich ihr lächelnd zu. Indem ich merkte, daß meine Mutter mich nicht verurteilte, wenigstens nicht öffentlich, ging es mir sofort besser. Just in dem Moment klingelte das Telefon. Es war Sheryl, die mich aus New York anrief.

»Und, wie geht's dir da drüben? Schon verheiratet? Soll ich mir vorsorglich ein Ticket reservieren lassen und mir ein neues Kleid kaufen? Versprichst du mir, mich neben einen ganz schnuckeligen Typen zu setzen?« ratterte sie los und klang dabei so gehetzt wie immer.

»Es gab da einen aus Spanien, der sich ganz spannend anhörte, sich dann aber doch als Flachpfeife herausgestellt hat, weil er mich für zu unabhängig hält. Mich! Ich kann ja noch nicht mal ohne die Hilfe meiner Eltern einen Mann finden. Das ist doch wahnsinnig unabhängig, oder?«

»Ach komm«, sagte Sheryl, »der braucht wahrscheinlich irgend so eine unterwürfige Zwölfjährige. Und im Grunde ist das sein gutes Recht. Es ist, als wenn er bei Henri Brendel reinspaziert, einen hübschen Pulli entdeckt, der da aber schon eine ganze Weile hängt und jetzt herabgesetzt ist. Also sieht er ihn sich vielleicht an, legt ihn zurück und guckt sich woanders weiter um, stöbert bei den gerade gelieferten Klamotten. Es hat nichts mit dir zu tun. Er will nur einfach diesen einen Pulli nicht haben.«

Bei Sheryl konnte man darauf vertrauen, daß sie grundsätzlich immer alles auf das Niveau einer Shoppingerfahrung herunterbrach.

»Aber hör gut zu«, fuhr sie fort. »Du denkst, du hättest ein Problem? Ich hatte gestern ein Blind Date mit einem Typ namens Jerome, das mein Cousin für mich organisiert hat. Der Abend war nett, aber als er mich zu Hause absetzte, bat er mich, noch mit hoch kommen und die Toilette benutzen zu dürfen. Nachdem er weg war, habe ich entdeckt, daß er den ganzen

Boden vollgepinkelt hat, tausend Spritzer neben dem Klo. Wie hoch, glaubst du, ist die Wahrscheinlichkeit, daß ich mit einem Typen ausgehen möchte, der nicht mal geradeaus pinkeln kann?«

»Ich weiß es nicht, Sheryl. Aber ich halte mein Dilemma nach wie vor für spannender als deins. Mich hat ein Mann zurückgewiesen, bevor er mich überhaupt das erste Mal gesehen hat. Das mußt du erst noch toppen.«

Drittes Kapitel

»Die Heiligen Schriften verbieten das Opfern weiblicher Tiere, das Opfern von Menschen weiblichen Geschlechts hingegen gilt als zutiefst befriedigend.«

Rabindranath Tagore in: *Chaturanga*

Ich verstehe es nicht«, sagte mein Vater, legte die Zeitung zur Seite und sah meine Mutter an. »Mit Anju ist alles in Ordnung. Sie ist ein nettes Mädchen, sieht gut aus. Ich verstehe einfach nicht, daß es so schwer sein soll, den richtigen Mann für sie zu finden.«

Die Aufmerksamkeit meiner Mutter wanderte von einer im Fernsehen laufenden Hindi-Comedy-Show, die »The Brady Bunch« eher schlecht als recht zu imitieren versuchte, hinüber zu meinem Vater.

»Nur Gott kennt den Weg. Wir haben getan, was wir konnten, jetzt liegt es in Gottes Hand.«

Ich war in meinem Zimmer und versuchte relativ erfolglos, mich auf ein altes Buch von P.G. Wodehouse zu konzentrieren, das ich in einer Ecke der Wohnung gefunden hatte. Den ganzen Tag dachte ich fortwährend nur an mein Leben in New York. Bald ging es im Central Park wieder mit den Gratis-Konzerten los, und in ein paar Wochen würden auf der Sixth und der Seventh Avenue die neuen Herrenmoden präsentiert. Am Vormittag hatte ich Marion angerufen und sie auf unbestimmte Zeit um Freistellung gebeten. Karrieretechnisch war das so ziemlich das Dümmste, was ich tun konnte. Aber irgendwie hatte ich das unbestimmte Gefühl, daß ich die Sache hier zu Ende bringen mußte.

»Ich will meinen Eltern zeigen, daß es mir wirklich ernst ist«, hatte ich meiner Chefin erklärt. Ja, es stimmte, ich fühlte mich miserabel, ich hatte Angst, war verzweifelt und gelangweilt – die besten Voraussetzungen also, um jeden Mann sofort zu verscheuchen. Und ja: Ich wollte in mein kleines Apartment auf der 57. Straße/Columbus Avenue zurückkehren, zu meinen Mädelsabenden mit Pasta al fresco, wollte wieder gewitzte Lösungen zur Beschreibung einer neuen Handtaschenkollektion für meine Pressetexte finden, meinen Platz in »Sex and the City« einnehmen – nur ohne Sex.

Ich liebte mein Leben dort.

Aber ich liebte meine Eltern noch mehr.

»Hör zu, Marion, ich weiß nicht, wie lange das alles dauert, aber ich muß den Dingen eine faire Chance geben. Als ich New York wegen der Hochzeit meiner Cousine verließ, hatte ich keine Ahnung, daß ich am Ende länger als zwei Wochen bleiben würde, aber so hat es sich nun mal ergeben, und damit muß ich umgehen.«

»Bist du sicher, daß du das Richtige für dich tust?« hatte Marion besorgt gefragt. Zu meinem Glück war meine Chefin von der einfühlsamen Sorte und damit das genaue Gegenteil von den sonstigen Meinungsmachern in der Modebranche. Ich weiß nicht, wie sie in ihrer früheren Profession als Rebirtherin war, heute aber kannte ich sie als erstklassige PR-Frau, die die meiste Zeit damit verbrachte, die sechs neurotischen Publizistinnen und den einen schwulen hyperneurotischen Mann in ihrem Laden zu trösten, indem sie ihnen Kamillentee oder Ökokekse brachte, wenn sie wegen ihrer Haare oder aus einem anderen Grund mal wieder einen schlechten Tag hatten.

»Marion, ich weiß dein Verständnis ehrlich zu schätzen. Es gibt nicht viele Vorgesetzte, die ihre Leute beurlauben, damit sie sich einen Mann suchen können. Das ist großartig von dir.«

Sie lachte. »Honey, so altruistisch bin ich nun auch wieder

nicht. Ich will nur endlich mal auf eine indische Hochzeit. Also sieh zu, daß du den Sack zumachst. Und übrigens, von wegen tolle Vorgesetzte. Ich stelle dich frei, okay, aber für die Zeit wirst du auch nicht bezahlt. In der Fortune-500-Liste tauchen wir leider noch nicht auf.«

Im August würde ich vierunddreißig werden. In meiner Kultur galt ich damit schon als alte Schachtel, als indische Darva Conger. Sicher gab es Frauen, die jeder Mann sofort heiraten würde, aber leider war ich keine von ihnen. Marion hatte irgendwann mal gesagt, daß es besser war, mit fünfunddreißig geschieden zu sein als gar nicht geheiratet zu haben. Selbst eine gescheiterte Ehe bescheinige einem doch die Fähigkeit, eine Bindung einzugehen, wenn auch nicht unbedingt das Talent, die Beziehung erfolgreich zu führen.

Was meinst du damit?« hatte ich Sheryl, meine erste wirkliche Freundin in New York, gefragt, als wir uns am Anfang mal zum Mittagessen verabredet hatten. Sheryl hatte wissen wollen, was mich »ausmacht«. Wir waren damals beide siebenundzwanzig.

»Ich meine es genau so, wie ich es gesagt habe. Was macht dich aus? Was macht dich zu dem, was du bist? Was ist dein Beitrag hier auf der Welt? Wie siehst du dich?«

Das waren Sheryls Fragen gewesen. Sie war eine begeisterte Kick-Boxerin, und wenn sie nicht gerade ihrem Job als Finanzanalystin nachging, studierte sie die Kabbala, nahm Gesangsunterricht oder besuchte ihren Free-Climbing-Kurs. Sie betrachtete das Leben als ein gigantisches Experiment in einem Laboratorium, das einem jeden Moment um die Ohren fliegen konnte, und genau das machte es so spannend.

»Nichts kennzeichnet mich, Sheryl. Ich bin eine ganz normale indische Frau. Der einzige Grund, warum ich in den Staaten gelandet bin, war der, daß mein Vater glaubte, ich könnte hier den richtigen Mann finden. Vielleicht ist es also das, was mich ausmacht. Heute genau wie früher geht es nur um das eine: ums

Heiraten. Mehr oder weniger seit ich sieben war, hat meine Tante Jyoti darauf bestanden, daß meine Mutter mir eine selbstgemachte Paste aus Kichererbsenmehl und Zitronensaft ins Gesicht schmierte. Das sollte die Haut schön hell machen, weißt du.«

Sheryl kniff die Augen zusammen.

»Dann ist bei dir aber irgendwas schiefgelaufen«, sagte sie mit Blick auf meinen dunklen Teint.

»Sozusagen. Ich habe einfach aufgehört, sie zu benutzen. Ich fand das Zeug eklig, es hat ein bißchen gestunken und gepiekst, wenn es antrocknete. Meine Tante wirft mir heute noch vor, daß das der Grund sei, warum ich keine anständigen Anträge bekomme. Sie sagt, niemand wolle eine dunkelhäutige Frau.

Du erinnerst dich bestimmt daran, wie man als kleines Mädchen immer davon geträumt hat, was man werden wollte, Stewardeß, ein Filmstar, eine Königin?« fuhr ich fort. »Ich habe meiner Mutter von diesen Träumen immer erzählt. Ich wollte Sozialarbeiterin werden oder Kosmetikerin, da konnte ich mich nicht entscheiden. Für mich waren das beides helfende Berufe. Aber meine Mutter hat stets nur erwidert: ›Erst mußt du heiraten, dann kannst du machen, was du willst.‹ Ich glaube, ich war damals zwölf.

Und ich war beileibe nicht die einzige, die mit solchen Aussagen groß wurde. Es gab einen Haufen Mädchen in meinem Alter, Cousinen, Freunde, Nachbarskinder, die zu Geburtstagspartys gingen und Marmeladenbrote und Kuchen von bunten Papptellern aßen und nur ein einziges Gesprächsthema hatten: wie der Mann sein sollte, den wir später einmal heirateten. Meine beste Freundin aus der Schule, Indu, wußte sogar, wie ihr Traummann heißen sollte. Suresh. Sie mochte den Namen. Sie sagte, er würde einen Mittelscheitel tragen und größer sein als sie, und zu ihrer Hochzeit würde sie Unmengen an Diamanten geschenkt bekommen, und sie hätten ein großes Haus und ein schickes Auto. So hat sie ihr Leben gesehen.«

»Hat sie es gekriegt?«

»Hat sie. Mit siebzehn. Der Antrag kam über ihre Tante. Die

beiden verlobten sich, nachdem sie in der Lobby des President Hotels im Kreis ihrer Eltern eine Stunde miteinander geredet hatten. Er verkörperte genau das, was Indu sich vorgestellt hatte, nur daß er Sanjay hieß. Sie haben Zwillinge bekommen, zwei Jungs, und heute lässt sie sich im Fond eines Mercedes mit Klimaanlage durch Bombay kutschieren.«

»Und, ist sie glücklich?«

»Nicht wirklich. Ich habe den Eindruck, daß er sie ziemlich links liegen läßt.«

Ich spielte mit dem Goldarmband an meinem Handgelenk und dachte eine Weile schweigend an meine alte Freundin Indu und daran, wie unterschiedlich unsere Leben heute waren. Ich wußte, daß selbst sie mich verurteilte.

»Sobald Indu verheiratet war, hat sich jeder nach einem Mann für mich umgesehen. Sie und ich hatten das gleiche Alter. Meine Mutter hatte mir alles beigebracht, was ich als gute Ehefrau beherrschen mußte, außerdem mußte ich irgendwie meine dunkle Hautfarbe kompensieren. Ich lernte, einen perfekten indischen Tee zu kochen, mit genau der richtigen Menge an Kondensmilch und *elaichi*, Kardamom. Noch mit verbundenen Augen hätte ich die Dutzende unterschiedlichen Gewürze in unserem Küchenregal bestimmen können. Ich sollte *Samosas*, süße Teigtaschen, zubereiten – kein Problem. Und all die Varianten der gebratenen indischen *Bhajis*, selbst die komplizierteren, waren für mich ein Kinderspiel. Wenn meine Eltern irgendwo zu Besuch waren, haben sie mich gern vorgeführt und gesagt: ›Seht her, unsere Tochter, wie erwachsen sie schon ist, sie kann alles, kochen und vieles mehr, und sie ist so ein sensibles und gescheites Mädchen.‹ In dieser Hinsicht sind sie vermutlich mächtig stolz auf mich.«

»Und jetzt bist du hier. Weit weg von all dem«, sagte Sheryl. »Wer hätte das gedacht?«

Eingedenk meiner Wurzeln und unter welchen Umständen ich nach New York gekommen war, konnte man sich das fragen, in der Tat.

ZWEITER TEIL

Erstes Kapitel

»Ein Vater, der seine Tochter nicht zur richtigen Zeit verheiratet, ist scharf zu verurteilen.«

Sources of Indian Tradition, Volume 1;
herausgegeben von W. Theodore de Bary

Zwei Tage nach meinem einundzwanzigsten Geburtstag rief meine Mutter bei Udhay an, dem berühmtesten Astrologen von Bombay. Seine winzige Bretterbude im Colaba-Viertel – die von einem Stand mit gebrauchten und mit Eselsohren gespickten Büchern sowie von einem fliegenden Händler flankiert wurde, der mit Läusen übersäten, welken Mangold feilbot – war ein regelmäßig eingelegter Zwischenstopp für die Bewohner Bombays und deren vorübergehend in der Stadt weilender Verwandtschaft, wenn schnell geklärt werden mußte, ob man in einen anderen Fonds investieren, umziehen, sich einen Bypass legen lassen oder einen Heiratsantrag annehmen sollte.

»Er ist seeeeeehr gut«, hatte Tante Jyoti eine Woche vorher zu meiner Mutter gesagt. »Erinner dich mal, als wir den Ärger mit unserer Wohnung in Mysore hatten, damals, als wir die Mieter rausschmeißen wollten. Er hat uns gesagt, an welchem Tag wir zum Anwalt gehen und die Klage einreichen sollten. Glaub mir, Leela, innerhalb weniger Wochen war das Problem vom Tisch. Und auch von meinen Freunden habe ich nur seeeeehr Gutes über ihn gehört. *Bas*, du solltest ihm Anjus *Chhati* wirklich zeigen. Du hast ihr Lebensblatt doch noch irgendwo, oder? Ernsthaft, Leela, sie ist einundzwanzig, sie hat ihr Diplom, und noch immer bemüht sich kein Junge um sie. Und Udhay wird dir *tausendprozentig* sagen, wann es passiert. Das beruhigt das Gemüt.«

Nachdem meine Mutter ihm sorgenvoll mitgeteilt hatte, daß sie keinesfalls dabei ertappt werden wollte, wie sie vor seiner blaugestrichenen Hütte herumlungerte, bot Udhay zum Glück an, uns gegen einen Aufpreis einen Hausbesuch abzustatten. *Irgend jemand* hätte sie nämlich garantiert gesehen, und innerhalb von genau fünfundvierzig Sekunden wüßte ganz Bombay, daß in unserer Familie etwas nicht stimmte.

»Ha, ha, kein Problem, ich komme«, sagte er, als meine Mutter sich an jenem Abend schließlich aufgerafft hatte. »Aber Sie ssicken mir Ihren Fahrer«, lispelte er.

Er wirkte hinreichend zivilisiert. Weder hatte er sich einen *Dhoti*, eine Art traditionelles Tuch, um das Bein gewickelt, noch hatte er sich ein *Tilok*, ein V, auf die Stirn gemalt. Im Grunde wäre er in seinem Polyester-Shirt, den Hosen, den sonnengegerbten Füßen, die in schmuddeligen *Chappals* steckten, und seinem Lederranzen, der den Zweiten Weltkrieg nur knapp überlebt hatte, locker als Mittelschichtsbeamter durchgegangen.

»Also, wass ist dass Problem?« fragte er, nachdem er sich gesetzt hatte und mit einer Tasse *Chai* sowie Gebäck auf einem Tisch neben ihm versorgt worden war.

»Meine Tochter«, sagte Leela und zeigte auf mich in meinem für diese Situation angemessen schmucklosen schwarzen *Salwar Kameez*.

»Sie ist gerade einundzwanzig geworden, und mein Mann und ich sind sehr besorgt, weil sich noch kein Junge um sie bemüht. Liegt etwa ein *Grechari* über ihr?« fragte meine Mutter und bezog sich damit auf eine schwarze kosmische Wolke, die über den Köpfen der Glücklosen schwebte, über jenen kummervollen Seelen, denen eine Pleite bevorstand, der Verlust eines Körperteils oder ein weiteres Jahr als Single.

»Ha, ha, machen Sie ssich keine Sorgen, woll'n doch mal ssehen, wo das Problem liegt«, sagte Udhay und holte aus seiner abgewetzten Tasche einen Hindu-Kalender, einen Block Papier und einen Taschenrechner.

»Haben Sie ihr Lebenssblatt da?«

Meine Mutter reichte ihm ein beschichtetes Blatt Papier, auf dem – eingerahmt von aufwendigen Zeichnungen – die Namen der Planeten auf Hindi geschrieben standen. Udhay studierte seinen Kalender, notierte sich Zahlen, tippte emsig auf die Tasten seines kleinen Casio-Rechners und brabbelte dabei ständig leise vor sich hin.

Ich saß reglos auf meinen schweißnassen Händen neben meiner Mutter; beide schwiegen wir in ängstlicher Anspannung, und das einzige Geräusch im Raum war das schläfrige Summen der Klimaanlage hinter uns.

Alle meine Freundinnen waren schon dazu verdonnert worden, sich das Lebensblatt lesen zu lassen – oder ihre Mütter hatten es heimlich hinter ihren Rücken getan –, somit wußte ich, daß ich keine andere Wahl hatte, als die Sache durchzustehen. Seit ich mein Wirtschaftsdiplom am Jai Hind College im nahegelegenen Churchgate gemacht hatte, ließ ich es mir ziemlich gutgehen, ziemlich gut jedenfalls für eine junge Frau aus Bombay, die Ausgangssperre und latent neurotische Eltern hat.

Aber ich mußte wissen, wie es in der Ehefrage für mich weiterging, und das war der erste Schritt in dieser Richtung. Ich zupfte den meine Schultern hinabrutschenden weichen Chiffon-*Dupatta* wieder zurecht und versuchte, aus Udhays Gesicht etwas von dem herauszulesen, was mich erwartete. Aus den Erzählungen meiner Freundinnen wußte ich, daß, was immer er in der nächsten halben Stunde sagen würde, die Stimmung im Haus für den Rest des Tages, wenn nicht gar für die nächsten Wochen, maßgeblich bestimmen würde. War die Botschaft positiv und verhieß, daß ich im nächsten Jahr einen guten Mann aus guter Familie und mit allem, was man sich sonst noch wünschte, heiraten könnte, wäre meine Mutter so heiter und gelassen, daß sie meinen Brüdern erlauben würde, mit ihren Freunden nach der Schule mindestens eine Stunde länger draußen herumzutoben, anstatt sie wie sonst aus einer wachsenden, grundlosen Paranoia heraus nach Hause zu zitieren.

Mir war in den vergangenen Monaten nicht entgangen, wie die meiner Mutter innewohnende *Joie de vivre* langsam von den Sorgen, die sie sich um mich machte, erdrückt wurde. An sich hatte sie keinen Grund, traurig zu sein: Das Geschäft meines Vaters lief gut; wann immer sie Lust hatte, konnte sie im eleganten Indian Emporium Banarasi-Seide oder einen neuen Sari aus französischem Chiffon kaufen. Oder sich an drei Nachmittagen in der Woche mit ihren Freundinnen zum Kartenspielen und *Pakodas*-Essen treffen. Oder keine der religiösen Feierlichkeiten auslassen, keine Taufe und auch keinen Kindergeburtstag, auf dem sie jeweils ein neues funkelndes Schmuckstück aus der Werkstatt meines Vaters vorführen und darüber reden durfte, wie gut sich ihre Söhne in der Schule machten.

Jedesmal aber kam sie von diesen Treffen mit hängendem Kopf zurück, das schöne Gesicht verdunkelt, die kostbaren Südseeperlen um ihren Hals nicht mehr ganz so hell schimmernd, und erzählte mir oder wer immer gerade im Haus war, daß Shantas Sohn sich kürzlich verlobt hatte oder Miras Neffe oder Renus Enkel. Meine Mutter sah, wie glücklich all die Frauen waren, mit denen sie aufgewachsen war, die entfernten Verwandten, die sie durch ihre Hochzeit dazu gewonnen hatte, wenn sie wieder von einer Verlobung, einer Hochzeit oder gar einem weiteren Enkelkind berichten konnten. Wenn sie dann so dasaß – den Teller mit *Pakodas* vor sich, das Blatt mit den Karten in der Hand –, sich ein Lächeln abrang und neidvoll ihre Glückwünsche aussprach, fragte sie sich, sobald die Sprache auf die Hochzeitspläne ihrer Tochter kam, insgeheim immer wieder, ob ihr das glückliche Händchen fehlte, den richtigen Mann für sie zu finden.

»Noch etwas Tee?« fragte ich Udhay und stand auf, um in die Küche zu gehen, gerade so, als könnte ich das Ergebnis seiner Kalkulationen durch einen guten Eindruck positiv beeinflussen.

»*Nahin*, *bas*, danke, ich habe genug«, sagte der Astrologe. »Ich glaube, ich versstehe, wass hier los isst.«

Ich bemerkte, wie meine Mutter einmal kurz und tief einatmete, um auf alles vorbereitet zu sein, auf das Schönste, aber auch auf das Schlimmste.

»Deine Tochter hat *Rahu* im ssiebten Haus«, sagte er und machte eine Pause. »Die Zeit ist nicht günsstig für eine Hochzeit. Sie muß warten.«

»Wie lange?« hauchte meine Mutter, an ihrer Unterlippe nagend und so weiß im Gesicht, als erwarte sie eine Haftstrafe in Alcatraz.

»Noch ein paar Jahre«, sagte Udhay bedauernd. Er haßte es, schlechte Nachrichten überbringen zu müssen. Oft nämlich bedeutete das, mit einem leichteren Geldumschlag nach Hause zu gehen, als wenn er freudigere Botschaften verkündet hätte.

»*Jahre? Jahre?*« Meine Mutter war schier fassungslos. »Monate, okay, das ginge ja noch, aber *Jahre*? Oh nein, bitte nicht.«

»Wenn sie nur zwanzig Minuten später auf die Welt gekommen wäre, wäre alless besstens«, sagte Udhay, und sowohl er als auch meine Mutter sahen mich an, als hätte ich mich absichtlich eine Spur zu früh aus dem Leib meiner Mutter befreit.

»Aber genau in dem Moment ihrer Geburt sstanden die Ssterne nicht günstig. Darum isst der Hochzeitsweg voller Probleme. Ein paar Angebote gab ess, oder, *Nahin*? Taugen aber nichts. Vielleicht war mit den Jungss wass nicht in Ordnung. Oder die Eltern waren nicht gut. Vielleicht mochte deine Tochter ihn auch einfach nicht. Oder er sie nicht. Und ess wird auch noch wass kommen. Nur da macht ess nicht klick. Einess Tages aber isst der Weg dann klar, die Sstellung der Planeten ändert ssich, und *bas*, dann heiratet deine Tochter.«

Er machte eine Pause und nippte an seinem Tee.

»Das passiert aber nicht vor ihrem sechsundzwanzigsten Geburtstag.«

»*Hai, hai*«, keuchte meine Mutter und ließ sich rückwärts aufs Sofa fallen. »Sechsundzwanzig! So alt? Wer will sie denn mit sechsundzwanzig noch heiraten?« Meine Mutter sah mich an, während ich gedankenverloren ein Kleenex zerbröselte, das ich vorher in meinen schweißnassen Händen zerknüllt hatte. Mir war zum Heulen zumute, und das nicht wegen der Prophezeiung des Astrologen, sondern weil ich wußte, wie sehr ich meine Mutter enttäuscht hatte. Dabei war es noch nicht einmal meine Schuld. Er hat es doch gesagt. Es lag an den Planeten.

»Ess tut mir leid«, sagte Udhay. »Ihr müsst Geduld haben. Aber, ha!, macht euch keine Ssorgen! Manchmal muß man nur die richtigen Gebete ssprechen und so wass, und dann geschehen auch Wunder.«

Was hat der Astrologe gesagt?« fragte mein Vater an dem Abend, als er es sich in seinem Sessel gemütlich gemacht hatte, einen Schluck von seinem Scotch mit Soda nahm und auf die Abendnachrichten wartete.

»Fürs erste passiert gar nichts«, antwortete meine Mutter. »Er hat gesagt, wir müssen noch ein paar Jahre warten.« Sie tat so, als sei das völlig in Ordnung, als wäre das nun mal der Lauf der Dinge, aber ich wußte, was sie wirklich fühlte.

Nachdem Udhay sich verabschiedet hatte, war meine Mutter in ihr Schlafzimmer gegangen, hatte sich auf ihren seidenen Bettüberwurf gelegt und still geweint. Ich hatte mich ebenfalls zurückgezogen und das gleiche getan. Als wir beide unsere Zimmer eine Stunde später wieder mit trockenen, klaren Augen verließen – die Jungs waren aus der Schule zurück, der Fernseher lief, das Telefon klingelte, der Koch fragte, was er zum Abendessen vorbereiten sollte –, erlaubten wir uns, in dem allgemeinen Gewirr unterzutauchen und uns mit den kleinen, alltäglichen Verrichtungen von unserem Kummer und der Enttäuschung abzulenken.

Es zeigte sich, daß mein Vater keine Details hören wollte. Die Prognosen waren nicht eben gut, und deswegen mußte man sie auch nicht breittreten. Außerdem zeigten sie gerade einen neuen Bericht über das Zugunglück in Bihar, und das interessierte ihn mehr.

Ein paar Wochen später fing ich an, in einem der Geschäfte meines Vaters auszuhelfen. Ich entschied mich für das im Oberoi Hotel, denn wenigstens gab es dort eine Klimaanlage, und ich hatte weitgehend meine Ruhe. Zudem wies mich meine Mutter darauf hin, daß sich im Oberoi gern Ausländer einmieteten oder zumindest häufiger dort einkaufen gingen, und nicht selten hatten sie unverheiratete Söhne oder Neffen oder Cousins. Mich in dieser Umgebung aufzuhalten, sagte sie, würde mir helfen, mich mit den richtigen Leuten in einem Umfeld, das absolut tiptop war, bekannt zu machen. Hatte meine Mutter sich mal etwas in den Kopf gesetzt, war sie unbeirrbar. Udhay konnte ihr erzählen, was er wollte, wer wußte denn, ob er sich nicht geirrt hatte? Geschichten von falschen Berechnungen hörte man immer wieder, und vielleicht war am Ende mein Lebensblatt nicht korrekt. Eine Mutter gab nicht auf!

Wie sich herausstellte, war es schließlich nicht entscheidend, was sie bewogen hatte; ich fühlte mich wohl mit meiner neuen Bestimmung. Nach einer einwöchigen Einarbeitungszeit in dem Hauptgeschäft meines Vaters auf der Hughes Road, dem größten der fünf Juwelierläden, wurde mir zunächst die Verantwortung für die Abteilung mit den Goldarmreifen im Oberoi übertragen. Jeden Morgen um zehn betrat ich fortan nach einem Frühstück, das Chotu mir gemacht hatte und das aus einem Omelett mit Schmelzkäse und kleingehackter Petersilie bestand, das Geschäft im ersten Stock der Einkaufszeile des Hotels. Ich trug einen handbemalten Seidensari oder einen bestickten *Salwar Kameez* und nahm meinen Platz bei den großen Vitrinen mit dem glänzenden Goldgeschmeide ein. Ich konnte nicht verhindern, daß die anderen Angestellten jedesmal aufstanden, wenn ich hereinkam – schließlich war ich die Tochter des *Seth* –, und der Wachmann an der Tür hob regelmäßig die

Hand zum militärischen Gruß. Mich irritierten diese Gesten, denn ich hatte das Gefühl, den Respekt und die Achtung nicht verdient zu haben. Die neue Aufgabe war für mich kaum mehr als ein »Inkubations-Job«, wie meine Freunde frotzeln würden. Ich arbeitete lediglich, um mir die Zeit zu vertreiben, bis ich endlich heiraten würde.

Meistens war nicht besonders viel los, und mir war klar, daß mein Vater mir den Job und die tausend Rupien Gehalt im Monat, die für mich *Karchi*, ein Taschengeld waren, gegeben hatte, um mir einen Gefallen zu tun. Das Geld hätte ich nicht einmal ausgeben können, da meine Eltern ohnehin immer alles bezahlten, weil sie der Meinung waren, daß sich das für Eltern einer unverheirateten Tochter so gehöre.

An den Nachmittagen wurde es manchmal ein bißchen voller, wenn Frauen in kleinen Grüppchen den Laden betraten, um sich, wie sie sagten, »nur mal umzusehen«, und vielleicht ein Paar goldener *Chooras* entdeckten, die sie jemandem als Geschenk mitbringen konnten. In solchen Momenten bekam dann auch der *Chai-wallah* – jedes anständige Geschäft in Indien leistet sich einen Einheimischen, der den Kunden Tee serviert – gut zu tun und versorgte die Leute mit Tee mit Milch, Kaffee, Bisleri-Mineralwasser, Kokosnußsaft oder dem süß-sauren, berühmten Limca-Zitronensoda.

Und wenn die Hochzeitssaison dann wieder eröffnet wurde, was etwa im Dezember der Fall war, eilte ich von einer Vitrine zur nächsten und führte kronleuchtergleiche, diamantene Ohrgehänge vor, Ketten aus Zuchtperlen und Armreifen, die mit kleinen Saphiren besetzt waren.

»Du bist doch die Tochter von Gul und Leela, *nahin*?« würden mich die Frauen dann wieder fragen, die in der überwiegenden Mehrzahl untersetzt waren, den Laden schon mit einem gelangweilten Blick betraten und bei der Wahl des Schmucks für gewöhnlich ihren schlechten Geschmack unter Beweis stellten.

»Ja, Tantchen«, würde ich mit süßer Stimme antworten. »Darf ich dir noch etwas Tee bringen, Tantchen?«

Am meisten aber genoß ich die Augenblicke, wenn der Laden ruhig war und ich auf meinem schwarzen Samthocker hinter den Armreifen sitzen und sie auf ihren Ständern kunstvoll neu arrangieren konnte. Die zierlicheren, schmaleren gruppierte ich vorne, die schwereren hinten. Ich bildete eine Reihe mit Armreifen aus purem Gold, eine für Gold-Silber-Gemische und eine dritte für die mit Steinen oder Emaille besetzten. Die winzigen Preisschildchen mit den unentzifferbaren Zahlenkombinationen versteckte ich geschickt unter jedem Schmuckstück, damit das Auge nicht durch ein weißes Zettelchen Papier von der reinen Schönheit der leuchtenden Reifen abgelenkt wurde. Symmetrie. Eine harmonische Anordnung. Ich mochte das. Ich wienerte die Vitrine von außen und innen, wischte die unzähligen Fingerabdrücke weg, die die interessierte, probierende Kundschaft hinterlassen hatte. Und dann lehnte ich mich zurück und betrachtete das ansprechende, tadellose Gesamtkunstwerk, das mir selbst schon wie ein Juwel vorkam. In meiner teuren, reichen Welt mit ihren Autos und Dienern und eleganten Kleidungsstücken war es das einzige, das wirklich mir gehörte.

Stimmt das wirklich, du *arbeitest*?« fragte Indu, meine beste Freundin seit Kindertagen, als wir uns ein paar Tage, nachdem ich in dem Geschäft angefangen hatte, zum Mittag trafen.

»Ja, zum Zeitvertreib. Da ist doch nichts dabei, oder?«

Ich spielte mit den Eßstäbchen aus Plastik und rührte abwesend damit in meinem kühlen Glas *Nimbu Pani* herum, während wir auf unseren Gemüseteller mandschurische Art und die Kartoffelbällchen warteten. Ich sah Indu an, meine Vertraute und Seelenverwandte, seit ich acht war, obwohl wir für eine Seelenverwandtschaft nur noch erstaunlich wenig teilten, kaum mehr als den jüngsten Klatsch und Tratsch: wer gerade geheiratet hatte und was sich in der Aussteuertruhe befand. Früher hatten sich viele über unsere Allianz gewundert. In der Schule galt ich als das ewig linkische Mädchen, das über ihren eigenen Schnürsenkel stolperte und deren Zöpfe stets mit Kokosnußmilch verklebt waren. Ich traute mich nicht, mich im Unterricht zu melden, selbst wenn ich glaubte, die Antwort zu kennen, weil ich es nicht ertrug, mich lächerlich zu machen, wenn ich doch falsch lag, oder, noch schlimmer, weil ich fürchtete, der Lehrer würde mich schlicht ignorieren. Ich wurde beim Mädchencricket nie in eine Mannschaft gewählt, so daß der Lehrer mich mit vor Scham rotem Gesicht einer Gruppe zuteilen mußte. Ich war stämmiger damals, und meine Haut war dunkel. Aufgrund meiner Allergien lief mir andauernd die Nase, so daß meine Mutter mir ein Taschentuch an die Uniform heften mußte, das ich wie das Banner meiner Behinderung vor mir hertrug. In meinen Beurteilungen stand immer dasselbe: »Klug, aber sehr still.« »Zu introvertiert.« »Müßte sich mehr am Unterricht beteiligen.« Ich verstand das nie. Ich dachte, ich würde mich einfach so verhalten, wie man es mir beigebracht hatte.

Vielleicht war das auch der Grund, warum ich mich irgendwann als Übriggebliebene betrachtete, als das Mädchen, das man mit einem anständigen, aber nicht großartigen Mann abspeisen würde, der mich nahm, weil mein Vater Geld und ein paar Juweliergeschäfte hatte. Selbst als junges Mädchen sah ich mir schon die Heiratsannoncen in der Times of India an und merkte mir die, von denen ich glaubte, daß meine Eltern sie später einmal für mich umkringeln würden: »Mann, beinamputiert, wünscht sich eine Gefährtin. Keine weiteren Anforderungen.« Oder: »Zweifach geschiedener Vater von fünf Kindern sucht häusliche Frau. Alle Angebote werden berücksichtigt.« Oder der Mann, der seine Adresse folgendermaßen angibt: »Block drei, nahe der Ölpumpe.« Das war die Art von Orten, wo Frauen endeten, die es nicht besser verdient hatten.

Und dann war da Indu. Von Natur aus hellhäutig, immer lächelnd, glänzendes Haar, das sie mit schimmernden Spangen hochsteckte, die ihr ihr »Onkel aus Übersee« schickte, das beliebteste Mädchen in der Klasse, diejenige, die ganz sicher ganz vorne in der Cheerleader-Gruppe getanzt hätte, wenn es die denn an Indiens Klosterschulen gegeben hätte. Miß Kongenial in hübscher und aufwendiger Verpackung. Jeder sah auf den ersten Blick, daß aus Indu eine dieser Groß-schlank-hellhäutig-Frauen werden würde, eine, von denen die Männer träumten, wenn sie in den »Er sucht sie«-Spalten ihre Heiratsanzeigen aufgaben.

Bis zu dem Tag, an dem Indu strahlend in mein Leben trat, hatte ich mich weitgehend wertlos gefühlt. Ich hatte auf dem Spielplatz allein auf einer Steinbank gesessen, mein Chutney-Sandwich gegessen und ein verdünntes, orangefarbenes Aufbaupräparat aus der Thermoskanne getrunken, da kam Indu auf mich zu, nahm mich bei der Hand, führte mich zu dem Platz, wo die Kinder Himmel und Hölle spielten, und ließ mich seither nie mehr los. Selbst als unsere Wege sich mit siebzehn mehr oder weniger trennten – ich ging aufs College, Indu heiratete –, pflegten wir das, was die anderen sentimental unsere »Sandkastenfreundschaft« nannten.

Heute nun, beim Essen, betrachtete ich meine Freundin, die noch immer dieselbe helle Haut und das glänzende Haar hatte. Nach der Geburt ihrer Zwillinge war sie etwas molliger geworden, aber in der mondänen Atmosphäre des Chow Chow Maharaja Restaurants stach sie noch immer hervor. Gleichwohl hatte ich den Eindruck, daß sie nicht mehr so unbeschwert war.

»Wie geht es Sanjay?« erkundigte ich mich nach ihrem Mann.

»Oh, gut, beschäftigt, viel unterwegs.« Die letzten Spuren ihres Lächelns waren schnell verschwunden.

»Schöne Ohrringe«, sagte ich mit Blick auf die dreikarätigen, herzförmigen Diamanten, die an ihren perfekten weißen Ohrläppchen funkelten.

»Danke.« Das Lächeln kam zurück. »Die sind von ihm. Habe sie nach der Geburt bekommen. Ich weiß, wir hätten sie in dem Geschäft deines Vaters kaufen sollen, aber er hat sie mir von einer Geschäftsreise aus Belgien mitgebracht. Hübsch, nicht?« Wie es sich offenbar auch noch für die jüngeren Inderinnen gehörte, nannte auch Indu ihren Mann nie bei seinem

Vornamen. Sie sagte immer nur »Er«, ein Wort, das ihr fast schon ehrfürchtig über die Lippen kam.

»Und du?« erkundigte Indu sich dann nach mir. »Irgendwelche Männer? Gute Angebote?«

Wir sahen uns fast jede Woche, telefonierten täglich, und jedesmal stellte sie mir dieselbe Frage. Es schien, als hätte sie mehr einfach nicht zu sagen. Sie interessierte sich nicht sehr für meine neue Arbeit oder für andere berufliche Entscheidungen, die ich eventuell getroffen haben könnte – was ich nicht getan hatte, aber das war nicht der Punkt. Ich war die einzige Frau, die aus unserem Freundeskreis noch immer allein lebte. Mit Ausnahme vielleicht von Bina, deren Mann sie nur zwei Monate nach der Hochzeit verlassen hatte, aber darüber wurde nicht gesprochen.

»Ehrlich gesagt, Indu, nein, es gibt keinen Mann und keine Angebote. Udhay, du weißt schon, der Astrologe, zu dem jeder geht, war letzte Woche bei uns und hat mein *Chhati* gelesen. Er hat gesagt, es dauert noch eine Weile. Schlechte Sternenkonstellation.«

»Ja, selbst ich habe Udhay vor der Hochzeit aufgesucht«, sagte sie. »Alles, was er mir prophezeit hat, ist eingetroffen.«

Mein Herz drohte auszusetzen.

»Er hat mir vorausgesagt, daß ich vor dem achtzehnten Lebensjahr heiraten würde, daß es eine arrangierte Geschichte würde, daß mein Mann irgendwas mit Stahlverarbeitung zu tun hätte, daß er gut aussehe und so. Siehst du, genau so ist es gekommen«, sagte sie zufrieden und ein wenig selbstgefällig.

Mein Blick wanderte hinab zu ihren schlanken weißen Fingern, deren Nägel in einem kräftigen Rosa lackiert waren und dafür, daß sie zwei kleine Kinder zu füttern, zu waschen und ihnen die Windeln zu wechseln hatte (was sie, nebenbei bemerkt, wahrscheinlich nie tat), erstaunlich perfekt manikürt waren. Dann fiel mir Indus Verlobungsring ins Auge, den sie, wie es üblich war, noch immer über ihrem Ehering trug. Ihn zierte, eingefaßt von Diamanten, ein birnenförmiger Stein von der

Größe einer Baby-Kakerlake. Ich liebte es, mir die Ringe anderer Frauen anzuschauen und mir dabei den Moment vorzustellen, wenn mir mein eigener von meinem Zukünftigen über den Finger gesteckt wurde. Jedesmal fragte ich mich, was sie dabei wohl dachten, was sie fühlten, ob sie den Kopf senkten, wenn sie ihm gegenüber standen. Ich sehnte mich so danach, solche Ringe auf meinen eigenen, dickeren Fingern spüren zu können. Dank meines großzügigen Vaters hätte ich mir natürlich einfach eines der tausend nicht ganz so kostbaren Schmuckstücke aussuchen können. Aber ich wollte ja, daß ein Mann sanft meine rechte Hand hielt, mich verliebt und verlangend anschaute und mir behutsam die Ringe über den Finger schob.

»Sag mal, Indu, als du Sanjay das erste Mal gesehen hast, hast du da gewußt, daß er es war?«

Obwohl wir beste Freundinnen waren, hatte ich diese Frage nie zuvor gestellt. Wenn deine siebzehnjährige »Sandkastenfreundin« sich plötzlich verlobt, kannst du nur noch loswirbeln und mit der Organisation der Partys und Aussteuer beginnen.

»Aber natürlich«, sagte sie mit einem leicht defensiven Unterton. »Warum hätte er es denn nicht sein sollen? Er war der erste Mann, den meine Eltern mir vorgestellt haben. Und er war genau so, wie Udhay gesagt hatte. Natürlich war er der Richtige!«

»Hast du ihn sofort geliebt?«

»Unbedingt. Sofort. Er war so hübsch, so groß, so nett, und dann all die Geschenke und das ganze Drumherum. Du erinnerst dich doch noch an unsere Hochzeit?« Indus Gedanken drifteten zurück. »In dem Ballsaal des Taj Crystal waren über achthundert Leute. Seine Eltern hatten alles nur Erdenkliche für mich getan. Sie hatten nämlich befürchtet, daß er sich für diese indische Stewardeß entscheiden würde, diese *Chori*, und was waren sie glücklich, als er dann ja zu mir gesagt hat.«

»Aber du warst noch so jung und so schön«, erwiderte ich. »Du hättest warten können.«

»Warten, worauf denn?« In ihrem Blick lag eine Spur Verwunderung. »Darauf, daß ich alt werde und keinen finde, so wie du? Ich will dir mal was sagen, je länger man wartet, desto schwieriger wird es. Jetzt hast du auch noch angefangen zu arbeiten. Die Männer mögen so was nicht. Und es ist auch egal, daß es der Laden deines Vaters ist. Selbst das mögen die Männer noch nicht. Du solltest besser damit aufhören und mit deiner Mutter häufiger zu den *Satsangs** gehen. Sieh mal, bald geht die Hochzeitssaison wieder los. Viele Männer kommen nach Bombay, und deren Mütter beobachten, wie du in dem Geschäft *Chai* servierst. Das ist ganz schlecht. Egal, was Udhay sagt, du mußt es wenigstens weiter *versuchen*. Wie aber willst du dich darauf konzentrieren, wenn du den lieben langen Tag damit beschäftigt bist, für andere Leute den richtigen Armreif zu finden?«

Ich hätte heulen können. In all den Jahren unserer Freundschaft war es noch nie zu einem solchen Ausbruch gekommen. Normalerweise hatte Indu zu rein gar nichts eine Meinung, sie war auf eine nette Art eher der ausdruckslose Typ. Noch nie hatte ich sie so verärgert erlebt.

Ich senkte den Blick und starrte auf die Reste meines mandschurischen Gemüsetellers und die Schüsseln mit kaltem Reis, die zwischen uns standen. Ich hatte in den Augen meiner besten Freundin denselben Ausdruck entdeckt, den ich auch schon bei meinen Eltern beobachtet hatte, bei Udhay, bei den Angestellten im Laden und den Kunden, die ihn aufsuchten, ja selbst bei dem alten Wachmann, der jeden Morgen aufstand und mir salutierte, hatte ich ihn schon beobachtet.

Er hätte alles bedeuten können.

Aber ich war mir sicher, daß es Mitleid war.

---

* religiöse Zeremonien, vergleichbar einem Gottesdienst

Zweites Kapitel

»Die hinduistische Lehre verwahrt sich gegen okkulte Praktiken aus selbstsüchtigen Motiven, und sie rät jedem davon ab, sich dem Okkultismus anheimzugeben.«

Ed. Viswanathan in: *Am I a Hindu?*

Was sollen wir nur mit ihr machen?« fragte meine Mutter traurig zu Füßen ihres Gurus, den Kopf mit ihrem *Dupatta** bedeckt.

Swami Upananda saß, aufrecht über ihr thronend, im Schneidersitz auf einem Sessel, die Augen unter seinen buschigen Brauen geschlossen.

Tief in seine Meditation versunken, beriet er sich mit dem Gott, der seiner Überzeugung nach in ihm wohnte und an den er all die Fragen weiterleitete, mit denen seine Anhänger zu ihm kamen. Graue Haare sprossen aus seinen großen Nasenlöchern und den langen, blutleeren Ohren. Dafür rasierte er sich jeden Tag den Bart, ein Akt, durch den er die Sünden aus seinen vorherigen Leben zu büßen glaubte. Wie Schokoladenstückchen sprenkelten dunkle Leberflecken sein braunes, faltiges, achtzigjähriges Gesicht. Mit weiterhin geschlossenen Augen begann er nun langsam, seine rissigen Lippen zu öffnen, winzige Tropfen Spucke sammelten sich in den Mundwinkeln und konnten ihm jeden Moment das Kinn hinablaufen.

Meine Mutter sah sich in dem Raum um – gegenüber dem

---

* traditioneller indischer Schal

ausziehbaren Sofa stapelten sich vergilbte, vollgestaubte Zeitungen auf Marathi. Hinter ihr warteten ein Dutzend oder mehr Menschen darauf, an die Reihe zu kommen und mit ihrem Swamiji zu sprechen, bis dahin damit beschäftigt, den Kopf zu recken und jedes Wort aufzuschnappen, das vorne gesprochen wurde.

Meine Mutter war mit diesem Wohnzimmer schon so vertraut wie mit ihrem eigenen, so oft war sie inzwischen hier gewesen, einem Ort, der etwa eine Autostunde entfernt in einem Außenbezirk Bombays lag. Sie war in der Vergangenheit nicht nur meinetwegen hergekommen; als Anand seine Bronchitis hatte, hatte sie sich Rat geholt, und als Anils Noten ziemlich in den Keller rutschten, ebenfalls. Swami Upananda hatte dem kranken Bruder ein paar gesegnete Nahrungsmittel verordnet, und dem faulen hat er ein Mantra aufgeschrieben, das er regelmäßig rezitieren sollte. In beiden Fällen hatte es funktioniert, aber meine Mutter hatte auch nie in Erwägung gezogen, daß Anands Krankheit vielleicht dank der von einem Arzt verschriebenen, normalen Medizin abklang und Anils nächstes Halbjahreszeugnis eventuell deshalb viel besser war, weil er keine Lust hatte, irgendein Mantra zu singen.

Heute jedoch hatte meine Mutter zwanzig Minuten damit zugebracht, ihrem Swamiji alles über die Tochter zu erzählen, die einfach keinen vernünftigen Heiratsantrag bekam, und daß sich gewiß ein Fluch über die Familie gelegt hatte, daß ihre Freundinnen schon hinter ihrem Rücken tuschelten und all ihre Verwandten sie bedauerten und daß sie, offen gesprochen, die Nase voll hatte und er doch ganz bestimmt *irgend etwas* tun konnte. Es hieß, der Swamiji habe Blinde wieder sehend gemacht und Krebskranke geheilt. Außerdem galt er als Experte darin, den Leuten die bösen Geister auszutreiben – Geister, die völlig unerwartet Besitz von einem ergriffen, wenn man nachts unter flüsternden alten Bäumen umherwanderte – eine Sache, die uns seit frühester Kindheit strikt verboten wurde.

Swami Upananda hatte sich in einen Zustand der Trance versetzt. Bald aber würde er wieder bei vollem Bewußtsein sein und das Orakel seines Göttlichen Lichts in ihm weitergeben.

Mein Vater, der ebenfalls im Schneidersitz saß, hörte den ruhigen, gleichmäßigen Atem des heiligen Mannes.

»Er ist eingeschlafen«, flüsterte er meiner Mutter ins Ohr. »Du erzählst ihm deine Lebensgeschichte, und *bas*, schon schläft er ein.«

Meine Mutter hob den Arm, um an der orangefarbenen Robe ihres Gurus zu ziehen – sie hatte den weiten Weg durch den nachmittäglichen Verkehr doch nicht für nichts gemacht! –, und tatsächlich schreckte der alte Mann auf.

»Ha, Leela-*behen*«, sagte er und wandte sich mit der Formulierung an sie wie an eine Schwester. »Tochter bleibt unverheiratet. *Seeehr* schlecht. Ich habe die Götter um Rat gefragt, und sie sagen: Ja, es liegt ein Fluch über euch, ein schrecklicher *Grechari*, den ein Verwandter vor langer Zeit ausgesprochen hat und der jetzt auf euch übertragen wurde.«

Sie wußte es. Es *mußte* mit etwas zu tun haben, das jemand anderes verursacht hat. Sie waren vorbildliche, der Ehe zugetane Eltern, die eine vorbildliche, der Ehe zugetane Tochter großgezogen hatten – wenn auch eine, die ein paar Pfunde abnehmen könnte, die ihre Brauen regelmäßiger zupfen und auch den sagenhaften Hautaufheller »Promise of Fairness« häufiger benutzen könnte, von dem alle Welt so begeistert sprach.

»Mit deinen Söhnen wirst du keine Probleme haben, sie werden schnell heiraten«, sagte der Meister, ohne damit großartig etwas Neues zu verkünden. »Helle, große, gutaussehende Jungs, gesellschaftlich verankert. Wenn ihre Zeit reif ist, werden sich die Mädchen um sie scharen.«

»Aber wer hat den Fluch ausgesprochen, Swamiji?« wollte meine Mutter wissen. »Und warum? Warum trifft es ausgerechnet meine Tochter?«

»Hmmmm.« Der gute alte Heilige schloß auf der Suche nach einer Antwort seine Augen für eine Sekunde, war aber vom Duft und vom Zischen der *Pakodas*, die in der benachbarten

Küche gebrutzelt wurden, abgelenkt. Er hatte Hunger und wollte, daß diese Leute verschwinden, damit er endlich essen konnte.

»Eine Cousine deines Mannes, vor langer Zeit. Sie wollte ihn nämlich heiraten, weißt du. Und dann, *bas*, hat er dich geheiratet, und sie wurde schrecklich wütend. Sie starb als *Nyarni*, als Jungfrau. Und sie hat dich mit dem Fluch belegt, daß dein Erstgeborenes nie heiratet.«

»*Hai!*« Nach Luft schnappend sank meine Mutter auf den Fußboden. »*Nie! Daß sie nie heiratet!* Aber Swamiji, bitte, es muß doch etwas geben, daß wir tun können, *nahin*?«

»Aber sicher, Leela-*behen*. Wenn Gott und ich bei dir sind, welche Flüche sollten sich dann erfüllen können? Wenn du betest und die Götter ehrst, wie sollten sie dich dann nicht erhören? Es gibt viele, viele Dinge, die du tun kannst.«

Meine Mutter holte einen Stift und einen Zettel aus ihrer Tasche, während sich mein Vater stillschweigend ebenfalls nach ein paar *Pakodas* sehnte. Er hatte aufgehört, seiner Frau zu raten, sich zu entspannen, da ohnehin alles zu seiner Zeit passierte; ihrer Tochter ging es gut, sie war glücklich und würde schon den Richtigen finden, wenn das Schicksal es wollte. Er teilte ihre Besessenheit nicht und war an diesem Tag mit ihr gekommen, weil der Fahrer frei hatte und seine Rolle somit die des Chauffeurs und stillen Beobachters war. Während der Guru meiner Mutter noch erzählte, was sie tun konnte, um den Prozeß zu beschleunigen, überlegte mein Vater schon, ob sie es wohl noch pünktlich zum Weltmeisterschafts-Halbfinale im Catchen nach Hause schafften, das im Fernsehen übertragen wurde.

Beti, ich war heute beim Swamiji. Alles wird gut«, gurrte meine Mutter an diesem Abend. »Siehst du, es gibt einen *Grechari*, aber der kann überwunden werden, da muß man sich nur ein klitzekleines bißchen anstrengen, ganz leicht. Hast du Hunger, *Beti*?«

Ich hatte einen hervorragenden Tag in dem Juweliergeschäft gehabt und einundzwanzig Armreifen verkauft, für mich ein Rekord. Erstanden hatte sie ein und dieselbe Person, eine etwas grobschlächtige und laute Frau, deren Sohn bald heiraten würde und die Geschenke für die Verwandtschaft brauchte und sich für die Armreifen entschied, damit es unter den Frauen kein Gezänk gab. Ich war stolz auf mich, denn ich hatte das Geschäft ganz allein mit ihr abgewickelt. Ich wußte, daß mein souveränes Verhandeln die anderen Verkäuferinnen beeindruckt hatte, und war mir sicher, daß mein Vater inzwischen schon von meinem Triumph gehört hatte.

»Und ob ich Hunger habe, Mum. Heute war so viel los in dem Laden, daß ich keine Zeit zum Mittagessen hatte.« Ich gab ihr die Metallschüssel, die mir einer der Bediensteten an den Tagen vorbeibrachte, wenn ich zum Essen nicht nach Hause kommen wollte. »Vielleicht kann Chotu das einfach aufwärmen, und ich esse jetzt ein bißchen davon, warte dann aber, bis unser Vater nach Hause kommt und wir zusammen zu Abend essen, *nahin*?«

Ein paar Minuten später saß ich umgezogen in meinem Alltags-*Salwar-Kameez* vor dem Fernseher, sah mir die Wiederholung meiner amerikanischen Lieblingssoap an, »The Bold and the Beautiful«, und dippte dabei in gespannter Erwartung, mit wem Ridge wohl diesmal schlafen würde, *Chapatti*-Brot in eine Okra-Curry-Sauce.

»Der Swamiji hat mir ein kleines Mantra für dich mitgegeben und dir nahegelegt, ein bißchen zu fasten«, sagte meine Mutter und überging meine Faszination für Brookes gerissene Schachzüge.

»Eine Minute, Mum, die Sendung ist gleich vorbei.«

Als der Abspann lief und die bekannte Melodie ertönte, schaltete ich den Fernseher aus, stellte den Teller ab, leckte mit die Reste der Currysauce von den Fingern und wandte mich nun meiner Mutter zu.

»Du kannst am Montag damit anfangen«, sagte sie. »Montag ist der Tag des Gottes Shiva, der beste Tag, um mit Gebeten oder *Pujas* zu beginnen. Hier, das hat mit der Swamiji für dich gegeben.« Meine Mutter öffnete ihre Hand, und ich sah das hellgrüne *Mala*, einen Rosenkranz. »Auf der Schnur sind einhundertundeine Kugeln. Zu jeder mußt du das Mantra sprechen. Wenn du einmal rum bist, wiederholst du das Ganze elfmal, und zwar jeden Morgen nach dem Duschen. Verstanden?«

Schnell rechnete ich im Kopf den zu veranschlagenden Zeitaufwand hoch und bekam heraus, daß ich unter diesen Bedingungen den Rest meiner Zwanziger damit zubringen würde, Mantras zu singen und damit jede Hoffnung auf das Kennenlernen eines Mannes oder die Teilnahme an einem wie auch immer gearteten sozialen Leben gleich fahren lassen konnte.

»Du muß mehr beten, *Beti*. Der Swamiji sagt, du betest nicht genug«, fuhr meine Mutter fort.

»Und woher weiß er das?« wollte ich wissen. »Schleicht er sich insgeheim jeden Tag in unser Haus, um herauszufinden, wieviel Zeit jeder von uns auf die *Mandire* verwendet? Woher will er wissen, wann ich bete und wann nicht?«

»Er weiß es eben, *Beti*. Er weiß alles. Er ist ein Meister. Vergiss einfach deine *Malas* nicht, folge den Anweisungen, dann wird der Gott Shiva milde mit dir sein, und alles wird gut.«

Ich kannte die Prozedur, auch wenn ich selbst sie noch nicht über mich ergehen lassen mußte. Die meisten meiner Freundinnen fingen die Woche mit einem Fastentag an, sobald sie ins heiratsfähige Alter kamen. Genaugenommen kannte ich nur eine Ausnahme, deren Partnerfindung reibungslos und damit diätfrei vonstatten gegangen war, und das war Indus.

Nun waren die Auflagen auch nicht allzu dramatisch: Zwischen Sonnenaufgang und Sonnenuntergang waren nur Früchte und Milch erlaubt, danach durfte man eine strikt vegetarische Mahlzeit zu sich nehmen, die meistens so üppig ausfiel, daß die Mehrzahl der Mädchen bis zum Ende der Fastenperiode zwangsläufig noch zunahmen. Ich habe das früher auf allen möglichen Festen und Zusammenkünften häufiger beobachten können, wie die Frauen dasaßen mit ihren perfekt geschwungenen Augenbrauen, ihren manikürten Fingernägeln, ihrem gezwungenen Lächeln und emsig mit den Köpfen nickten: »Ja, Tantchen, danke schön, Tantchen.« Und all die Tantchen und Mütter würden mit stolzgeschwellter Brust auf ihre Latas/Gitas/Ninas/Nitas zeigen, als wollten sie sagen: Seht nur, so ein liebes Mädchen, fastet brav, um Shiva zu erfreuen, der ihr zum Dank schon bald einen guten Jungen schicken wird.

Ich wußte damals, daß es nur eine Frage der Zeit war, wann auch ich gebeten wurde, eine Mahlzeit pro Woche fallenzulassen – zwei, wenn man das Frühstück mitzählte – und natürlich auch auf die Snacks zwischendurch zu verzichten, die ich mir für gewöhnlich gönnte. Mehr als einmal ging dieser Gedanke meiner Mutter schon durch den Kopf, vor allem immer dann, wenn sie vom Fastentag der anderen Mädchen aus der Nachbarschaft erfuhr, der Mädchen, die zuletzt allesamt beinahe über Nacht und vermeintlich problemlos verheiratet wurden. Aber erst als Swami Upananda sie auf die Notwendigkeit nachdrücklich aufmerksam machte, kam sie damit auf mich zu.

»Okay, Mum, wie du willst«, sagte ich. Ich hatte keine Lust, mit ihr zu streiten. Außerdem war es keine große Sache, nur einmal die Woche, und ich würde meine Mutter damit glücklich machen.

Das dachte ich wenigstens.

Meine Mutter verwandelte sich eine Frau, die vom Männerfang-Dämon geradezu besessen war. In den folgenden Monaten pilgerten sie und mein Vater mit mir durch halb Indien, um sämtliche Swamis, Heilige, Gurus, Heiler und Astrologen zu besuchen, von denen sie jemals, und sei es noch so vage, gehört hatte. Wir saßen sechs Stunden im Auto, um nach Shirdi zu kommen, flogen nach Puttaparthi, wanderten nach Vaishnodevi und ratterten im Zug nach Rishikesh und Haridwar.

Überall verneigte ich mein Haupt vor den Füßen lebender Heiliger oder ihrer marmornen Abbilder. Ich aß Unmengen von *Prasads**, sang mit schiefer Stimme *Bhajans* und beobachtete meine Eltern dabei, wie sie in den Tempeln ihre Spenden leisteten, um sich so den Segen der Götter zu erkaufen.

Ich hingegen wollte nichts weiter als mit meinen Armreifen spielen und am frühen Abend wieder nach Hause kommen, damit ich rechtzeitig dem Clan der Forrester-Familie im Fernsehen dabei zuschauen konnte, wie sie wechselseitig miteinander durch die Betten hüpften. Ich wollte die Zeit mit meinen Freunden verbringen – selbst wenn es sich bei ihnen inzwischen um verheiratete Pärchen handelte –, wollte mir mit ihnen Filme im Eros-Kinocenter ansehen und danach ein Eis bei Yankee-Doodle oder in einem Café unter den Markisen auf dem Marine Drive essen und kichernd dabei zusehen, wie eine kräftige Brise die zuckersüße, oberste Kugel mit Pistaziengeschmack aus der pappigen Waffeln wehte, bevor sie als hellgrüner, breiiger Fleck auf den Boden klatschen würde. In solchen Momenten war es egal, ob ich verheiratet war oder nicht. In solchen Momenten gehörte ich noch immer dazu.

Mit der Zeit jedoch waren die Augenblicke, in denen ich mich weitgehend unbeschwert und frei fühlte, relativ selten geworden. Es kam mir vor, als dürfte ich mein Leben so, wie es war, nicht in Ordnung finden und gutheißen. Statt dessen sollte ich nach etwas streben, von dem ich genau wußte, daß ich es nicht in der Hand hatte.

Und dennoch erzählten mir meine Freundinnen – die jungen, strahlenden Ehefrauen, die ich um ihr geregeltes Leben und ihre Diamantringe so glühend beneidete –, daß man mit Gebeten, aber natürlich!, die erstaunlichsten Dinge erreichen konnte.

»Meine Mama hat das auch für mich getan, aber wir haben etwas eher damit angefangen«, sagte Lata, eine Freundin aus Kindertagen, als ich eines Sonntag nachmittags mit vier Pär-

---

* von Gott gesegnete Nahrung – ähnlich unseren Hostien

chen und Latas jüngerem Bruder beim Scrabble saß. »Wirklich, und auf einmal klappt es. Vielleicht nur, weil dir plötzlich einer der Heiligen das richtige Mantra mitgibt. Man hört doch alle naselang von solchen Wundern«, ergänzte sie, während ihr Mann sich mit den Fingern ein Stück tote Haut von den Zehen rupfte, bevor er mit derselben Hand nach ein paar *Dokhlas* griff, um sie uns anzubieten.

In der Zeit, als meine Mutter mich von einem Wundertäter zum nächsten schleppte, habe ich eine Menge dieser Treffen verpaßt. So erinnere ich mich an den oberhalb von Bangalore in den Bergen gelegenen Sai Baba Ashram in Puttaparthi, wo wir unser von Kakerlaken heimgesuchtes Zimmer morgens um vier räumen mußten, um uns eine Viertelstunde später zusammen mit etwa zweitausend anderen Pilgerern auf dem Darshan-Platz einzufinden, die, wie wir, auf Segnung warteten, und darauf, daß Avatar – der Gott auf Erden – aus seinem mit goldenen Zäunen umgebenen Palast trat. Es hieß, daß er all seine Kraft aus seinem krausen Haarkranz zog, der sein lächelndes Gesicht umgab, und wenn er ging und Rosenblätter sowie heilige Asche vor sich herstreute, dann war das für jedermann eine göttliche Manifestation. Sai Baba schritt durch die Reihen der Gläubigen, die sich auf dem großen Platz eingefunden hatten, während seine Adjudanten dafür sorgten, ihm die auf dem Boden hokkenden Massen vom Leib zu halten, und nur ab und zu bückte er sich, um nach dem Zettel zu greifen, den eine ausgestreckte Hand ihm hinhielt. Es hieß, daß die darauf geschriebenen Gebete erhört wurden, wenn er sie las. Für den Fall, daß sie es mal bis nach vorne schaffte, hatte meine Mutter ihre Botschaft stets griffbereit in der Tasche. Doch trotz großzügiger Spenden war ihr das bis dato nicht vergönnt gewesen.

Einen Monat später begleitete ich meine Tante Jyoti und meine Mutter zum Balaji-Tempel, einem verschachtelten Bauwerk über den Bergen von Madras. Mit Einbruch der Dämmerung hatten sich endlose Reihen Tausender von Menschen gebildet, die alle auf Anhörung ihrer Gebete hofften. Die Zeremonie dort folgte einem anderen System, weder gab es Zettelchen, noch wurde pulvrige, geheimnisvolle Asche verstreut. Dafür suchten sich die Gläubigen aus Stapeln winziger Gegenstände denjenigen heraus, der ihren Herzenswunsch ihrer Meinung nach am besten verkörperte, und legten ihn in einen Korb zu Füßen der Balaji-Gottheit. Die Figuren stellten Miniaturhäuser, Autos oder auch Babys dar. Angeblich sollte es auch solche geben, die die Gestalt einer amerikanischen Green Card hatten. Meine Mutter bat den Mann hinter dem Tresen um ein Püppchen, das die Eheschließung ihrer Tochter symbolisieren würde, und er gab ihr ein kleines geschnitztes Holzmännchen, eins von der Art, die man manchmal auf einer Hochzeitstorte fand. Ironisch genug, lächelte diese Figur noch nicht einmal, wirkte völlig unbeseelt und war zudem auch noch schlecht gekleidet und entsprach damit ganz der Art Mann, die mir zuletzt auf Hochzeiten begegnet war. So gesehen war es wenigstens ein realistisches Abbild.

Drei Stunden später – so lange dauerte es, bis wir endlich an der Reihe waren – hatten wir genau zwölf Sekunden Zeit, um unsere Puppe in den Weidenkorb zu werfen und mit gemeinschaftlich gesenktem Kopf ein kurzes Gebet auszustoßen.

Das Montagsfasten reichte bald nicht mehr. Drei Monate später wurde ich dazu genötigt, auch ein wöchentliches Donnerstagsritual einzuhalten. Danach verordnete man mir eine super-duper Freitagsdiät, diese zu Ehren der großen Göttin Santoshi Ma, Alter ego der Lakshmi, der Grande Dame aller Gottheiten. Das Ganze erstreckte sich dann auf eine Sechzehn-Wochen-Diät, die weit umfassender war und rigoroser eingehalten werden mußte als jede andere und die meinen Scrabble-Nachmittagen und Kino-Abenden mehr oder weniger ein Ende machte.

Hinzu kam, daß ich zu allem Überfluss auch noch sämtliche, die Heirat begünstigenden Talismane tragen mußte: An meinem rechten Handgelenk baumelte ein schwarzes Band, das mir ein Guru gegeben hatte, um meinen Hals hing eine Kette mit silbernem Glücksbringer, den ich von einem anderen bekommen hatte. Dann gab es da einen vierkarätigen Goldring, dessen Stein die Farbe einer sonnengereiften Orange hatte und den ich auf dem vierten Finger meiner rechten Hand tragen mußte. Und ein blaßgelber, in Silber eingefaßter Saphir, den ich wiederum auf dem Zeigefinger meiner linken Hand in Ehren halten sollte. Beide Ringe hatte mir ein weiterer Astrologe empfohlen, der darauf vertraute, daß diese Steine helfen würden, die fehlgeleiteten Energien der Planeten wieder in für mich günstigere Bahnen zu lenken.

Wie ich so vor mich hin klimperte und mich mit immer neuem Geschmeide schmückte, erachtete ich es doch als Vorteil, daß mein Vater Juwelier war.

Nachdem wir uns eine Weile in Frömmigkeit geübt und durch die Gegend gepilgert waren, begann ich, mich zu verändern. Ich fühlte mich plötzlich so phantastisch schuldlos. Meine Familie sah in mir die aufrichtig bemühte Tochter, die eines Tages ihr schlechtes Karma besiegen und ruhmreich ihr Ziel erlangen würde, die nach all dem aufopferungsvollen Hungern und Singen und die Götter Anrufen endlich einen guten Mann für sich finden würde. Mein Haltung war inkonsequent, halbgar, denn sie hatte einen fatalistischen Zug angenommen: Alles kommt, wie es kommen soll, aber in der Zwischenzeit müssen wir dafür tun, was wir können. Wie meine Mutter konzentrierte auch ich mich ausschließlich nur noch auf dieses eine Ziel, die Eheschließung, anstatt das Leben beim Schopf zu fassen und es so, wie es sich mir täglich anbot, zu genießen.

Jeden Morgen beobachtete ich meine Mutter dabei, wie sie in unserem Minitempel zu Hause ihre Gebetsrituale ausübte, wie sie die winzigen Statuen von Ganesh, Lakshmi und Shiva mit Milch und Rosenwasser wusch und ihnen darauf ein in der Mitte mit einem kleinen Loch versehenes Stoffstück überstülpte, das wie ein Poncho aussah. Danach würde sie das *Aarti* singen, »*Om ja jagdish hare*« – »O Gott, dir sei alle Herrlichkeit beschieden«. Und dann folgte ich ihr, atmete den Geruch von

Weihrauch und geschmolzener *Ghee* ein, einer Büffelbutter, die man früher dafür benutzte, das Opferlicht zu entzünden. Wie meine Mutter mußte auch ich um eine Lösung für das Dilemma beten. *Irgendeine* mußte es doch geben.

Drittes Kapitel

»In Indien beginnt die Diskriminierung des weiblichen Geschlechts mit der Geburt, oder richtiger: davor. Sie beginnt, noch bevor das Kind das Licht der Welt erblickt, im Leib der Mutter. In keiner der traditionellen Segnungen, die die Schwangere erfährt, wird von Töchtern gesprochen.«

Vrinda Nabar in: *Caste as Woman*

Drei Jahre vergingen, und noch immer wiegte ich mich von morgens um zehn bis abends um sechs in der Sicherheit meiner klimatisierten und mit schwarzen Samtkissen ausgestatteten Welt. Die Arbeit in dem Juweliergeschäft meines Vaters war der einzige Beweis dafür, daß ich überhaupt noch existierte. Darüber hinaus war ich kaum mehr als eine höchst seltene astrologische Anomalie.

Selbst meine Freunde, Indu eingeschlossen, hatten sich mit der Zeit immer weiter von mir entfernt, waren mit ihrer eigenen Familie beschäftigt und erweiterten ihren Freundeskreis um verheiratete Paare. Die jungen Ehefrauen wurden sich nach und nach immer ähnlicher, schmückten sich mit dem, was gerade in war – einen Monat waren es hellbraune Strähnchen, den nächsten farbige Kontaktlinsen –, und alle sahen sie aus, als würden sie einen wesentlichen Teil ihrer Persönlichkeit verstecken. Die meisten ihrer Männer waren jedesmal, wenn ich sie sah, fetter geworden, dafür hatten sie immer weniger von den vorwärtsstrebenden Bräutigamen, die ihre Frauen geheiratet hatten.

Zu dieser Zeit begannen dann auch langsam die ersten Briefe

einzutreffen. Anand war der erste aus dem Clan gewesen, der sich abgeseilt hatte, um – wie meine Familie und die Nachbarschaft es umschrieb – ein »weiterführendes Studium« aufzunehmen. Er besuchte fortan die UCLA im sonnigen, bunten Kalifornien. Er hatte sich für Ingenieurwesen eingeschrieben, sich offensichtlich gut eingelebt und neben den Telefonaten, die zu Hause regelmäßig für Aufruhr und eindringliche Nachfragen sorgten (»Anand, *Beta*, ist alles in Ordnung bei dir? Hast du genug zu essen? Bist du ein guter Junge?« ermahnte meine Mutter ihn), waren auch seine Briefe voller Abenteuer: Sie erzählten von Unternehmungen mit seinem neuen Freund Pawan, der zufällig aus Delhi kam. Von dem gebrauchten BMW 325 I, den er sich dank meines Vaters hatte leisten können. Den Sonntagnachmittagen am Venice Beach. Dem lecker klingenden Himbeersofteis von Jamba Juice. (»Pah, Softeis«, hatte meine Mutter gesagt, »das hört sich auch nicht besser an als *Lassi*.«) In jedem seiner Schreiben und noch über die rauschende Telefonleitung hinweg klang er stets gutgelaunt, unbeschwert und gelassen. Natürlich wollte meine Mutter vor allem wissen, wie alt Pawan war, und als sie einmal hörte, daß er erst neunzehn war, interessierte sie vorrangig, ob er noch ältere Brüder oder wenigstens Cousins hatte.

Mit jeder Epistel, die uns ins Haus flatterte, fühlte ich mich mutloser. Anil, der ältere meiner Brüder, saß fest im Sattel unseres Familienunternehmens. Und jetzt, mit zweiundzwanzig, spielte er die Rolle des reichen Jünglings, der sich gern draußen mit denen amüsierte, die unsere Eltern die anderen »Chaoten« nannten. Er hatte eine herausragende Stellung innerhalb eines sozialen Netzwerks, das aus Freunden, Kumpeln und Bekannten bestand, von denen die ersten sich ebenfalls langsam auf die Partnersuche machten. Die Mädchen, die meiner Mutter unter dem Deckmäntelchen einer Freundschaft ins Ohr säuselten »Hallo, Tantchen, ist Anil da?«, obwohl jeder wußte, daß sie ihn heiraten wollten, hießen Manju und Priya und Pinky und Veena. Gelegentlich riefen auch ihre Mütter an und ließen hier und da eine Bemerkung fallen. Anil aber lachte bloß und spielte kokett sein Spiel mit ihnen. Er war jung und mußte sich noch nicht entscheiden.

Worauf ich mich noch isolierter fühlte.

»Mummy, wird denn nie mal jemand anrufen und nach mir verlangen?« fragte ich meine Mutter eines Tages, nachdem sie gerade mit Tantchen Barkha gesprochen hatte, die sich interessiert erkundigte, ob Anil nicht vielleicht doch schon »bereit« sei.

»Nein«, antwortete meine Mutter, die in dem Augenblick mein Bedürfnis nach Trost nicht erkannte. »*Bas*, du bist schon so lange in der Warteschleife; jeder kennt dich. Nicht wie die anderen Mädchen, die sich jetzt langsam nach draußen trauen. Das sind die Mädchen, die jeder will, *nah*?«

»Pah«, flüsterte ich und verschwand in mein Zimmer.

Ich kann mich noch genau an den Moment erinnern, an dem die Verzweiflung meiner Mutter ihren Höhepunkt erreichte. Es war ein Samstag – einer der wenigen Tage, an denen ich nicht fastete –, und wir beide schlenderten den Colaba Causeway hinunter, als sie plötzlich stehenblieb und auf eine schmutzige, halb eingerissene Wand zu starren begann. Man sah noch die Reste eines zerfetzten, rosafarbenen Plakats, auf dem ein gewisser Parmeshwar Dutta, ein Ehevermittler aus Andheri, seine Dienste mit dem schlagenden Argument anbot: »Nichts ist unmöglich! Zu jedem Topf paßt ein Deckel! Auch für den härtesten Fall finden wir noch einen Partner!« Als ich sah, wie meine Mutter die angezeigte Telefonnummer auf ihrem Handrücken notierte, wußte ich, daß es für mich Zeit war, zu gehen. Vielleicht standen die Dinge schlecht, aber sicher standen sie nicht so schlecht, daß ich meinen Mann über ein abgerissenes Plakat an einer Straßenecke finden mußte.

Viertes Kapitel

»Generell wird man einen gutaussehenden, hellhäutigen Jungen einem anderen vorziehen, erst recht, wenn das Mädchen hübsch ist ... Der Junge muß ein ›netter Mensch‹ sein, wohlerzogen und kein potentieller Frauenschläger.«

Oscar Lewis in: *Village Life in Northern India*

Weit weg von zu Hause war mein Bruder Anil zum begehrtesten Post-Bachelor-Heiratskandidaten in Bombay avanciert. Sicher, er war auch früher schon so etwas wie ein hellleuchtender Stern am Firmament gewesen. Jetzt aber, da er die Zwanziger-Marke überschritten hatte, wurden die Einsätze höher. Wurde er ehedem aufmerksam aus der Ferne beobachtet, ließen ihn die Tantchen und ihre Töchter nun gar nicht mehr aus den Augen. Er war es. Er war derjenige, den jeder wollte. Ich nehme an, ich hätte mich für ihn freuen sollen. Aber – und das war nicht seine Schuld – indem sein Ansehen wuchs, fiel meins.

Jedesmal, wenn uns einer dieser Anrufe erreichte, war Anil drauf und dran, den Raum zu verlassen. Sobald er die leichte Veränderung in der Stimme meiner Mutter wahrnahm – sehr subtil, aber doch unüberhörbar –, erhob er sich von seiner Ecke des Sofas direkt neben dem Fernseher.

»Oh, *hallooo*«, sagte sie dann. »Wie *geht* es dir? Wie *geht* es deinem Mann?« Wir wußten sofort, daß es eine ihrer Kartenrunden-Nachmittagsteefreundinnen sein mußte, eine mit einer passenden Tochter oder Nichte, eine, die der Überzeugung war, daß es für Anil Zeit zum Heiraten war. Die Stimme meiner Mutter veränderte sich, sobald sie den Hörer an ihr mit Juwelen behängtes Ohr hielt, weil sie instinktiv wußte, daß der Anrufer sie nicht auf eine weitere Cocktailparty, die nächste Hochzeit einladen wollte. Es war ihre spezielle Stimme, eine, aus der zu gleichen Teilen Stolz und Demut sprachen. Inzwischen hatten die Leute angefangen, von überall her anzurufen. Gerade gestern erst hatte eine Freundin aus London ihr das Foto einer ganz besonders attraktiven Frau geschickt, groß und blond und schlank und reich. Das Mädchen war umringt von anderen – die Aufnahme wurde offensichtlich während einer Mädel-Mittags-Runde gemacht –, und ein grell pinkfarbener Post-it, auf den mit Füller ein Pfeil gemalt war, verwies auf die in Frage kommende Kandidatin. In wenigen Worten standen dort auch die entscheidenden Details: »Vegetarierin, neunzehn, Anhängerin von Sai Baba, eins fünfundsechzig, häusliches Mädchen«.

»Perfekt für Anil«, hatte Lata auf einem gesonderten Zettel geschrieben. »Ich bin mir sicher, daß meine Nichte ihm gefallen wird.«

Doch während meine Mutter aufmerksam zuhörte, hob sie gleichzeitig abwehrend die Hände in die Luft, als wollte sie die Anrufer bitten, sofort aufzuhören. Ihr Sohn würde doch nicht heiraten, solange sie noch eine ältere, alleinlebende Tochter hatte, die sich »in Warteposition« befand. Die Strategie war, offen, höflich und zuvorkommend zu bleiben, da man schließlich nie wissen konnte, wann die Planeten ihre mysteriöse Bahn ändern und die über mir liegenden Schatten sich verziehen würden und ich endlich heiratete. Direkt danach, hatte meine Mutter beschlossen, wäre Anil an der Reihe.

Vielleicht, überlegte sie, würde eine der Mütter und Tanten ja sogar mit einem Kandidaten für mich auf der Bildfläche erscheinen, um sich auf die Art mit unserer Familie gutzustellen.

»Natürlich verstehe ich das«, sagte Jyoti in einem der zweiunddreißig Telefonate, die sie täglich mit meiner Mutter führte. »Natürlich verstehe ich, daß du zuerst deine Tochter verheiratet sehen willst. Welche Eltern wollten das nicht? Aber Anil ist *sooo* wunderbar. Und, soweit ich das beurteilen kann, *sooo* bereit. Wie alt ist er, zweiundzwanzig? Für einen Jungen ein sehr schönes Alter zum Heiraten. Guck dir doch Gopis Sohn an, Vikram. Er ist erst einundzwanzig und schon verlobt. Und *was* für ein liebenswertes Mädchen er bekommen hat. Wenn du also für Anil Angebote von so guten Mädchen kriegst, *mußt* du sie in Betracht ziehen, Leela. Diese Mädchen sind schnell weg, und dann ist am Ende keine mehr für ihn übrig. Möchtest du, daß er so endet wie deine Tochter? Allein und unverheiratet?«

Ich bin mir sicher, daß meine Mutter gegen diese Verunglimpfung meiner Person ankämpfen wollte, aber an diesem Tag hatte sie nicht die Kraft, ihre Schwester aus dem Feld der familiären Hochzeitsangelegenheiten zu schlagen. Und Jyoti konnte sich ihre klugen Ratschläge leisten. Ihre eigenen beiden Töchter, Nina und Namrata, waren noch Teenager, aber jedem war klar, daß, sobald sie reif für das Jawort waren, die Männer Schlange stehen würden. Die beiden waren *gute* Mädchen.

In Wahrheit wollte auch ich nicht, daß mein Bruder vor mir heiratete. Ich wollte nicht die ältere Singleschwester sein, die nach außen hin lächelte und nach innen weinte, die Frau, die in dem winzigen Zimmer nahe der Eingangstür schlief, während mein Bruder und seine neue Braut sich glücklich in der Suite vergnügten.

»Laß uns abwarten und schauen«, sagte meine Mutter leise. »Meine arme Tochter. Ich kann sie doch nicht einfach links liegenlassen. Ich bete so sehr, daß sich etwas für sie ergibt. Und ich weiß, daß es besser ist, auf sie zu warten. Wenn meine Jungs erst anfangen zu heiraten, wird jeder glauben, daß ich sie aufgegeben habe, und dann wird sich erst recht niemand mehr um sie bemühen.«

»Stimmt«, sagte Jyoti. »Aber bemüht sich denn jetzt jemand um sie? Na? Wann hat sie das letzte Angebot bekommen? Muß wohl schon ein paar Jahre her sein, oder? Siehst du, Leela, manchmal öffnet sich mit einer Hochzeit auch die Tür des

Schicksals. Es ist wie knall!, bumm!, peng!, und alle Blockaden sind weg. Vielleicht bin ich jünger als du, Leela, und vielleicht sind meine Töchter noch nicht reif für die Ehe, aber von diesen Dingen verstehe ich was. Hör auf mich. Sieh zu, daß Anil heiratet.«

Wenn ich es leid war, mich mit meinen eigenen gebundenen Freunden zu treffen, begleitete ich zur Abwechslung Anil auf seinen gesellschaftlichen Streifzügen. Er und seine Gang hingen gern im Shamiana herum, dem Coffee Shop des Oberoi Hotels. Wir plauderten über dieses und jenes und rückten dabei unsere Gläser *Lassi* und *Nimboo Pani* sowie die Teller mit *Chaat*-Hühnchen und *Bhel-Puri*-Gemüse hin und her, die man uns gebracht hatte.

»Und, was gibt's im Kino, *yaar*?« fragte der jüngst verlobte und bald verheiratete Vikram. Seine schüchterne Braut, Mira, von Vikrams Mutter höchstpersönlich ausgewählt, saß still neben ihm.

»Alle reden davon, daß ›Stirb langsam‹ Spitze sein muß«, erwiderte Janak, Anils bester Freund aus der Schulzeit. »Sollen wir los und ihn uns ansehen?«

»Ich bin eigentlich ganz zufrieden hier«, sagte Lavina, die ebenfalls zu der Gruppe gehörte und ihr Kinn in ihre weiche weiße zwanzigjährige Hand gestützt hatte – was einen Blick auf ihre in einem ungefährlichen Hellrosa lackierten Nägel erlaubte –, als sie Anil mit ihren langen Wimpern zuzwinkerte. Es war ganz offensichtlich, daß er ihr gefiel, aber es war ebenso offensichtlich, daß sie das mit keinem der Mädchen am Tisch diskutieren konnte, da diese ihm ebenfalls nachstellten.

Janak lehnte sich in seinem Stuhl zurück und beobachtete die Szene lächelnd. Er wurde von den Mädchen weitestgehend ignoriert, vermutlich, weil er eher zu der pummeligen Sorte gehörte. Das allein hätte sie vielleicht noch nicht weiter gestört, wenn sein Kontostand dem der anderen Jungs am Tisch entsprechen würde, aber auch das war nicht der Fall.

Ich mußte zugeben, daß Lavina wirklich süß war. Und sie

schien anständig und aufrecht zu sein, nicht wie die anderen, die zu einem gewöhnlichen Abendessen in einer Garderobe angerauscht kamen, als wollten sie den Miß-World-Preis für das festlichste Outfit gewinnen. O mein Gott, hatte Mamta wirklich *Glitter* im Haar?

Anil und ich kamen an diesem Abend, nachdem wir uns doch »Stirb langsam« ansehen mußten, um kurz nach elf nach Hause. Wir zogen beide am Eingang unsere Schuhe aus, und mein Bruder erinnerte mich daran, den Fuß der marmornen Ganesha-Statue im Flur zu berühren, etwas, was er nie vergaß. Wir hörten das leise Rauschen des Fernsehers im Wohnzimmer, das Geraschel der Zeitung, die Stimmen unserer Eltern.

»Hi Mum, hallo Dad«, sagte er.

»Habt ihr euch gut amüsiert?« fragte unsere Mutter. »Möchtet ihr noch eine heiße Pistazienmilch, bevor ihr ins Bett geht?«

»*Nahin*, vielen Dank«, antwortete Anil, als wir uns beide müde auf das Sofa fallen ließen. »Ich habe heute abend reichlich zugeschlagen, und dann auch noch das ganze Popcorn im Kino. Jetzt bin ich wirklich satt.« Er streckte seine langen, schmalen Beine aus, die in einer Jeans steckten. Wir beide gingen einem von *diesen* Gesprächen bewußt aus dem Weg.

»Und, wer war dabei?« fragte unsere Mutter. »Wer kam zum Essen?«

»Oh, die Üblichen«, erwiderte Anil nonchalant. »Janak, Mamta, Shalu und Pooja. Vikram und Mira. Und Lavina.«

»Hah! Lavina also auch? Ihre Mutter hat mich heute angerufen ... Und weiter?« fuhr sie fort, »was gibt es Neues von Vikrams und Miras Hochzeit? Das wird eine große, große Hochzeit, nicht wahr?« Sie wandte sich meinem Vater zu, der in seinem Sessel eingedöst war. »Ich habe gehört, daß Mira schon angefangen hat, sich in den besten Boutiquen Bombays und Delhis umzusehen, und daß sie Designer aufsucht, die ihr die prächtigsten Kleider für die ganzen Feste entwerfen sollen. Und die Gottesdienste soll ein Filmproduzent organisieren, stellt euch das mal vor, ein Filmproduzent! So groß wollen sie das aufziehen. Jemand hat mir auch erzählt, daß sie eine Themenparty ›Schwarz-Weiß‹ machen wollen, und dann noch so eine Art Kostümfest. Das ist doch toll, oder? Wie glücklich konnen die Mütter sein, sich solche spaßigen Feiern auszudenken. Und die Hochzeit soll im Turf Club stattfinden, draußen auf der Wiese, mit vielen, vielen Lichterketten und Hunderten von Buden, wo man die unterschiedlichsten Sachen essen kann. Sie ist so ein zau-ber-haf-tes Mädchen, oder?, diese Mira. Und sie wird so hübsch aussehen.«

»Ja, Mum«, sagte Anil ruhig. »Aber über all das haben wir während des Essens nicht gesprochen.«

»Ach so, genau! Ich habe gehört, Miras Eltern kaufen ihrer Tochter mindestens sechs unterschiedliche Sets Schmuck, damit sie zu jedem Kleid die passenden Juwelen hat. Den einen Tag Südseeperlen, den nächsten Smaragde. Ich bin mir sicher, daß sie auch in unser Geschäft kommen, meinst du nicht?« fragte sie und sah wieder zu meinem Vater hinüber, der nun leise vor sich hin schnarchte.

»Und ich bin mir sicher, daß sie Vikram eine ordentliche Aussteuer mitgeben. Er ist *so* ein guter Junge aus so einer netten Familie. Jeder meint, daß für ihn mindestens ein Drei-Karat-Ring dabei sein wird, und eine schicke Uhr, Cartier oder so. Nicht daß er sie brauchen würde, was? Vikrams Familie ist ja selbst reich-reich. Die werden auch eine Menge geben«, sinnierte meine Mutter vor sich hin, die erst aufgestanden war und sich nun wieder setzte.

»*Beta*, wie wäre denn Lavina für dich?« fragte sie plötzlich völlig unvermittelt, als wären die Worte ihr aus dem Mund gepurzelt, bevor sie sie zurückhalten konnte. »Ihre Mummy hat heute mit mir gesprochen. Ihr seid Freunde, oder? Gefällt sie dir?«

Ich selbst hätte gut und gern aus Luft sein können, so sehr bezog man mich in die Unterhaltung ein.

»Sie ist ganz okay, Mum«, entgegnete Anil. »Aber ich bin

noch jung, also können wir doch noch ein bißchen warten, oder? Außerdem ...« Er hatte sich zu mir umgedreht und den Satz dann abgebrochen. Ich war mir nicht sicher, ob ich eine schicke Ausrede für ihn war, um die Dinge nicht zu überstürzen, oder ob er sich wirklich über meinen Gemütszustand Gedanken machte.

»*Ay*, wann wird sich für dich bloß alles fügen?« klagte meine Mutter, eher hilflos als traurig, bis sie mich schließlich ansah und langsam ihren Kopf schüttelte, wobei ihr eine lose Haarsträhne über ein Auge fiel. Nervös nestelte sie an den Knöpfen ihres rosafarbenen Polyesterkaftans herum. »*Beta*«, sagte sie in Richtung Anil. »Ich weiß nicht, wie lange wir noch warten können. Sieh mal, selbst deine Freunde heiraten schon. Du ... du bist noch jung und kannst ein hübsches, nettes Mädchen finden. Wenn du wartest, wirst auch du zu alt sein, die ganzen lieben Mädchen sind dann verheiratet, und für dich ist keine mehr übrig. Mir gefällt die Vorstellung, Anju auf deiner Hochzeit *nyaarni* – allein – zu sehen, ganz und gar nicht. Ich werde weinen, wenn ich das erleben muß. Also sollten wir doch alle unser Bestes geben, nicht?«

Die Verbindung zwischen Vikram und Mira war Stadtgespräch in Bombay, sei es auch nur wegen der ungeheuren Menge Geld, die auf eine Hochzeit verschwendet wurde, die in einem Jahr stattfinden sollte. Damit hätte jeder, der irgendwie in die *Shaadi* aller *Shaadis* involviert war, genügend Zeit für die Vorbereitungen. Smaragde und Satin, importierte Unterhaltung und taufrische Blumen – die Veranstaltung sollte der Giga-Blockbuster werden, ausgedacht und durchgeführt von einem der Top-Bollywood-Produzenten in lukrativer, wahnwitziger und unabhängiger Mission. Man hatte mit einem Event zu rechnen, bei der der Phantasie keine Grenzen gesetzt wurden.

In Sachen Liebe hingegen würde man nicht von einer Jahrhundertbeziehung sprechen. Die Verlobung kam eher durch nackte Tatsachen zustande: Vikram und seine Familie kannten

Mira. Die beiden waren zusammen mit gemeinsamen Freunden ab und an miteinander ausgegangen und haben sich auf die süße und oberflächliche Art kennengelernt, wie junge Menschen sich eben kennenlernen. Wenn man sich überlegte, wie solche Arrangements funktionieren, hätte es gar nicht besser laufen können. Es war »teils Liebe, teils Absprache«, betonte jeder. Beide Familien hätten sich keinen geeigneteren Partner wünschen können.

»Ich nehme an, bei uns hat es klick gemacht, *yaar*«, hatte Vikram uns ein paar Tage, nachdem die Verlobung bekannt gegeben worden war, erzählt. »Süßes Mädchen. Sieht niedlich aus, findet ihr nicht? Und so ruhig, das gibt keinen Ärger. Meine und ihre Eltern sind gute Freunde, unsere Mütter spielen zusammen Karten. Sie ist zwanzig geworden, hat das College abgeschlossen, und ihre Eltern wußten, daß es Zeit wurde. Ich arbeite bei meinem Vater, sitze beruflich fest im Sattel. Als dann das Angebot kam, hatte ich keinen Grund, nein zu sagen. Ich meine«, fügte er schnell hinzu, »ich wollte ja sagen. Ja, ich wollte ja sagen.«

Wir saßen alle zum Essen zusammen in Vikrams Haus am Meer in Juhu, einem Fleckchen Erde, auf dem das Leben dank der weitläufigen Landschaft und der salzigen Luft einem etwas langsameren Rhythmus folgte als im Rest von Bombay. Vikram hatte sich nie darüber sorgen müssen, ob er die richtige Frau für sich findet. Seit er siebzehn war, hatten sich die Freundinnen seiner Mutter – all die Damen, die er »Tantchen, Tantchen« nannte, seit er ein kleiner Junge war – die schlichten, netten Mädchen für ihn gemerkt. Warum auch nicht? Es war eine Menge Geld zu holen – im Stahlhandel, der Schiffahrt oder mit Supermärkten gemacht – und ja, er war ein gutaussehender Junge. Vielleicht ein bißchen klein, aber trotzdem gutaussehend.

»Na, am Ende war es dann doch so etwas wie ein Coffee-Shop-Arrangement, was?« fragte ich Vikram, als wir die letzten Schlucke unseres *Kulfi Falooda* aus den kleinen Silbertassen schlürften. »Du und Mira, ihr sitzt zusammen mit euren Eltern im Shamiana, und gemeinsam kommt ihr zu dem Schluß, daß es für sie und dich Zeit wird, euch zu verloben. Es war nicht so, daß du, ich meine, daß du dich Hals über Kopf in sie verliebt hast, oder?«

»Ach, hör schon auf damit«, antwortete Vikram und stellte seine Tasse ab, daß der Glastisch leise klirrte. »Was meinst du mit ›Hals über Kopf in sie verliebt‹? Sie ist süß, und sie hat eine gute Figur. Mummy und Daddy sind glücklich. Sie wird sich gut in den Haushalt einfügen. Warum sollte ich da nein sagen?«

Ich war dabei gewesen, als das allseits beneidete Paar seine Verlobung im Familienkreis beging. Die intime Zeremonie fand in einem hohen, mit rotem Stoff bespannten Raum statt, der der Familie als privater Tempel in Vikrams Haus diente. Geladen waren nur die direkten Verwandten und guten Freunde – gerade mal einhundertzwanzig Leute. Vikram und Mira tauschten Blumenkränze und steckten sich gegenseitig die »provisorischen« Ringe auf die Finger (das Ritual war so etwas wie ein temporäres Stop-Signal bis zur »offiziellen« Verlobung, die etwa eine Woche vor der Hochzeit stattfinden sollte – die Logik dieses Procederes habe ich noch nie verstanden).

Später wurde Mira von ihren engsten Freundinnen geherzt und beglückwünscht.

»Du siehst *sooo* hübsch aus, Mira!« schwärmten sie.

»Vikram ist *wiiirklich* ein ganz Netter! Zeig mal den Ring. Wow! Mindestens vier Karat, und *so* ein schöner bunter Diamant. Und das ist erst der *Kachi Misri*. Warte, bis du den echten *Misri* hast!«

Mamta und Pooja, Shalu und Lavina gluckten begeistert. Mira war stolz. Sie war die erste in ihrem kleinen Kreis von Freundinnen, die sich verlobte. Sie hatte einen Präzedenzfall geschaffen. Ihr Bräutigam war reich und stattlich, wenn auch klein, aber sie selbst galt auch als »petite«, und damit war doch alles bestens. Sie hatte es gut gemacht. Und jetzt konnte sie shoppen gehen und Saris und Juwelen kaufen und eine Menge Feste planen.

Es waren die Hochzeitsfeierlichkeiten, die zählten.
Die Heirat selbst war, ehrlich gesagt, nebensächlich.

Ich will nach Amerika«, sagte ich am nächsten Morgen zu meinem Vater, als wir alle beim Frühstück saßen und heißer, dampfender *Kichidi* mit gerösteten Cashewnüssen, eingelegten Zitronen und cremigem Joghurt serviert wurde.

»*Umrica*? Ha, sicher, es gibt da drüben eine Menge Leute, die du besuchen und bei denen du wohnen kannst. Das ist eine ausgezeichnete Idee. Viele, viele Männer da drüben. Du könntest einen Monat oder so bleiben. Geh nach New Jersey und wohn bei Onkel Lal. Er wird sich gern ein bißchen um dich kümmern.«

»Ehrlich gesagt habe ich eher daran gedacht, dort zu studieren, Dad. So wie Anand.«

Anil und meine Eltern hörten auf zu essen. Ganz offensichtlich glaubten sie, ich wäre von einem der bösen Geister befallen, die nachts in den alten Bäumen herumspuken.

»Bist du verrückt geworden? Was ist das denn für eine unsinnige Idee!« brüllte mein Vater. Normalerweise war er eher ruhigen Temperaments, und wirklich wütend wurde er nur, wenn jemand seine Ehre, seine Integrität, seinen Ruf oder seinen Verstand anzweifelte. So wie ich jetzt.

»Daddy«, versuchte ich ihn zu beschwichtigen. Wie immer, wenn ich nervös war, hatte ich mich auf meine feuchten Hände gesetzt und nagte an meiner Unterlippe. »Laß es dir doch wenigstens einmal durch den Kopf gehen. Ich meine, im Grunde tue ich hier doch nichts, nichts Sinnvolles oder Nützliches jedenfalls. Alle meine Freunde sind verheiratet. Ich fühle mich ziemlich allein, und tagsüber mache ich einen Job, den jeder andere genausogut erledigen könnte, zumal mich niemand richtig ernst nimmt, weil ich ›nur‹ deine Tochter bin.«

»Was meinst du damit?« fragte meine Mutter ungläubig und mit dunkler Miene. »Du bist doch zufrieden in Daddys Laden, du triffst Leute dort. Du gehst mit mir auf ein Fest hier und shoppen da. Du hast Freunde, Indu und all die anderen. Und bald findest du einen netten Jungen, genau, genau. Was meinst du also damit, du hättest hier nichts zu tun?«

Sie hatte nichts von dem, was ich gesagt hatte, verstanden.

Schließlich ergriff Anil das Wort.

»Mama, Daddy, Anand ist zum Studieren weggegangen, also könnt ihr es Anju nicht verbieten. Die Dinge haben sich geändert, die Mädchen werden selbständiger. Guckt euch Priya an, die Tochter von Onkel Lachu und Tante Rekha, sie ist auch auf eine Hotelschule in die Schweiz gegangen. Wir müssen toleranter werden.«

Dankbar lächelte ich meinen Bruder an. Für einen jungen, verwöhnten Inder gab er sich erstaunlich fortschrittlich.

»Aber *Beti*, du hast doch schon eine Ausbildung«, sagte meine Mutter nun etwas ruhiger, in der Hoffnung, daß gute Argumente mich zur Vernunft bringen konnten. »Du warst auf dem College. Und was werden die Leute sagen? Daß die immer noch unverheiratete Tochter von Gul und Leela allein nach *Umrica* geht. Wie willst du einen Mann finden, wenn du erst wieder studierst? Und wenn du dann zurückkommst, mit deinem ganzen Wissen und allem, wer wird dich dann noch wollen?«

Mir war zum Heulen, aber ich mußte mich zusammenreißen, denn wenn ich jetzt damit anfing, würde ich nicht mehr aufhören. Es wären die Tränen eines Mädchens gewesen, aus dem hätte ein Junge werden sollen.

Ich hatte es seit jeher gewußt, es jedoch nie ausgesprochen.

Auf diesen Punkt ließ es sich am Ende immer reduzieren. Meine frischvermählten Eltern hatten sich mit ihrem ersten Kind einen Stammhalter gewünscht. Wie hätte es auch anders sein sollen? Sie waren jung und voller Träume, sie sahen gut aus und standen am Anfang einer Karriere; in ihren Kreisen waren sie zwei stets willkommene Gäste, und das einzige, was ihnen zu ihrem Glück noch fehlte, war die Geburt eines Sohnes.

Meine Mutter glaubte, es vom ersten Tag ihrer Schwangerschaft an gewußt zu haben. Sie wußte, daß es ein Junge würde, und erzählte es bei jeder sich bietenden Gelegenheit. Sie wollte ihn Avinash nennen – was für ein markiger, strenger Name! Und eine Flasche Johnnie Walker Black Label wollte sie jedem ihrer Freunde schicken, zusammen mit einem Kilo frischer Pistazien und einer Dose aus England importierter Quality Street Toffees. Es sollte ein Fest werden, das perfekte Finale einer Eheschließung und gleichzeitig der Grundstein zu ihrer neuen Familie. Sie konnte die Wehen kaum abwarten.

Und dann kam ich, ausgestattet mit einem winzigen Spalt, wo sich hätte ein kaum fingergroßer Fortsatz befinden sollen. O Gott, sie hatte als Erstgeborene eine Tochter zur Welt gebracht! Das Unvorstellbare war eingetreten. Das würden ihr ihre Schwiegereltern nie verzeihen.

Nun war es auch nicht allzu schlimm zu wissen, daß man eine Enttäuschung war. Ich war der Trostpreis. Aber das galt für viele der Mädchen, die ich kannte, für alle, die nicht nach einem Sohn geboren wurden. So sehr uns unsere Eltern auch vom Gegenteil überzeugen wollten, wir waren allesamt die herausgeputzte zweite Wahl.

Jung einen guten Mann zu heiraten wäre meine einzige Chance gewesen, meine Eltern zu versöhnen. Und nicht einmal das war mir gelungen. Statt dessen wurde aus mir eine von den zu Dunkelhäutigen, zu Plumpen, die mit den Allergien und den nervösen Ticks und dem bewegten Innenleben, das ich mit kleinen Kostbarkeiten in Gestalt von Goldarmreifen und Seidensaris zu verhüllen suchte.

»Bitte, Daddy, bitte«, bettelte ich, auf den Vortrag verzichtend, den ich mir zurechtgelegt hatte, auf die Antworten, die ich auf jede nur erdenkliche Frage meines Vaters einstudiert hatte. »Laß es mich doch wenigstens versuchen«, flüsterte ich.

»Nur über meine Leiche.« Erneut keimte Wut in ihm auf. »Das werde ich nicht zulassen.«

Fünftes Kapitel

»Die Frau, die nach immer höherer Bildung und höherem sozialem Status strebt, läuft Gefahr, die etablierten Familienstrukturen zu unterminieren, was zu erheblichen Spannungen zwischen der Frau und den von ihr erwarteten Rollenmustern führen kann.«

R. K. Tandon in: *State of Women in India*

Vier Monate später berührte die Maschine der Air India das Rollfeld des New Yorker JFK-Flughafens. Während des gesamten Fluges saß ich auf meinem Platz am Gang in der Maharadscha-Klasse und konnte einfach nicht fassen, daß ich es so weit gebracht hatte.

An einem bestimmten Punkt hatte mein Vater vor ein paar Wochen eine Kehrtwendung vollzogen und aufgehört, sich wie ein uneinsichtiges und unbelehrbar konservatives Familienoberhaupt zu benehmen und seinen Frieden mit meinen Plänen geschlossen. Es geschah nach einem Telefonat mit seinem Bruder Lal, der in Fort Lee, New Jersey, lebte. Der erzählte ihm was von einer Menge bindungswilliger Inder aus der Umgebung und daß meine Heiratschancen in Amerika vielleicht besser stünden.

»Laß sie kommen, Gul«, hatte Onkel Lal gesagt. »Mach dir keine Sorgen. Vinita und ich werden uns um sie kümmern. Soll sie studieren, da hat sie doch auch gute Chancen, einen netten Jungen kennenzulernen, ha!«

Nicht wirklich überzeugt und auch nur mäßig beschwichtigt gaben meine Eltern mir dennoch grünes Licht. Ich füllte einige

Formulare aus und wurde schließlich an der School of Continuing and Professional Studies der New York University angenommen, was sich in meinen Ohren ausgesprochen wichtig anhörte.

Einmal dort, wollte ich Seminare in Vergleichender Kulturwissenschaft, aktuellen Wirtschafts- und Marketingstrategien sowie Kreativem Schreiben belegen, allesamt Dinge, unter denen sich meine Eltern schon inhaltlich nichts vorstellen konnten, geschweige denn den Wert ermessen, den sie für mich hatten.

»Sieh doch, Ma«, rief ich begeistert, als mir die Unterlagen zugeschickt wurden. »Es gibt sogar eine Cafeteria für ausländische Studenten. Nur für uns!«

Zwar würde ich ein Semester später in das Studium einsteigen, aber ich hatte mir als Angestellte in dem Geschäft meines Vaters genug Kenntnisse erworben, um »visuelle Verkaufsstrategien und Gestaltungsmanagement« unter Erfahrungen auf meinen Bewerbungsvordruck der NYU einzutragen. Meine familiären Verbindungen spielte ich dabei etwas herunter, dankenswerterweise fragte aber auch niemand genau nach. Mit einem unübersehbar in meinen Ausweis gestempelten Studentenvisum und einem Koffer voller Wintersachen, für deren Kauf ich extra nach Delhi geflogen war, war ich tatsächlich unterwegs.

Innerhalb unserer Gemeinde galt mein Fortgang noch immer als der Skandal Nummer eins, und ich fühlte mich so verteufelt, als hätte ich bei einer Beerdigung nackt auf dem Tisch getanzt. Und obwohl meine Eltern meinem Wunsch grundsätzlich zugestimmt hatten, zeichneten sich in dem Gesicht meiner Mutter Verdruß und Scham ab.

»Ich weiß, ich weiß, aber was soll ich machen?« verteidigte sie sich eines Abends – ich packte bereits – gegenüber Tante Jyoti. »So sind die Mädchen heutzutage. Man hat sie nicht mehr im Griff.«

»Du weißt genau, was die Leute reden werden, Leela«, erwiderte meine Tante unbeirrt. »Mädchen, die nach *Umrica* gehen, werden zu unabhängig, zu verwöhnt. Danach können sie sich nicht mehr anpassen. Und dann will sie kein Junge mehr. Du solltest sie wirklich besser unter Kontrolle haben. Hier hast du wenigstens ein Auge auf sie. Aber da drüben? Was weißt denn du, was sie da anstellt?«

Vor Jahren waren meine Eltern mal für einen Kurzbesuch in den USA gewesen, seitdem aber nie wieder. Mit Ausnahme der Standardausflüge zum Empire State Building und der Freiheitsstatue hatten sie die meiste Zeit in Fort Lee verbracht. Ansonsten hatte sich ihr Blick auf Amerika – auf seine Kultur, seine Menschen – durch die wöchentliche Dosis »Denver Clan« geschärft. (»Kein Schamgefühl!« rief meine Mutter regelmäßig empört aus, wenn Fallon wie immer mit jedem ins Bett stieg. »Sieh doch nur, selbst mit ihrem Fahrer verhält sie sich nicht anständig. *Besharam*! Anju, das ist nichts für dich. Geh in dein Zimmer!«)

Als sich abzeichnete, das Onkel Lal und Tante Vinita keine Zeit hatten, um mich vom Flughafen abzuholen, hatte Anand einen Freund gebeten, mich aufzupicken. Ich erkannte ihn auf den ersten Blick – er hatte die Ausstrahlung eines jüngst in die Freiheit entlassenen Inders, der zwar später, wenn er erst wieder in Delhi war, das Geschäft seines Vaters übernehmen sollte, fürs erste jedoch die kulturelle Zwanglosigkeit Amerikas für sich entdeckte.

»Wie ich höre, sind deine Eltern ziemlich ausgerastet«, sagte Vijay und nahm meinen Rollkoffer. »Hej, meine Eltern hätten genauso rumgeflippt, wenn mein Schwesterherz auf so 'ne Idee gekommen wär.« Bei seinem Slang mußte ich innerlich lachen, er war weder amerikanisch noch indisch, gehörte weder hierhin noch dorthin. So wie Vijay selbst auch.

»Am Ende war es okay für sie«, erwiderte ich. »Aber mir ist klar, daß sie noch immer nicht begeistert sind. Für die Jungs ist es in Ordnung, aber bei Mädchen veranstalten sie so ein Drama!«

»Na ja«, sagte Vijay und hievte mein Gepäck in den Kofferraum seines Saab. »Dein Bruderherz hat mir ein bißchen was über deinen Background gesteckt. Wenn du glaubst, daß es vorher schwer für dich war, einen Mann zu finden, dann mach dır klar, daß du danach geliefert bist, Babe.«

Während wir fuhren, erzählte Vijay mir von seinem New Yorker Leben als Student im letzten Semester. So spannend es auch war, hatte ich Mühe, die Augen offen zu halten, und schließlich mußte ich wohl doch eingeschlafen sein, denn als ich wieder aufwachte, stellte ich entsetzt fest, daß mir Spucke auf die Jacke getropft war. Ich stellte ferner fest, daß wir soeben vor meinem neuen, vorübergehenden Zuhause angekommen waren. Die Gegend war ruhig, vorstädtisch, grün, sauber. Jedes Haus an der Straße verfügte über eine eigene Auffahrt und einen eigenen Garten. Auf manchen Rasenflächen lagen verstreut Spielzeug und Dreiräder herum, auf anderen stand ein Grill oder ein Liegestuhl. Das war genau das Amerika, das ich in so manchen Fernsehsendungen gesehen hatte, wo dicke weiße Männer mit Baseball-Kappen Bier tranken und schlechte Witze rissen, während ihre hübsch gekleideten blonden Frauen in der Küche Kartoffelsalat machten.

»Wie schön, daß du da bist«, begrüßte mich Onkel Lal an der Tür und klopfte mir einmal kräftig auf den Rücken. »*Umrica* wird die großartigste Erfahrung deines Lebens werden!«

Seit jeher hatte ich den jüngeren Bruder meines Vaters gemocht. Er war ein fröhlicher Typ, der noch nie zu Schwermut oder dunklen Stimmungen geneigt hatte. Es war förmlich, als würde er jeden Morgen zu einer Ampulle Optimismus-Essenz greifen und sie sich in die Venen spritzen. Er war die wahre Inkarnation des Mr. Smiley.

Tantchen Vinita dagegen war eine andere Geschichte. So verschwägert sie auch sein mochten – meine Mutter und sie hatten sich noch nie besonders gut verstanden. Sie war schwierig – humorlos und schnell in Rage zu bringen. Unsere Familie erklärte es sich damit, daß sie keine Kinder hatte. Entsprechend flau fiel auch die Begrüßung aus, in etwa so warm wie die Suppe vom Vortag. Ihr alabasterweißes, stark mit Rouge überschminktes Gesicht wirkte müde und ausgezehrt; sollte sie einmal in die Versuchung kommen zu lächeln, sah ich ihr Make-up schon abblättern und in kleinen Fladen zu Boden fallen.

Ich wußte, ihr mißfiel die Vorstellung, daß sie sich jetzt auch noch um mich kümmern mußte, zumal sie nicht verstehen konnte, wie eine Frau im durchaus heiratsfähigen Alter auf die schwachsinnige Idee kommen konnte, sich noch einmal auf dem Campus zu tummeln.

Vijay lud das Gepäck aus dem Wagen und half, es drinnen zu verstauen. Draußen hatte ein kalter Wind aufgefrischt.

»Komm, setz dich, du mußt hundemüde sein«, sagte mein Onkel und drückte mich auf das äußerste Ende einer Couch mit Blümchenmuster. Vijay stand etwas verloren in der Diele.

»Ich mach die Biege«, sagte er schließlich. »Schön, Sie kennengelernt zu haben. Mach's gut, Anju, meld dich. Unsere Nummern hast du, oder?«

Ich nickte, murmelte irgendwas von vielen Dank und sah Vijay hinterher, wie er verschwand und mich mit unbehaglichem Gefühl allein mit meinen Verwandten zurückließ. Dann drehte ich mich wieder den beiden zu, die am anderen Ende des Sofas Platz genommen hatten. Das Zimmer war erfüllt von dem Geruch eines Vanille-Duftkissens, und der ganze Raum wirkte auf eigentümliche Art ebenso massig und warm wie mein Onkel. Vor mir auf der grünen Marmorplatte des Wohnzimmertisches standen tellerweise Kekse und eine Kanne großzügig mit Kardamom gewürzten Tees. Für den Bruchteil einer Sekunde fühlte ich mich zu Hause. Ich bediente mich an dem Gebäck und schenkte mir eine Tasse *Chai* ein und ließ mich dann in die Kissen des Sofas sinken. Es war erst fünf Uhr am Nachmittag, aber draußen dämmerte es bereits. Außer Vinitas gelegentlichen verdrießlichen Seufzern herrschte Stille im Haus.

Ich fühlte mich plötzlich verloren. Bis hierher war alles ein aufregendes Abenteuer gewesen – der Flug, das Treffen mit Vijay, die Geschichten, die er zu erzählen wußte. Jetzt aber hatte ich nur noch einen Wunsch: umkehren und sofort wieder nach Hause fahren!

»*Kao, kao*«, sagte mein Onkel und schob mir ein Tablett mit dänischen Butterkeksen hin. »Oder vielleicht etwas anderes? Ein Sand-witsch? Co-cah-co-lah?«

Ich fand es bemerkenswert, daß der Freund meines Bruders, der erst drei Jahre hier war, schon wie ein halber Amerikaner sprach, mein Onkel und meine Tante hingegen, die seit dreißig Jahren in diesem Land lebten, noch immer einen Akzent, eine Redensart am Leib hatten, als wären sie gerade von Bord eines Schiffes aus Ahmedabad gegangen. Ich fragte mich, wie ich wohl sprechen würde, wenn ich in einem Jahr wieder nach Hause fuhr.

»Ich habe gehört, daß du deinem Vater in dem Laden eine große Hilfe warst«, sagte mein Onkel heiter, »dann kannst du mir hier vielleicht auch helfen, oder? Natürlich nur, wenn du neben deinem Studium und allem, was du noch so vorhast, mal Zeit findest. Es ist das gleiche Geschäft, ein Familienunternehmen, sozusagen.«

Ich nickte lächelnd, zu müde, um zu antworten.

»Warum gehst du nicht hoch und ruhst dich ein wenig aus?« schlug meine Tante vor und machte damit praktisch zum ersten Mal seit meiner Ankunft richtig den Mund auf. »Ich zeige dir dein Zimmer.«

Ich stand auf und folgte ihr die mit rosafarbenem Teppich ausgelegten Stufen nach oben, dann einen Flur entlang, von dem mehrere weiße Türen mit glänzenden Messinggriffen abgingen, bis wir an einer von ihnen am hinteren Ende stehenblieben.

Zwei Stunden später wurde ich wieder wach und hatte Mühe, mich zu orientieren. Es war dunkel, und für ein paar Sekunden wußte ich nicht, wo ich war. Erst als ich den Geruch nach Vanille wieder in der Nase hatte, der das ganze Haus zu durchdringen schien, erinnerte ich mich.

Ich stand auf, knipste eine Lampe neben mir an und sah mich ausgiebig um. Alles hier drinnen war nett herausgeputzt, blumig und pink. Auf der Strukturtapete hingen ganz hübsche, aber belanglose, gerahmte Bilder von blühenden Gärten und Flußlandschaften. An Möbeln gab es nur das schmale Bett mit gepolstertem Kopfteil, auf dem ich gerade gelegen hatte, eine Kommode, einen Frisiertisch sowie einen kleinen Hocker, der mit einem ebenfalls pinkfarbenen Stoff überzogen war und an den Seiten bis auf den Boden fiel. Es war das typische Zimmer eines ganz normalen Teenagers. Der ich, in vielerlei Hinsicht, auch noch war.

Nebenan entdeckte ich das Bad, in dem ich mir das Gesicht wusch und mir den vom Schlaf trockenen Mund ausspülte. Danach ging ich, als wäre ich ein Störenfried, beinahe auf Zehenspitzen nach unten. Ich folgte dem Geräusch des Fernsehers – jener tröstenden, rhythmischen Hindi-*Filmchen*-Musik, die mich zuverlässig beinahe jeden Morgen meines Lebens begrüßt hatte und die noch lange, nachdem ich schlafen gegangen war, durch die Ritzen meiner verschlossenen Zimmertür in Bombay drang.

»Komm, komm. Hast du gut geschlafen? Leiste uns Gesellschaft«, rief mein Onkel und sprang von seinem Sitz auf, als er mich sah. Er und meine Tante teilten sich eine Packung Cracker und ein Schälchen mit Frischkäse-Schnittlauch-Dip, mit dem sie sich die Zeit bis zum Abendessen vertrieben.

»Hungrig?« fragte er, während die Augen meiner Tante fest auf den Bildschirm geheftet waren, wo eine dralle schwarzhaarige Schönheit in Tränen ausbrach, als man ihr mitteilte, daß ihr Mann, Polizeiinspektor und die Liebe ihres Zelluloid-Lebens, bei einem Autounfall tötlich verunglückt war. Ich kannte den Film. Natürlich ist er *nicht* tot, wollte ich schreien! Es *gibt* ein Happy-End!

»Och ja. Ich könnte wohl eine Kleinigkeit vertragen«, antwortete ich. »Aber nur keine Eile, ich kann warten.«

»Nächsten Sonntag findet ein Gottesdienst in einem Tempel

in der Nähe statt«, erzählte mir mein Onkel und hielt damit unsere Unterhaltung am Laufen. Meine Tante wischte derweil die letzten Reste des Quarks aus der Schüssel, mit dem sie sich genußvoll über das Elend hinwegtröstete, das sie gerade im Fernsehen gesehen hatte.

»Wir gehen hin, zum Gottesdienst, meine ich. Danach gibt es dort auch Mittagessen. Da werden eine Menge junge Leute aus der Umgebung kommen. Du könntest Freundschaften schließen, *nah*? Und später möchtest du dir vielleicht eine Mall anschauen. Hast du jemals eine Mall gesehen, *Beti*? Ein Geschäft neben dem anderen, und es gibt nichts, was es nicht gibt. Wenn wir Lust haben, essen wir danach noch eine Pizza und fahren wieder nach Hause.«

»Hört sich gut an, Onkel Lal. Wie ihr meint.«

Nach einem Essen aus selbstgemachtem *Puri* und *Channa Masala*, einem scharfen Kichererbseneintopf mit roter Currysauce und Koriander, bei dem wir alle drei das Thema Partnerfindung diplomatisch umschifften, bot ich an, abzuwaschen und das Geschirr wegzustellen, damit meine Verwandten erneut gebannt auf den Fernseher starren konnten, um das Ende des Films nicht zu verpassen.

»Ich habe ihn schon gesehen«, sagte ich, als mein Onkel mich fragte, ob ich mich nicht zu ihnen setzen wollte. »Und ich bin immer noch müde, deshalb gehe ich lieber rauf und lese noch ein bißchen, bevor ich mich ins Bett lege.«

Ich war schon auf der Treppe, als ich mich noch einmal umdrehte und sagte: »Ich danke euch für alles. Wenn es euch nicht gäbe, wäre ich nicht hier.«

Über das Gesicht meiner Tante huschte ein Anflug von Zärtlichkeit, haarfeine Linien voller Gefühl, die sich durch die dicke pinkfarbene Puderschicht abzeichneten. Mir gab dieses Signal ein Stück Sicherheit, verminderte die Last auf meinen Schultern, erfüllte mich mit der beruhigenden Gewißheit, daß sich am Ende alles irgendwie zum Guten wenden würde.

An meinem ersten Unitag fuhr mein Onkel mich in seinem blauen Volvo persönlich zum Washington Square South 70, was für ihn einen erheblichen Umweg auf seiner Strecke zu seinem Ladenlokal auf dem Broadway bedeutete. Unterwegs zeigte er mir die nahe dem Haus gelegene Bushaltestelle Port Authority, die vielen Subway-Stationen da und dort, erinnerte mich, nicht versehentlich in die Züge zu steigen, auf denen »Uptown only« stand. Ich nickte, saugte all das Neue in mir auf – ängstlich, aufgeregt, benommen –, wie ein Kind, das zum ersten Mal allein zur Schule muß.

Ich studierte die Subway-Karte, die mein Onkel aus seinem Handschuhfach geholt und mir gegeben hatte, sprachlos angesichts der vielen bunten Venen, die kreuz und quer über das ausgefaltete Blatt liefen. Buchstaben standen da, die ich kaum entziffern konnte, Zahlen, die sich wie Klammern um die Falz legten. In dem dichten Verkehrsnetz würde ich mich nie zurechtfinden, und ich fragte mich, wie es all den anderen Menschen wohl gelang, die auf den Trottoirs dahineilten, Straßen überquerten, aus Taxen sprangen und über die Driveways sausten.

Ich hatte eine Jeans und einen roten Pulli an, meine Füße steckten in zierlichen schwarzen Stiefeln, und als ich aus dem Wagen stieg, fuhr mir eine sanfte Brise kühler Morgenluft angenehm frisch über das Gesicht. Mich beschlich ein ganz neuartiges Gefühl. Als ich dem Wagen meines Onkels den Rücken kehrte, die neue braune Ledertasche locker über die Schulter gehängt, und auf den Eingang des ehrfürchtigen, unpersönlichen braunen Klinkerbaus zuging, vor dem weiße und blaue Fahnen an den Masten wehten, wurde dieses Gefühl noch stärker.

Aber so allein ich in diesem Moment auch war, hatte ich doch den Eindruck, endlich einen Platz gefunden zu haben, an den ich gehörte.

Wie erwartet war ich die Älteste in unserem Kurs. Und ich log, als ich meinen Eltern eine Woche später erzählte, daß ich schnell Anschluß gefunden und schon einige Freundschaften geschlossen hatte. Abgesehen von den Wortwechseln mit dem Lehrer sprach ich an den meisten Tagen sehr wenig. Zum Lunch holte ich mir für gewöhnlich einen Becher Joghurt und ein Sandwich, setzte mich auf eine Steinbank auf dem Campus und las. Hier gab es keinen Tupperdosenboten, der mir scharfen Okra-Curry und weiche *Rotis* brachte, keinen Fahrer, der mich abholte, keine Indu, mit der ich Diamanten vergleichen konnte.

Aber ich beobachtete die anderen Studenten, die sich zu zweit oder in Gruppen zusammenfanden, und erstaunlicherweise konnte man präzise zwischen den blonden Mädchen, die sich hier trafen und den dunkelhaarigen, die dort beieinander standen, unterscheiden. Zum Teil gesellten sich auch ein paar Jungs zu den Mädchen, und es schien, als würden sie ständig über etwas lachen; zuweilen fürchtete ich schon, sie könnten sich vielleicht über mich lustig machen. Aber jedesmal, wenn ich dann dachte, daß ich mir einen Ruck geben sollte – ›Geh doch einfach mal rüber und sag hallo‹ –, unterdrückte ich den Impuls, indem ich mir einredete, daß ich sowieso keine Chance hätte, daß der Tag bald zu Ende und diese Phase eine vorübergehende wäre, daß mir die Leute nichts bedeuteten. Nicht selten jedoch warfen mir eine oder zwei der Dunkelhaarigen spöttisch-wissende Blikke zu. Sie kamen ebenfalls aus Indien, oder aus Sri Lanka, Pakistan, Bangladesh. Auf jeden Fall aus der Dritten Welt, aus unterentwickelten Kontinenten, und stillschweigend fragten sie sich, was mich an diesen Ort geführt hatte. Sie waren deutlich jünger als ich – neunzehn im Gegensatz zu meinen sechsundzwanzig. Junge Frauen, die sich gerade auf den Weg machten, die noch schnell etwas lernen wollten, bevor das Thema Heirat unvermeidlich auf ihrer Tagesordnung stand; sie waren nicht wie ich, mußten nicht vor der Einsicht fliehen, daß sie bei der banalsten Herausforderung des Lebens, die daraus bestand, den richtigen Mann für sich zu finden, versagt hatten. Ab und zu blickte ich zu den Mädchen hinüber, bevor ich mich dann wieder in mein Buch vertiefte.

Eines Mittwoch nachmittags aber – die Prosa-Schreibwerkstatt war gerade zu Ende, und ich war auf dem Weg zu einer Einführung in die Medientheorie – fand ich meine erste Freundin am College.

»Das ist dir runtergefallen«, hörte ich eine Stimme hinter mir, als ich den Flur hinunterging. Ich drehte mich um und sah in das frische, mit Sommersprossen übersäte Gesicht eines dunkelhaarigen Mädchens, das mich anlächelte und mir ein paar Blätter hinhielt, die mir aus Versehen aus meinem Stapel gerutscht waren.

»Oh, vielen Dank.« Ich stopfte die Blätter in meine Tasche.

»Ich heiße Devika«, sagte das Mädchen. »Und du?«

»Anju.« Ich machte ein Pause und zwang mich dann, die Unterhaltung fortzusetzen. »Ähm, ist das dein erstes Jahr?«

»Nein, schon das dritte. Ich werde bald fertig. Und du?«

»Ich habe mich für ein Aufbaustudium eingeschrieben. Mein Diplom habe ich schon in Bombay gemacht. Ich bleibe bloß ein Jahr und gehe dann zurück.«

»Super!« sagte Devika mit diesem unmißverständlichen indisch-amerikanischen Akzent. »Wir sollten mal einen Kaffee zusammen trinken. Ich weiß, daß es hart sein kann ... hier neu anzufangen, meine ich.«

»Och, das ist schon okay. Aber na klar, ein Kaffee wäre schön. Vielleicht nach dem nächsten Kurs?«

Wenige Stunden später saßen wir beide zusammen in einem Starbucks, wo ich mit Entsetzen feststellte, daß ich für eine Tasse Kaffee über drei Dollar zahlen mußte, was ungefähr hundertfünzig Rupien entsprach. In Indien würde man dafür zu zweit ein mehrgängiges *Dosa*-Mittagessen bekommen.

»Du bist also nicht verheiratet?« erkundigte sich Devika – eine Frage, die ich erwartet hatte.

»Nein, noch nicht. Du?«

»Nein, ich studiere ja noch. Vielleicht, wenn ich nach Delhi zurückgehe. Ich hoffe jedenfalls, daß ich nicht mehr lange warten muß.«

Devika war zweiundzwanzig, hübsch, bedacht, höflich und mit ihrem singenden, etwas gedehnten Tonfall unverkennbar aus Delhi. Sie war sehr schlank, hatte lange Haare und ihre Haut roch nach Lux-Seife. Direkt über ihrem rechten Nasenloch glitzerte ein winziger Diamant – das wirkte verdammt ethnolike, doch zusammen mit ihrem enganliegenden schwarzen Pullover und der schwarzen Jeans hatte es irgendwie was. Sie studierte Unternehmensmanagement in den oberen Semestern und durfte wie ich die Uni besuchen, weil sie zunächst bei Verwandten wohnen konnte – in ihrem Fall war es ein verheirateter Cousin, der auf der Upper West Side lebte. Zudem, sagte sie, sei es für sie einfacher, weil ihre Eltern beide »studierte Leute« waren. Ihr Vater arbeitete als Anwalt in Delhi, ihre Mutter war Lehrerin.

»Sie finden es wichtig, etwas für den Kopf zu tun, obwohl sie es lieber gesehen hätten, wenn ich das zu Hause gemacht hätte, anstatt hierher zu fliegen«, erzählte sie mir. Nach dem ersten Jahr hatten ihre Eltern schließlich nachgegeben und ihr erlaubt – vielleicht auch, um die Gastfreundschaft ihres Cousins nicht weiter zu strapazieren –, in ein Studentenwohnheim zu ziehen.

»Aber keins, in dem auch Jungen wohnen!« imitierte Devika die strenge Direktive ihrer Mutter.

»Immerhin bist du damit in der Nähe der Uni«, sagte ich und genoß das zwanglose Geplauder, von dem ich noch nicht recht ahnte, wie sehr ich es vermißt hatte. »Ich wohne im Haus meines Onkels und meiner Tante in Fort Lee, und damit kann ich nach den Seminaren im Grunde nichts mehr unternehmen. Du kannst dir vorstellen, wie das ist.«

Devika nickte in Erinnerung an ihren wohlmeinenden Cousin, der ihr Kommen und Gehen immer streng kontrolliert hatte. Wochentags hatte sie stets um zehn zu Hause sein müssen, ein Zeitfenster, das an Freitagen und Samstag auf zwölf erweitert wurde, aber selbst dann mußte sie ihrem Cousin immer haarklein Rechenschaft darüber ablegen, wo sie war, mit wem sie sich traf und wie sie zu erreichen war. Die Situation glich meiner eigenen aufs Haar. Eingedenk der Tatsache, daß unser ganzes Leben sowieso unter elterlicher Kontrolle gestanden hatte, war das im Grunde für keine von uns weiter irritierend. Aber hier, in dem freieren und ungezwungeneren Kontext unserer neuen Erfahrungen, kamen mir die Bande, die mich an meine Verwandten fesselten, eigentümlich fehl am Platz vor. Dabei war mir meine Situation normalerweise eher peinlich, als daß sie mich aufregte. Und oft hatte ich schon vorher keine Lust mehr, mich in Museen zu tummeln, mir Performances anzuschauen oder einfach in einem der vielen Cafés herumzusitzen, die es in Uninähe gab, geschweige denn nachts durch die Clubs zu ziehen. Dann nämlich wurde ich derartig mit Fragen bombardiert – Wohin? Mit wem? Bis wann? Wie kommst du zurück? –, daß es oftmals leichter war, zu Hause zu bleiben und mir »L. A. Law« im Fernsehen anzusehen. Zudem gab es eigentlich niemanden, mit dem ich gern ausgegangen wäre. Und das Fasten – für mich stand es montags, donnerstags und freitags nach wie vor auf dem Programm – erschwerte die Geselligkeit zu den denkbar besten Zeiten.

Aber trotz des Altersunterschieds – vier Jahre konnten wie eine Generation erscheinen – glaubte ich in Devika eine Gleichgesinnte getroffen zu haben, eine Vertraute, jemanden, der verstand, ohne daß man sich groß erklären mußte.

»Komm doch morgen mit mir ins MOMA«, schlug Devika mit leuchtenden Augen vor und trank ihren letzten Schluck Kaffee. »Da läuft gerade eine Ausstellung von Malerinnen, die ich unbedingt sehen will. Ein paar Inderinnen sind auch mit ihren Werken vertreten, und wenn dein Stundenplan es erlaubt, könnten wir vielleicht zusammen gehen.«

So also begann meine erste Freundschaft in New York, eine, von der ich meinem Onkel und meiner Tante nur zu gern erzählte. Devika war eine von uns, eine ein wenig in Ungnade gefallene Frau aus Indien, hier, um ein bißchen Freiheit zu schnuppern und Spaß zu haben, bevor sie endgültig in den goldbestickten roten Sari schlüpft.

»Ich muß dir was erzählen«, sagte Devika eines Samstags einige Wochen später. Wir hatten in der Stadt zusammen mit meinen Verwandten Mittag gegessen, und nun saßen nur noch wir beide in der rumpelnden Subway, um uns »Cats« anzusehen.

»Was denn?«

»Ich treffe mich mit jemandem. Ich meine, ich gehe mit jemandem aus.«

Ich atmete tief durch, und auf meinem Gesicht zeichnete sich eine schockierte Unschuld ab, die in krassem Gegensatz zu den urbanen Kulissen unseres New Yorker Lebens stand. Ich hatte Devika nie mit den Frauen in Verbindung gebracht, die Männer dateten. Erst kürzlich hatte sie erzählt, daß ihre Eltern sich in Delhi nach ein paar Kandidaten umgeschaut hatten. Doch vielleicht sehnte Devika sich ja nach einer »Liebesheirat«. Das wäre spannend, und solange die Eltern den Erwählten mochten, wären sie vermutlich einverstanden.

»Aber hör zu«, fuhr meine Freundin fort, »davon weiß niemand. Selbst mein Cousin nicht, niemand.« Sie schwieg einen Moment. »Er ist kein Inder. Er ist Amerikaner.«

Ich kniff die Augen zusammen und versuchte mir Devikas schokoladenbraune Hand umfasst von der eines weißen Jungen vorzustellen. So hätten meine Mutter und mein Vater, mein Onkel und meine Tante ihn genannt: einen weißen Jungen. In meinen Wollhosen rutschte ich auf dem Plastiksitz hin und her, so daß ich auf der Suche nach besserem Halt mit schwitzigen Händen nach der Metallstange griff.

Ich wollte das nicht hören.

»Ach herrje.« Ich war schockiert, bemühte mich jedoch, es nicht zu zeigen. Das genau war es, was die Leute zu Hause befürchteten, wenn ihre jungen Töchter in die USA gingen: daß sie sich in einen Amerikaner verliebten und nie mehr zurückkämen.

»Ich habe mich richtig in ihn verliebt«, sagte Devika und hob die Stimme, damit ich sie über dem Quietschen des Zuges noch verstehen konnte. »Er ist total süß.« Ihre Miene verdunkelte sich. »Aber ich weiß nicht, was ich machen soll. Ich muß zurück nach Delhi, und er wußte das auch von Anfang an, aber jetzt, wo es in ein paar Monaten soweit ist, wird es wirklich hart für mich. Ich wollte gern, daß du das weißt, denn ich glaube, es versteht sonst niemand. Meine amerikanischen Freunde verstehen es nicht und sagen, ich soll einfach bleiben, mir hier einen Job suchen oder ihn vielleicht mit nach Indien nehmen und ihn meiner Familie vorstellen. Ich meine, das ist wirklich eine ernste Sache zwischen uns.«

Ich sah Devika an, wie es vermutlich auch meine Mutter getan hätte: abschätzig, kritisch und ohne die Spur von Mitgefühl. Frauen wie Devika manifestierten den schlechten Ruf von Inderinnen, die nach Amerika gingen. Kein Wunder, daß ich so für meine Pläne hatte kämpfen müssen.

»Warum erzählst du mir das?« fragte ich. »Ich will von all dem nichts wissen.«

»Weil ich ...«, hob Devika flehentlich an, »... dich eventuell darum bitten wollte, mich zu decken. Wenn Rob und ich zum Beispiel mal für ein Wochenende wegfahren wollen, könnte ich meinem Cousin sagen, daß ich bei dir bin. Deswegen.«

Ich atmete erneut tief durch. Nicht nur, daß meine neue Freundin mit einem Weißen ausging, nein, sie unterhielt zudem ganz offensichtlich auch eine sündige Beziehung mit ihm, genau wie in »Denver Clan«.

»Mir ist nicht wohl bei der Vorstellung, für dich zu lügen. Aber mach dir keine Sorgen, ich werde niemandem dein kleines Geheimnis verraten«, sagte ich spitz. Darauf konzentrierte ich mich auf meine Fingernägel und erklärte die Unterhaltung somit für beendet.

Ohne ein weiteres Wort zu wechseln, schauten wir uns »Cats« an. Und obwohl wir uns auf den Fluren der NYU häufiger begegneten, redeten wir seitdem kaum noch miteinander.

Es war mir nicht vergönnt, jemals den wahren Grund aus den Augen zu verlieren, aus dem ich nach Amerika gegangen war. Die anderen dachten, ich wollte schlicht »meinen Horizont erweitern« oder hatte andere, nicht minder noble Ziele, die ich in der feministischen Zeitschrift Ms. nachlesen konnte, die auf dem Campus verteilt wurde. Aber nichts von alldem traf zu. Auf mich schon gar nicht.

»Irgendwelche Jungs?« fragte meine Mutter in einem der beiden wöchentlich stattfindenden Ferngespräche mit Bombay.

»Nicht wirklich, Ma«, antwortete ich traurig. »Aber mach dir keine Gedanken. Wir geben uns redlich Mühe. Und heute fahren wir irgendwohin, wo wir nach Onkel Lal auch so einen Jungen aus Chicago treffen.« Jedesmal, wenn wir telefonierten, war es mir wichtig, meiner armen Mutter auf der anderen Seite der Erdkugel ein Häppchen Hoffnung anzubieten.

Etwas später an diesem Tag begleitete ich meinen Onkel und meine Tante zum Swaminathan-Zentrum, ein spiritueller, religiös wie sozial orientierter Ort an einer ruhigen Straße, nicht weit von ihrem Haus entfernt.

Diese Art der Zusammenkunft wurde monatlich abgehalten. Ich war schon einmal dort gewesen und hatte mich vollkommen deplaziert gefühlt – junge Mütter mit merkwürdigen Männern und nörgeligen Kindern, pubertierende Teenager, die vor ihren Eltern verheimlichten, was sie am Abend zuvor angestellt, welche Jungs sie geküßt und wieviel Bier sie getrunken hatten. Für mich war das eine so mißratene, einsame Veranstaltung, daß ich mir schwor, sie kein zweites Mal mitzumachen.

Aber an diesem Tag hatte ich wenig Chancen. Schließlich hatte mein Onkel diesen netten, jungen Mann erwähnt, der der Sohn eines Cousins seines Freundes sein sollte. Oder so ähnlich. Zudem gehörte dem fraglichen Galan ein Herrenbekleidungsgeschäft in Chicago. Soweit ich heraushören konnte, lief es wohl ganz gut.

»Das sind die Eltern des Jungen«, flüsterte mir mein Onkel verstohlen zu, als wollte er mir ein Briefchen Kokain verkaufen.

Ich sah zu dem kleinen, gebeugten Paar hinüber, das vom Büffet kostete, als es daran vorbeikam.

»Der Junge ist heute nicht hier, aber die Eltern wollen dich kennenlernen, und sie haben ein Foto von ihm dabei; und wenn er dir gefällt, leiten wir die zweite Etappe ein, was?« sagte mein Onkel, aus seiner Sicht sehr vernünftig.

»Na los, komm, komm, laß uns hallo sagen gehen.« Er legte mir seine Hand auf den Rücken und führte mich unter leichtem Druck zu dem bevölkerten Büffettisch.

»Hallo, *Bhau*, wie schön, Euch wiederzusehen. Willkommen in New *Yook*, oder sollte ich besser sagen, New Jersey! Ha! Das ist meine Nichte, die, von der ich euch erzählt habe.«

Mister und Misses Squat zeigten keinerlei Regung, nahmen mich aber sehr genau in Augenschein, vom Kopf bis zu den nackten Füßen. Die Mutter hatte den schlimmsten Überbiß, den ich je bei einer Frau gesehen hatte, also konnte ich nur hoffen, daß der Sohn aus kieferchirurgischer Sicht mehr Glück gehabt hatte. Auf dem Hemd des Vaters zeichneten sich unter den Armen gelbliche Schweißflecken ab, und seine zu engen Hosen hatte er sich fast bis zur Brust gezogen. Er sollte mal in dem Laden seines Sohnes einkaufen gehen, dachte ich, bis mir mit Schrecken in den Sinn kam, daß er das ja vielleicht längst getan hatte.

Aber ich lächelte, wie man es mir beigebracht hatte, schlug die Augen nieder und ratterte hastig mein Hallo-Tantchen-hallo-Onkel-wie-geht-es-euch? herunter, bevor mein Onkel wieder mit dem üblichen Small talk an der Reihe war. Etwas arg indiskret holte die Mutter einen alten Luftpostumschlag aus ihrer schwarzen Lackledertasche und reichte ihn weiter.

»Das Foto von dem Jungen«, sagte mein Onkel, als er mich schon wieder zurück durch den Saal führte. »Wir sehen es uns später an.«

Auf dem Nachhauseweg zog ich den Farbausdruck heraus und lächelte. Er schien etwa mein Alter zu haben und war hinter einem Verkaufstresen fotografiert, auf dem stapelweise Hemden lagen. Er verzog keine Miene, gerade so, als wäre er im Moment der Aufnahme davon ausgegangen, daß das Bild auch ohne weiteres Posieren seinen Zweck erfüllen würde. Weißes Hemd, schwarze Hose, die Hände hinter dem Rücken verschränkt. Kleine, runde Brille, schmaler Oberlippenbart, das Haar in der Mitte gescheitelt und glatt zu beiden Seiten gekämmt.

Und wie ein Strick hing ein Maßband um seinen Hals.

»Zeig her«, sagten mein Onkel und meine Tante wie aus einem Mund, als wir an einer Ampel hielten.

»Er sieht nett aus«, sagte er und nickte dem Foto zu, als würde die Person, die darauf abgebildet war, direkt zu ihm sprechen.

»Aber warum das Maßband?« überlegte meine Tante laut und drückte damit aus, was auch ich mich gefragt hatte. »Was will er damit zeigen?«

»Na nichts. Warum? Ist doch nichts verkehrt daran«, sagte Onkel Lal.

»Schon, aber das ist wie ein Wissenschaftler, der seiner möglichen Braut ein Foto von sich schickt, auf dem er ein Reagenzglas hochhält.« Der Einwurf kam von mir. »Das wirkt doch etwas sehr bemüht, oder? Und wirklich, ich glaube nicht, daß ich so lange gewartet habe, damit ich am Ende einen Schneider heirate, der noch nicht mal seinen eigenen Vater anständig einkleiden kann.«

Ich war nicht im geringsten interessiert, aus einem ganzen Koffer voller Gründe.

Der schwerwiegendste von ihnen allerdings war, daß ich Jeff zu diesem Zeitpunkt bereits kannte.

Sechstes Kapitel

»Für die indische Frau ist die ausländische Eheschließung selten eine positive Handlung; sie ist häufiger eher ein Akt der Verzweiflung oder Verunsicherung. Schließlich verliert sie damit ihre Kaste, ihre Gemeinschaft, ihren Platz in der Welt; und nur wenige indische Frauen sind in der Lage, damit fertig zu werden.«

V. S. Naipaul in: *Land der Finsternis. Fremde Heimat Indien*

Er war eines Tages im Starbucks gewesen, und ich sah ihn just in dem Moment, als ich die New York Post ausgelesen zur Seite legte.

»Bist du durch damit?« fragte er, als ich die letzte Seite umschlug und mir die Reste Druckerschwärze an einer Papierserviette von den Fingern rieb.

»Schmiert ganz schön, was?« Er lächelte. Ich nickte zustimmend, oh ja, das könne man wohl sagen, und aber natürlich dürfe er die Zeitung nehmen. Die Cappuccino-Maschine hinter dem Tresen röhrte und zischte. Es roch nach heißer Milch und Kakao, nach braunem Zucker und Kaffeebohnen – ebensosehr wie wegen der Getränke kam ich auch wegen der angenehmen Gerüche her.

Er trug einen Anzug, hatte den Knoten seiner silbergrauen Seidenkrawatte jedoch etwas gelockert. Seine Augen waren von demselben Kornblumenblau wie sein Hemd, sein Haar war dunkel, das Gesicht kantig. Auf den ersten Blick erinnerte er mich an Adam Carrington – gepflegt, aufrecht, klassisch gutaussehend. Mein Gegenüber aber lächelte, und sein Gesicht strahlte eine solche Offenheit aus, daß ich nichts Anrüchiges dabei finden konnte, allein in einem Café zu sitzen und mich mit einem weißen Mann zu unterhalten; mit dem ersten weißen Mann, mit dem ich außerhalb des Campus-Geländes überhaupt sprach, ließ man den Mann, der mir meine Subway-Münzen verkaufte, einmal außer acht.

»Ähm, ja, die Zeitung also«, sagte ich und sah auf meine Uhr, ohne wirklich darauf zu achten, wo die Zeiger standen. »Oh! Ich muß los. Also dann, bye.«

»Donnerwetter! Du bist aus Indien, was? Aber so richtig aus Indien, meine ich ... du hast noch voll den Akzent.«

»Ja, äh ... huch ... also, ich muß wirklich gehen, na dann, bye.«

Und so packte ich meine Sachen zusammen und war verschwunden.

Jeff gewöhnte sich an, jeden Tag gegen zwei ins Starbucks zu kommen, was etwa der Zeit entsprach, zu der auch ich dort meine Pause einlegte. Wir tauschten weiter höflich ein Lächeln, ein nettes Wort und die Zeitung aus – ich bekam seine USA Today, er meine New York Post. Nachdem das eine Woche so gegangen war, setzten wir uns zusammen an einen Tisch.

Er wollte sich nicht groß unterhalten. Somit erreichten mich die Informationen auch nur bruchstückhaft: Er stammte aus Florida, war zum Studieren nach New York gekommen und geblieben. Er leitete die Kundenakquise einer namhaften Werbeagentur in Manhattan-Downtown. Er liebte seinen Job, fand es großartig, potentielle Neukunden zu umgarnen und sie an sein Unternehmen zu binden. Das konnte er gut, sagte er mit einem Grinsen. Oh mein Gott, flirtete er etwa?

Eine Woche später lud er mich zum Lunch ein.

»Ich meine, natürlich nur, wenn du Zeit hast. Oder wäre dir ein Abendessen lieber?« fragte er.

Ich war noch nie zum Essen eingeladen worden. Selbst im Fernsehen hatte ich das noch nie gesehen. Dort schien es immer, als würden die Leute sich küssen, miteinander ins Bett gehen oder heiraten. Aber sie gingen nie zusammen essen.

»Ähm, na ja, danke, aber das ist nicht so einfach«, stammelte ich. »Ich habe fast jeden Tag Seminare, und abends fahre ich relativ früh nach Hause, weil ich bei meinem Onkel und meiner Tante in New Jersey lebe, weißt du, und sie machen sich Sorgen, wenn ich spät nach Hause komme, also noch mal: vielen Dank, aber ich glaube, ich lasse es lieber«, sagte ich nervös.

»Außerdem«, fügte ich unaufgefordert hinzu, »ist es auch deswegen keine gute Idee, weil meine Eltern gar nicht möchten, daß ich mich hier zu eng an die Menschen binde. Ich komme aus einer relativ konservativen Familie, und bei uns legt man Wert darauf, sich ein bißchen gegen die schädlichen Einflüsse aus dem Westen zu schützen. Du bist mir sehr sympathisch, das ist es nicht, aber ich darf wirklich nicht ernsthaft darüber nachdenken, mich weiter auf dich einzulassen. Ich hoffe, du verstehst das.«

»Ich dachte eigentlich nur an ein Sandwich«, sagte er lächelnd. »Ich wollte nicht gleich mit dir durchbrennen.«

Wir hatten schließlich unser gemeinsames Sandwich. Es war ein verspäteter Lunch an einem Samstag im Balthazar. »Essen«, sagte er, als unsere Bestellung kam. »Ist es nicht nett, zur Abwechslung mal nicht über Pappbecher zu reden, sondern über Essen?«

Jeff wollte alles über mich wissen. Ob mir die Uni gefiel. Wie es für mich war, gemütlich bei meinen Verwandten in einem ruhigen Vorort zu wohnen, während die Stadt vor lauter Möglichkeiten bald aus allen Nähten platzte. Was ich denn eigentlich, wenn meine Eltern so konservativ waren, überhaupt in den Staaten machte. Was ich unternahm, wenn ich nicht an der Uni war. Und – wow! – wie war Indien?

Ich genoß es, einfach reden zu können, ohne meine Worte auf die Waagschale legen zu müssen. Zwischen einzelnen Bissen in mein Vollkorn-Sandwich mit Mozzarella, Aubergine und Pesto – zum Glück war heute ein fastenfreier Tag – konnte ich ihm erzählen, wie mein Leben in Amerika wirklich war. Er kannte meinen Nachnamen nicht, wußte nichts von meinen Eltern, hatte auch keine Telefonnummer von mir. Ich war einfach eine indische Frau, die er zufällig bei einem doppelten Caffè latte kennengelernt hatte. In ein paar Monaten war mein Jahr um, und ich würde nach Bombay zurückkehren, innerlich bereichert – nicht zuletzt dank Erfahrungen wie dieser.

»Ich fühle mich oft recht einsam«, sagte ich zu ihm. »Ich meine, die Seminare machen mir großen Spaß. Ich bin froh, daß ich hergekommen bin und hier studieren darf. Aber wenn der Unterricht vorbei ist, fahre ich nach Hause, und damit verbringe ich meine Freizeit überwiegend in New Jersey. Ich lese, was in der Stadt so los ist, und ich höre die Leute im Seminar über diese oder jene Aufführung reden, und gewiß hätte ich nichts dagegen, sie auch mal zu begleiten. Aber mein Onkel und meine Tante sehen es nicht gern, wenn ich ausgehe. Sie wollen ganz genau wissen, mit wem ich gehe und wie ich hinkomme und wann ich wieder zu Hause bin. Es ist zu umständlich, also lasse ich es. Dafür ist es dann eben einsam.«

»Glaubst du nicht, daß sich deine Eltern freuen würden, wenn du von deiner Zeit in New York richtig profitieren könntest, wo sie doch schon so viel dafür getan haben, daß du herkommen konntest?«

»Das ist eine typisch amerikanische Perspektive. Natürlich würden sie sich *nicht* freuen. Sie haben mich letztendlich nur gehen lassen, weil ich geheult und gebettelt habe und ihnen in den Ohren lag, wie langweilig mein Leben in Bombay ist und wie unglücklich ich bin, daß ich dringend weg muß. Aber die Bedingung war, daß ich in New Jersey wohne, mich anständig verhalte und meinem Onkel und meiner Tante gestatte, nach dem richtigen Mann für mich Ausschau zu halten.«

Jeff sah mich irritiert an.

»Zum Heiraten«, fügte ich hinzu. »Solange ich hier bin, versuchen sie, jemanden zu finden, den ich heiraten kann.«

»Wow, ich habe mal gehört, daß es solche Sachen immer noch gibt«, sagte er. »Ich glaube, es gab mal eine Dokumentation auf PBS darüber. Wie geht es dir denn damit? Du siehst mir nicht gerade wie der Typ Frau aus, der sich für eine arrangierte Heirat begeistert.«

»Warum? Weil ich mein Haar nicht in einem Zopf trage oder spreche, als wäre ich soeben einem Flugzeug aus Bangladesh entstiegen? Weißt du, das ist eine Tradition. Wir machen das seit Tausenden von Jahren, und ich habe den Eindruck, daß es ganz gut funktioniert. Ich kenne kaum jemanden, der geschieden ist. Kannst du das auch sagen? Ich will damit nicht behaupten, daß jeder, der durch eine arrangierte Hochzeit zu seinem Partner gefunden hat, auch glücklich ist. Aber sie bleiben zusammen, weil sie andere Erwartungen haben. In Amerika – das sieht man ja schon an jeder Fernsehshow – geht es ständig darum, immer noch mehr zu haben. Die Leute sind nie zufrieden. Weißt du, was ich meine?«

Jeff zog eine Augenbraue hoch.

»Und im Grunde ist es auch nicht viel anders als das, was ihr hier macht, dieses Rumgedate, meine ich. Für uns ist es auch wie daten. Aber das Date haben unsere Eltern ausgesucht, und der Hauptunterschied ist wohl, daß wir uns direkt im Anschluß entscheiden müssen, ob wir denjenigen heiraten wollen. Das ist alles.«

»Aber das muß doch für beide ein enormer Druck sein, wenn sie sich das erste Mal sehen«, entgegnete Jeff aufrichtig interessiert. »Ich kann mir nicht im entferntesten vorstellen, eins der Mädchen, mit denen ich bislang ausging, auch zu heiraten.«

»Warum bist du dann mit ihnen ausgegangen?«

»Na ja, sie waren sympathisch genug. Weißt du, wir brauchen soziale Kontakte, müssen uns mit dem anderen Geschlecht austauschen. Wir finden Frauen attraktiv, und dann gehen wir mit ihnen aus, um herauszufinden, was dahintersteckt. Meistens funktioniert es nicht, aber das bedeutet nicht, daß wir den Rest unseres Lebens besser zu Hause bleiben sollten.«

Er machte ein Pause.

»Das heißt also, daß du ... daß du noch nie einen Freund hattest?« fragte er zögernd.

»Nein. Ich hatte noch nie eins dieser, du würdest sagen: Dates. Bislang habe ich nur mit Jungs geredet, die meinen Eltern genehm waren, und selbst dann sind wir nie allein ausgegangen. Wenn ein Typ sich für mich interessiert, muß er es seinen Eltern sagen, die wiederum meine Eltern anrufen, und auf diesem Weg treffen wir uns dann.«

Jeff war ein aufmerksamer, wißbegieriger Zuhörer, ein Mann, der von diesen Dingen zum ersten Mal hörte, sie mit ungläubigem Staunen kommentierte und irgendwas von »praktisch am Anfang des 21. Jahrhunderts, wie kann das bloß sein?« murmelte. Aber es gab auch einen Teil in ihm, den es faszinierte, wie ich ihm unsere Kultur so entschlüsselte, wie ich sie jederzeit abrufbar internalisiert hatte. In gewisser Weise wirkten meine Worte wie eine religiöse Überlieferung auf ihn, heilig.

»Und was ist mit Liebe?« fragte er leise und rückte ein Stück näher an mich heran. »Willst du dich nicht auch gnadenlos verlieben?«

Im Hintergrund lief ein alter Hit von Julio Iglesias, draußen hatte es gerade angefangen zu regnen, und im Restaurant wurde es zunehmend leerer und ruhiger. Ich spürte, wie sich ein leichtes Kribbeln in mir regte, eine Sehnsucht und die Einsamkeit. Für den Bruchteil einer Sekunde hätte ich gern seine Hand berührt, die nur Zentimeter von meiner entfernt lag. Sie war sauber und weiß, mit ein paar schwarzen Härchen auf den schmalen Fingern. Nie zuvor hatte ich je eine männliche Hand berührt, nicht einmal die meines Vaters.

»Die Liebe ist etwas Großartiges, aber wenn die Leute glauben, daß es Liebe ist, was sie empfinden, wenn sie anfangen, mit jemandem auszugehen, dann irren sie sich«, sagte ich. »Darum lassen sie sich dann später scheiden, weil sie die Liebe mit etwas anderem verwechselt haben. In unserer Sprache haben wir noch nicht mal ein Wort für ›sich verlieben‹. Bei uns heißt es statt dessen: *Pyar hogaya* – die Liebe passiert. Und darum geht es. Du erkennst die Güte eines Menschen, merkst, daß er zu dir paßt, dein Herz öffnet sich, und dann ›passiert die Liebe‹. Und wenn deine ganze Familie um dich herum ist und dich segnet und die Verbindung gutheißt, dann kann ich mir keinen magischeren Moment vorstellen.«

Wie sehr sehnte ich mich doch danach, von einem hellhäutigen Inder in einer weißen Seidentunika erwählt zu werden. Wie oft träumte ich davon, seine Eltern mögen mit ausgestreckten Armen auf meine zu gehen und nach mir fragen, sagen, daß sie mich auch »in einem Sari« nehmen wollten, was in Indien soviel hieß wie »ohne Aussteuer«. Wie genau wußte ich, daß mir – sollte ich von einem so berückend attraktiven Mann, die Sorte, nach der sich jedes Mädchen den Hals verrenkte, ausgewählt werden – endlich die Anerkennung zuteil wurde, auf die ich mein Leben lang verzichten mußte.

So war es relativ leicht für mich, allem anderen mit Mißachtung zu begegnen. Ich erzählte Jeff in allerkritischstem Ton, wie ich dabei zusehen konnte, wie eine Kommilitonin nach der anderen in das hineinrutschte, was sie »Beziehung« nannten. Die jungen, aufgeweckten Studentinnen um mich herum schienen überhaupt nie *nicht* in einer zu stecken. In kleinen Trauben standen sie zusammen auf den Fluren und flüsterten sich gegenseitig zu, wen sie gerade wieder getroffen oder mit wem sie »rumgeknutscht« hatten. Sie verplanten ihre Wochenenden oder sprachen von Urlaub, und ich hatte den Eindruck, sie behandelten die ganze Angelegenheit des Datens und Kennenlernens wie die Frage, was sie am nächsten Tag anziehen sollten. Diskretion und eine behutsame Langzeitplanung gehörten nicht zu ihrem Repertoire.

Noch immer verwurzelt in meiner verklemmten, schrecklich aufrechten indischen Kultur, war mir dieses Treiben absolut unverständlich.

Aus dem Lunch wurde ein Abendessen (meinem Onkel und meiner Tante hatte ich gesagt, ich müsse zu einer Veranstaltung), und wir hatten eine schöne Zeit, auch wenn ich schon um elf nach Hause mußte. Jeff sagte mir, ich hätte etwas »Unnahbares« an mir, worauf ich, eingedenk der Tatsache, daß meine Eltern mich sofort jedem hinterherschmeißen würden, der mich haben wollte, lächeln mußte. Ich wollte ihm die Illusion nicht rauben. Und er sagte mir, daß ihm der Glanz meines Haars gefiel, der braune Schimmer meiner Haut, mein singender Akzent. Ich habe nie zuvor solche Komplimente gehört, entsprechend erwärmte sich mein Herz noch mehr für ihn.

Ein paar Tage später folgte das zweite Abendessen, und dann das dritte. Wir hatten uns für einen Italiener entschieden, Nino's, und an diesem Abend – wir warteten auf unsere Teller mit Pasta Primavera – berührte er zum ersten Mal meine Hand. Ich ließ ihn gewähren, weil ich mir nichts mehr gewünscht hatte. Uns blieb noch etwas Zeit, bevor ich nach Hause mußte, also besuchten wir einen Comedy Club. Jeff und ich hatten einen Tisch weiter hinten, den die Lichtstrahler nicht mehr erreichten. Die Spots huschten über die Gesichter anderer Menschen.

Er nahm sein Glas Bier in die Hand und trank einen Schluck, und während ich noch über den Sketch der Comedien und ihrer Besessenheit mit dem Anrufbeantworter lachte, drehte er sich zu mir. Er legte den Arm um meine Schulter und zog mich etwas näher zu sich heran. Ich wandte ihm mein Gesicht zu, und als ich das tat, drückte er seine Lippen auf meine. Ich war etwas erschrocken, aber es fühlte sich gut an, also ließ ich auch das zu. Meine kußähnlichste Erfahrung war vermutlich die, als ich meine Lippen einst gegen den Badezimmerspiegel drückte, um zu gucken, wie das aussehen würde. Fischgesichtig und glubschäugig fand ich mich nicht besonders anziehend. Aber im Gegensatz zu mir hatte Jeff seine Augen geschlossen. Nach ein paar Sekunden war alles vorbei; ich nahm einen weiteren Schluck von meinem Shirley Temple, Jeff griff wieder nach seinem Bier.

Und während eine struwwelköpfige Amerikanerin vorne im Rampenlicht stand und lustige Geschichten über das PMS und

Beinrasuren im besonderen und allgemeinen zum besten gab, war ich in meine erste Liebesbeziehung hineingeschliddert.

Ich wollte noch immer eine langhaarige Hindu-Gattin werden. Aber bis es soweit war, würde ich mich hiermit zufrieden geben.

Ich fing an, mich darüber zu ärgern, wie harsch ich auf Devika reagiert hatte, die inzwischen sicher wieder in Delhi war und Rob vermißte, bald aber wahrscheinlich einen Mann heiraten würde, den ihre Eltern für sie ausgesucht hatten.

In der Cosmopolitan hatte ich gelesen, daß Daten Spaß machen, daß es aufregend und kribbelig sein sollte. Ich aber fühlte mich die ganze Zeit hin und her gerissen, war verwirrt und unglücklich über das unvermeidliche Chaos, das ich bei meinem Karma stiftete.

Trost fand ich allein in der Tatsache, daß ich schon in ein paar Monaten wieder nach Hause fahren würde. Jeff und ich wußten das beide, hatten das Thema aber nie angeschnitten. Wenn auch nur irgendwer herausfinden würde, daß ich mir die Zeit mit einem weißen Mann vertrieb, hätte man mich von jetzt auf gleich ganz sicher in den nächsten Flieger mit Ziel Sahar International Airport von Bombay gesetzt, bevor ich das Wort »interkulturelle Ehe« auch nur auf den Lippen hatte. Ich schauderte, wenn ich daran dachte, daß ich im Grunde auch nicht anders war als all die hellhäutigen Mädchen an der Uni, die in der einen Woche mit diesem, in der nächsten mit jenem Jungen Händchen hielten. Der Unterschied war allenfalls, daß außer ein paar Küssen auf den Mund zwischen Jeff und mir nichts war. Ich bewahrte mich für meinen indischen Prinzen und die Hochzeitsnacht auf, von der ich immer geträumt hatte, für den Tag, an dem ich in ein pfirsichfarbenes Seidennegligé mit passender Robe schlüpfen und er mich von hinten umfangen würde, während ich aus dem Fenster in den Vollmond schaute, bevor er mich zu unserem mit Rosenblättern bestreuten Bett führte.

Ich hatte ganz offensichtlich zu viele Groschenromane gelesen.

Aber daß Jeff dieser Mann sein konnte, war unvorstellbar. In meinem Kopf hörte ich schon die Stimme meiner Mutter: »Bist du verrückt? Was tust du? Wer ist das? Warum willst du dir deinen guten Ruf ruinieren?«

Abgesehen von der Tatsache, ohnehin an der kurzen Leine gehalten zu werden, hatte ich zudem nicht besonders viele Freunde, die mich hätten »decken« können; damit wurden die Treffen mit Jeff stets zu einer komplizierten und mühseligen Angelegenheit. Was die Sprachregelung den anderen gegenüber betraf, so besuchte ich ein Seminar, arbeitete ein paar zusätzliche Stunden in der Bibliothek oder ließ mir sonst etwas einfallen, um mir da und dort ein wenig Zeit freizuschaufeln. Jeff durfte mich nie zu Hause anrufen. Und wenn ich mich bei ihm meldete, war das Gespräch kurz, knapp, unpersönlich. Irgendwer war immer um mich herum, oder der Fernseher lief und verstrahlte seine ewig gleichen Bilder von unberührten, jungen Inderinnen, die auf der Flucht vor brustbehaarten Potenzbolzen in engen weißen Hosen durch endlose Flure rannten.

Im Kern bestand Jeffs Leben aus Freiheit und Abenteuer. Im Kern bestand meins aus Zurückhaltung und Vorsicht. Darüber hinaus fühlte ich mich ständig schuldig, und vor allem hatte ich Angst. Es konnte überhaupt nicht funktionieren.

Daher war es auch nicht überraschend, daß unsere Geschichte nicht einmal drei Monate nach unserem verregneten Mittagessen im Balthazar ihr Ende fand. Es war ein milder Sommerabend, und Onkel Lal und Tante Vinita glaubten, ich würde ein Filmseminar besuchen. Jeff und ich hatten beschlossen, zu Ignacio zu gehen, einem belebten kubanischen Restaurant in Midtown, das Jeff mir unbedingt zeigen wollte. Während er noch den Wagen abstellte, ging ich schon hinein und sah an einem der Tische die beste Freundin meiner Tante zusammen mit ihrer Familie. Wenn sie mich mit Jeff erwischen würde, hätte diese Nachricht meine Verwandten in Fort Lee erreicht, bevor unsere Dessertteller abgeräumt waren.

Instinktiv drehte ich mich um und lief aus dem Restaurant.

Jeff kam mit fragend erhobenen Händen auf mich zu – die Autoschlüssel klimperten in seiner Tasche. »Wir können nicht bleiben«, sagte ich schnell. »Eine wirklich gute Freundin meiner Tante ist hier, und ich müßte eigentlich an der Uni sein.«

»Es reicht«, sagte Jeff und baute sich kälter und wütender vor mir auf, als ich ihn je gesehen hatte. »Genug davon. Das ist albern. Wir werden da jetzt reingehen und egal, wer dort sitzt und was er denkt, werden wir uns einen schönen Abend machen. Hast du verstanden?«

»Jeff, nein.« Ich bekam einen Kloß im Hals und fürchtete beides: beim Lügen ertappt zu werden, aber auch, diesen liebenswerten, braunhaarigen, blauäugigen Mann zu verlieren, den ich wirklich in mein Herz geschlossen hatte. Ich wußte, daß ich mich entscheiden mußte, bei ihm zu bleiben oder meine Beine in die Hand zu nehmen und davonzulaufen.

»Ich geh da nicht mehr rein, Jeff. Das ist die Sache nicht wert. Es gibt hier in der Gegend noch hundert andere Restaurants.«

»Willst du mir damit sagen, daß ich dir die Sache nicht wert bin? Ist es das, worauf man es am Ende reduzieren kann?«

»Ich bin nicht mehr lange hier, Jeff. Warum sollte ich alle gegen mich aufbringen, nur damit du und ich kubanisch essen gehen können? Laß uns einfach woanders hin. Bitte.« Ich fing an zu weinen. Bitte, lieber Gott, laß ihn nicht gehen. Ich hob zu einem meiner vielen Mantras an: *»Om broom bruhas pataye namaha. Om broom bruhas pataye namaha.«* Bitte, lieber Gott, laß ihn mich umarmen und sagen, daß es okay ist, und uns eine Ecke weiter in ein italienisches Restaurant setzen.

Er tat es nicht. Er drehte sich um, ging zu seinem Auto und fuhr weg.

Eine Weile stand ich verloren auf dem Bürgersteig und weinte. Wie gern hätte ich jemanden angerufen und ihm erzählt, was passiert war, eine einfühlsame Stimme gehört. Aber es gab niemanden, bei dem ich mich hätte melden können.

Statt dessen also winkte ich mir ein Taxi, fuhr zur Grand

Central Station, bestieg den NJ Transitbus und fuhr nach Hause, wo ich meinem Onkel und meiner Tante gegenüber vorgab – sie waren natürlich überrascht, mich so früh zu sehen –, daß ich Migräne bekommen und den Film nicht hatte zu Ende sehen können. In dieser Nacht versteckte ich meinen Kopf unter dem weichen rosafarbenen Baumwollkissen und weinte lange still vor mich hin. Als keine Träne mehr übrig war, sagte ich mir, daß es so am besten war. Von wegen Karma und so. Ich hatte Jeff aus einem früheren Leben etwas geschuldet und es nun zurückgezahlt.

Als ich am nächsten Morgen aufwachte, schlüpfte ich wieder in meine Alltagsklamotten, füllte mir in der Küche Kaffee in eine Thermoskanne und machte mich auf den Weg zur Uni. Dabei redete ich mir ein, daß Jeff lediglich ein skurriles Abenteuer für mich gewesen war. Und von dem Verlust würde ich mich nicht unterkriegen lassen.

Trotzdem hatte diese Erfahrung Spuren hinterlassen.

»Ich will nicht nach Hause«, sagte ich eines Sonntags zu meinem Vater. *Peng! Peng!* Vor mir auf dem Bildschirm ballerten zwei Bösewichte in einer heftigen Schlacht gerade ihre Magazine leer.

»Dad, ich bin glücklich hier, und ich möchte noch nicht zurück. Mein Unitutor meint, ich könnte noch ein Jahr bleiben und arbeiten, das würde meinem Studium gut bekommen. Ich würde Geld verdienen und alles. Es ist nicht schwer, einen Job zu finden. Bitte, Daddy.«

»Anju, das ist verrückt!« brüllte er in den Hörer. »Nur über meine Leiche bleibst du in *Umrica.* Wir hatten eine Abmachung: du studierst ein Jahr, und dann ist Schluß. Dann kommst du schön zurück. Du hast dich ja noch nicht mal bemüht, einen Jungen kennenzulernen. Was hast du denn die ganze Zeit gemacht?«

»Ich habe einen Abschluß gemacht, Dad. Und zwar einen richtig guten. Deswegen denkt der Tutor ja auch, daß ich bleiben sollte.«

»Dein Tutor hat keine Ahnung. Du hast ein Rückflugticket. Und das wirst du nutzen. Du kommst nach Hause wie geplant.«

»Daddy. Bitte. Ich hatte gar keine Zeit, um jemanden zu treffen. Ich war schließlich den ganzen Tag an der Uni. Aber jetzt wird es besser. Durch Onkel Lal und Tantchen Vinita werde ich neue Leute kennenlernen. Sie haben sich solche Mühe gegeben, aber ich war zu beschäftigt. Ich verspreche es, gib mir bloß noch ein Jahr, und ich finde jemanden. Du weißt es selbst, Dad, ich brauche jetzt einen gebildeteren Mann, und den werde ich in Bombay nicht finden. Bitte.«

Am anderen Ende der Leitung wurde verzweifelt geseufzt.

»*Beti*, was sollen wir nur mit dir machen?«

Mein Vater klang verletzt und enttäuscht, aber ich schottete mich gegen seine Klagen ab, gegen die Art, mit der er versuchte, Schuldgefühle in mir wachzurufen. Wenn es eins gab, das ich in meinem Jahr hier gelernt hatte, dann, daß ich noch nicht bereit war, nach Bombay zurückzukehren. Sollte ich wirklich das Flugzeug besteigen, wie mein Vater es wollte, würde ich in ein Leben eintauchen, das ich so ungleich weniger würde leben können, als es mir in den USA möglich wäre. Wieder wäre ich dann von einer aus verheirateten Paaren, deren Kindern und meiner sich ständig einmischenden, argusäugigen Verwandtschaft bestehenden Trostlosigkeit umgeben. Vielleicht verbitterte ich langsam. Aber New York war kein schlechter Ort für Bitterkeit.

»Selbst Anand ist zurückgekommen und arbeitet jetzt hier mit mir«, fuhr mein Vater fort. »Damit leben deine beiden Brüder in Bombay. Warum also mußt *du* bleiben? Du bist ein Mädchen. Von Töchtern wird erwartet, daß sie zu Hause wohnen, bis sie heiraten. Schluß jetzt!«

»Bitte, Dad. Es ist doch nur für ein weiteres Jahr. Vielleicht noch nicht mal. Bitte.«

Eine Woche später fand ich einen Job bei That's A Wrap, einer kleinen PR- und Event-Agentur auf der unteren Hälfte der Madison Avenue, bei der ich eine von sieben Mitarbeitern war. Ich liebte die Arbeit, und zum Erstaunen aller entdeckte ich dort meine Fähigkeit, einen Pressetext in weniger als einer Stunde runterzuschreiben.

»Sie ist noch frisch«, sagte Milo zu den anderen. Er war ein großer schlaksiger Rotschopf aus London, der Lederhosen und alte Levi's-Jacken trug, die er meinte als »echte Raritäten« anpreisen zu müssen.

»Wartet, bis sie erst eine Weile hier ist. Dann wird sie ein genauso abgestumpfter und ausgebrannter Modefreak sein wie ihr Vögelchen auch. Indien? Der Kulturschock ist auch nicht größer als der erste Stromstoß auf einem elektrischen Stuhl, meine Süße.«

In gegenseitigem Einvernehmen war ich aus dem Haus meines Onkels in Fort Lee ausgezogen. Tante Vinita war ganz glücklich über meinen Weggang, da sie es offensichtlich leid war, ständig auf mich aufzupassen. Onkel Lal gehörte ein kleines Apartment auf der Upper West Side, das er mir zum »Familientarif« überließ, wenngleich die Miete trotz der Vergünstigung noch immer mehr als die Hälfte meines wöchentlichen Lohnes auffraß. Aber ich fuhr konsequent mit der Subway, ernährte mich günstig und lebte ein Leben wie all die anderen Twentysomethings, die gerade begannen, diese verrückte, wilde Stadt zu erobern, während meine Eltern Tausende von Kilometern entfernt zeterten, sich grämten und tobten vor Wut.

Manchmal wünschte ich mir, ich wäre noch mit Jeff zusammen. Ohne einen Onkel und eine Tante, die ich bei Laune halten mußte, war ich schließlich doch mehr oder weniger auf mich allein gestellt. Aber seit dem Tag, als er sich auf der 64. Straße auf dem Absatz umdrehte, hatte ich nichts mehr von ihm gehört. Und ich war einfach zu unsicher in dem, was ich wollte, wer ich war, um ihn anzurufen. Außerdem, was hatte sich denn wirklich geändert? Ich mochte zwar allein leben – eine Tatsache, die meine Eltern ganz sicher unter allen Umständen vor ihren Freunden zu verbergen suchten –, aber noch immer lag mein familiäres Verantwortungsgefühl wie ein Schatten über mir. Selbst wenn ich Jeff wieder treffen würde, hätte ich nach wie vor die gleichen Probleme, die Angst, gesehen zu werden, die Scham, ganz offen mit einem weißen Mann auszugehen, Schuldgefühle, weil ich das Vertrauen meiner Eltern mißbrauchte. Ich konnte es einfach nicht tun.

»Warum hast du denn keinen Freund?« fragte Kris, eine agile, humorvolle Moderedakteurin, die ich bei der Präsentation einer neuen Handtaschenkollektion kennengelernt und die ich danach zum Essen eingeladen hatte. Mit ihrem lockigen, blonden Haar und ihrem offenen Gesicht erinnerte sie mich an Kyra Sedgwick. Ich hielt einen Moment inne. In Bombay hatten sie den Namen Kyra Sedgwick vermutlich noch nie gehört. Meine Güte, ich war wirklich drin im Inner Circle.

»Wie sollte ich denn?« Ich drehte meine Handgelenke nach außen und spreizte die Finger, wie es nur Inder vermochten. »Wo soll ich hier einen sympathischen jungen Inder hernehmen?«

Mit der Zeit wurde es zu meinem Markenzeichen, diese endlose, stetige, allgegenwärtige Suche nach einem Mann. Meine neuen Freunde fanden das ein wenig wunderlich. Eine von ihnen hatte versucht, mich mit einem Typen zu verkuppeln, der in dem Seven Eleven bei ihr um die Ecke arbeitete. (»Was denn? Er hat doch die richtige Hautfarbe, oder nicht?«) Als ich abwinkte, sagte sie, ich solle mich in der Gegend Lexington/25. Straße tummeln, wo die *Masala*-Verkäufer rumliefen und sich die ganzen Sari-Geschäfte befanden.

»Weißt du, Kris«, versuchte ich ihr zu erklären, »niemand aus meiner Familie hat jemanden geheiratet, der nicht zur Gemeinschaft gehörte. Niemand. Niemals. Im Gegenteil, die meisten von ihnen gingen in arrangierte Ehen. Selbst in den Fällen, wo die eine oder andere Cousine ihren Bräutigam auf eigene Faust gefunden hatte, baten sie doch um den Segen ihrer Eltern.«

»Einer muß der erste sein«, sagte Kris. »Du triffst doch bestimmt tausend spannende Typen, oder nicht? Was ist mit dem

Eigentümer des Jazz, der Boutique, die ihr vertretet? Er ist doch ein echter Leckerbissen – Italiener, scharf und richtig heiß.«

»Ich hab die Sache mit den weißen Männern schon probiert, Kris. Vergangenes Jahr. Es hat einfach nicht funktioniert. Sag doch selbst, wie viele Männer würden sich auf jemanden einlassen, der sich aus Angst, gesehen zu werden, nicht traut, in der Öffentlichkeit Händchen zu halten?«

Wie aus dem Nichts spürte ich Tränen in mir aufsteigen.

»Ach Schatz«, sagte Kris und legte ihre Hand auf meine. »Laß es raus, wein soviel, wie du willst. Aber tu es besser in der Praxis meiner Therapeutin. Du bist noch nicht lange hier, aber glaub mir, du wirst einen Therapeuten brauchen. Das ist wie mit dem Rucksack von Prada: Jeder muß ihn einfach haben.«

Meine Eltern wären in Ohnmacht gefallen. Der Spaß kostete 100 Dollar – 4500 Rupien – und damit ungefähr das, was der Geschäftsführer meines Vaters jeden Monat nach Hause bringt. Die Minuten der mir zugestandenen Zeit tickerten bereits, und ich saß immer noch draußen in einem ganz in Chrom und Leder eingerichteten Wartezimmer, dessen Wände mit der Schwammtechnik in kühlem Mint betupft waren. Die ausliegenden Zeitschriften waren druckfrisch. Was um Himmels willen tat ich hier? War ich mißbraucht worden? Verlassen? Belästigt? War mein Vater ein Alkoholiker oder meine Mutter kokainabhängig? Hatten Leute, die eine Therapie machten, nicht *echte* Probleme?

Eine Tür, die zu einem nach hinten gelegenen Behandlungszimmer führte, öffnete sich, und heraus kam die Comtesse Veronique, die ich aus dem Magazin W kannte. Sie wischte sich, vorsichtig darauf bedacht, ihren Mascara nicht zu gefährden, die Augen.

»Dhaarlink, viiielen, viiiielen Dank«, sagte die Gräfin, die mindestens hundertundzwölf sein mußte, die aber irgendein Schönheitschirurg aus Beverly Hills in Form gehalten hatte. So wirkte sie nur wie zweiundsiebzig.

»Bis morrrgen dann, selbe Zeit«, verkündete sie, als sie, gefolgt von einem bodenlangen Zobel, aus dem Raum schwebte.

»Tut mir leid, daß Sie warten mußten«, entschuldigte sich Lorraine Vinas, New Yorks begehrteste Therapeutin. Ich hatte sie mir als heimeligen, mütterlichen Typ vorgestellt, die sich mir vielleicht mit herausgewachsener Dauerwelle, weiten Klamotten und Sandalen präsentierte. Statt dessen hatte ich es mit einer modelgleichen Person zu tun, die mich mit ihrem Thierry-Mugler-Outfit und ihrer Brille im Retro-Stil in Angst und Schrecken versetzte; das schwarze Haar trug sie zu einem Knoten hochgesteckt.

»Kommen Sie rein«, sagte sie, ohne den Anflug eines Lächelns. »Möchten Sie etwas trinken? Wasser? Bitte, nehmen Sie gleich dort drüben Platz.« Sie zeigte auf das Ende eines schwarzen Ledersofas und setzte sich selbst in einen riesigen Stuhl mir gegenüber. Unter ihrem konzentrierten, forschenden Blick fühlte ich mich sofort unbehaglich und klein, was mich einigermaßen irritierte, da ich nämlich eigentlich vorgehabt hatte, mich vor ihr um jeden Preis als glücklich und gesund und eins mit mir zu zeigen, damit sie mich mit der Versicherung, ich würde sie wirklich nicht brauchen, nach Hause entlassen würde. Ich hatte vor, noch vor der ersten Stunde meinen Abschluß zu machen.

Eine Box Kleenex Größe XL stand zwischen uns auf dem Glastisch. Davon und von der imposanten Glasstatue einer nackten Frau abgesehen, die in einer Ecke stand, war der Raum eher spartanisch eingerichtet.

»Wow, die ist ja irre«, sagte ich.

»Ja, ich habe sie selbst in Auftrag gegeben. Die Frau bin ich«, erwiderte Lorraine strahlend.

»Exzellent.« Ich zwang mich zu nicken und zu lächeln. Die Worte »manisch eitel« geisterten mir durch den Kopf.

»Na gut, kommen wir zur Sache. Was kann ich für Sie tun?«

»Nun ja, also, meine Freundin Kris, soweit ich weiß, kommt sie auch zu Ihnen, also, die meinte, Sie könnten mir vielleicht helfen, ich meine, ich habe keinen größeren Probleme oder so, aber manchmal bin ich ein bißchen durcheinander, wissen Sie, ich weiß dann nicht mehr, wer ich wirklich bin und so weiter, aber ich denke, das hat wohl jeder mal von Zeit zu Zeit, von daher sehe ich nicht, was es groß zu besprechen gäbe, aber nun denn, jetzt bin ich hier.«

»Okay, atmen Sie erst mal tief durch«, sagte Lorraine und griff nach ihrem Klemmbrett. »Wie war doch gleich Ihr Name?«

»Anju. A-N-J-U. Anju.«

»Na gut, Anju ... schöner Name ... atmen Sie tief durch. Sie wirken etwas aufgeregt, aber es ist alles in Ordnung, wir wollen nur reden, okay, nur reden. Und denken Sie ans Atmen. Erzählen Sie mir ein bißchen von sich.«

»Nun, ich lebe hier in New York, in gewisser Weise gegen den Willen meiner Eltern. Sie möchten, daß ich zurück nach Indien gehe, damit sie mir dort einen Mann suchen können. Das Heiraten spielt bei uns eine sehr, sehr große Rolle, müssen Sie wissen. Wir müssen das tun, und zwar schon sehr früh. Ich habe das Gefühl, daß ich sie enttäusche. Doch selbst wenn ich meine Wurzeln in Bombay habe, gehöre ich für mich dort nicht mehr richtig hin. All die Frauen, mit denen ich aufgewachsen bin, sind inzwischen verheiratet. Die meisten von ihnen haben auch schon Kinder. Ich habe nichts mehr mit ihnen gemein. So vertrödelte ich meine Zeit zu Hause, arbeitete ein bißchen für meinen Vater, kam mir aber fast immer wie eine Last für sie vor. Es war, als ob meine Eltern jedesmal, wenn sie mich anschauten, ihr eigenes Versagen sahen. Ich kam also in die USA, obwohl sich alles in ihnen dagegen sträubte. Und jetzt bin ich hier relativ einsam. Ich habe kaum Leute kennengelernt, und die Männer, die sich um mich bemühen, weiße Männer, wissen Sie, die will ich irgendwie auch nicht. Solche Begegnungen machen mir angst.«

Lorraine hatte ihre Finger unter dem Kinn verschränkt und die Ellbogen auf ihr Klemmbrett gestützt.

»Na gut«, sagte sie. »Für mich stellt sich die Situation soweit folgendermaßen da: Sie kommen aus einem Drittweltland und versuchen, in Amerika Fuß zu fassen. Das ist ein großer Schritt. Ihre Familie hat ziemlich genaue Vorstellungen von der Art und Weise, wie Sie die Dinge anzupacken haben, aber Sie machen es anders. Also fühlen Sie sich hin und her gerissen, verunsichert, schuldig.

Nun, meine Liebe, ich will Ihnen mal was sagen. Das ist IHR Leben. Ob Ihre Eltern das wollen oder nicht. Sie sind ein eigenständiger Mensch. Wie alt sind Sie doch gleich ...?« Sie sah auf ihr Notizblatt. »... Siebenundzwanzig? Richtig. In dem Alter leben Frauen in Amerika ihr eigenes Leben. Sie sind jetzt eine Frau in Amerika. Also legen Sie los. Kappen Sie die Seile.«

»Ähm, ja, aber das ist nicht so leicht.« Wieder spürte ich diese Tränen, verkniff mir aber, nach einem Kleenex zu greifen. »Ich liebe meine Eltern wirklich sehr. Ich möchte sie nicht verletzen. Ich möchte sie auch nicht enttäuschen.«

»In solchen Situationen funktioniert das Gesetz des win-win aber leider nicht«, erklärte Lorraine. »Ich habe x Fälle wie Ihren gesehen. Das Mädchen aus wohlhabenden Haus zum Beispiel, das den Parkplatzwärter heiraten will und sich beklagt, daß seine Eltern sauer sind. *Natürlich* sind sie sauer. Aber auch sie habe ich gefragt, was wollen *Sie*? Wollen Sie in einem runtergekommenen Haus ohne Fahrstuhl in Brooklyn leben, na dann los, tun Sie's, aber laufen Sie dann auch nicht weinend zu Mama und Papa, wenn Ihr Mann von Ihnen erwartet, daß Sie den Müll runtertragen.«

»Und, was hat sie gemacht?« fragte ich, mehr an der Geschichte der anderen als an meiner eigenen interessiert.

»Sie hat ihn natürlich abserviert. Am Ende hatte sie für sich beschlossen, daß sie nicht arm heiraten wollte. Ich hingegen wußte, daß sie zurück zu ihren Eltern, daß sie sie terrorisieren wollte. Sind Sie sicher, daß das bei Ihnen nicht auch der Fall ist?«

»Na ja, ich glaube nicht«, sagte ich nachdenklich. »Es sind wirklich gute Menschen. Sie haben nur gewisse Erwartungen. Das ist alles.«

»Dann sind sie so gut auch wieder nicht«, sagte Lorraine, und in ihrer Stimme lag mehr Bitterkeit, als all die Park-Avenue-Freaks, die jeden Tag hier rein- und rausspazierten, zusammen aufbringen könnten. Was tat ich hier, in dem Büro dieser merkwürdigen Frau? Doch nicht etwa meine Eltern rechtfertigen?

»Es ist Zeit, die alten Zöpfe abzuschneiden«, fuhr Lorraine fort. »Zeit, um adiós zu sagen, macht's gut, au revoir. Zeit für Sie, Ihr eigenes Leben zu leben. Hört sich das schwer für Sie an?«

Nun war ich doch soweit, vor mir nach einem Taschentuch zu greifen, da ich leise angefangen hatte zu weinen. Lorraine stand auf, genauso ernst und streng wie zuvor, ihre eigenen Gefühle zu einem winzigen, kompakten Bündel verschnürt.

»Kommen Sie her. Wir wollen etwas probieren«, sagte sie. Sie hielt mir ihren gekrümmten Zeigefinger hin und forderte mich auf, mich einzuhaken.

»Ich werde jetzt Ihren Finger zu mir ziehen, und ich möchte, daß Sie nein rufen. Verstanden? Lassen Sie es nicht zu, daß ich Sie an mich heranziehe. Brüllen Sie nein, so laut Sie können. Gut, ich fange jetzt an.«

Lorraine begann, mit ihrem verhakelten Finger an meinem zu ziehen.

»Na los!« Sie wurde lauter. »Sagen Sie nein! Ich ziehe an Ihrem Finger. Sagen Sie nein!«

Ohne mich ernsthaft darum zu kümmern, wohin es meine Finger verschlug, kam ich der Aufforderung halbherzig nach. »Nein. Nein, nein, nein. Nein«, sagte ich schwach. »Können wir uns nun wieder setzen?«

Lorraine richtete sich auf, sah auf mich herab und verkündete ihre Diagnose. »Sie haben ein Problem mit Ihrer Durchsetzungsfähigkeit. Sie glauben, daß Sie sich unterwerfen müssen, um geliebt zu werden. Da haben wir eine ganze Menge zu tun. Unsere Stunde ist gleich um, aber ich erwarte Sie von jetzt an mindestens zweimal wöchentlich, und zwar so lange, bis wir ein paar von den negativen Botschaften, mit denen Sie sich selbst kleinmachen, aufgelöst haben. Ist das okay?«

»Ähm, ja, gut. Ich rufe Sie an.« Und wußte natürlich, daß ich das nie tun würde. Lieber wollte ich mein verqueres, aber wohlmeinendes Selbst behalten, als mich in einen solchen furchteinflößenden Tyrann zu verwandeln, der soeben mein Geld eingesteckt hatte, eine Frau, die so kalt war wie ihr gläsernes Abbild, das allein in der Ecke stand.

Nun, sollte es jemals wieder darauf ankommen, hatte ich wenigstens gelernt, um meinen Finger zu kämpfen.

Siebtes Kapitel

»Und so gewann Indien wieder einen neuen Anhänger der Philosophie der bedeutsamen Bedeutungslosigkeit.«

Gita Mehta in: *Karma Cola*

GROSSARTIGE Neuigkeiten! Rate mal, wen wir heute abend treffen?« quietschte Kris vergnügt durchs Telefon.

»Wen? Wen denn?« fragte ich aufgeregt. »Etwa Ben Affleck?«

Nachdem ich eine Stylistin durch das Jazz geführt hatte, hatte ich in der freudigen Gewißheit, daß sie für ein Shooting mit Amber Valletta ein besticktes Shirt, ein paar geile Schuhe von Mary Jones sowie einen bodenlangen, hauchdünnen Rock mit Blumenmuster in Erwägung zog, früh Feierabend gemacht.

»Hör schon auf, Dummkopf«, antwortete Kris. »Yogiji Babu. Du weißt schon, der große hinduistische Heilige. Ich habe sein Buch gelesen.«

»Nun, Süße, tut mir leid, dich desillusionieren zu müssen. Ich habe sein Buch auch gelesen, und er kann nicht in der Stadt sein, weil er nämlich schon tot ist.«

»Sicher, aber seine *Reinkarnation* ist hier. Er ist wie der neue Yogiji Babu. *Alle Welt* spricht über ihn.«

Kurioserweise war Kris in der mystischen Szene erstaunlich gut vernetzt. Wann immer ein berühmtes norwegisches Medium, ein kalifornischer Rebirther oder ein Handleser aus Madras die Ostküste entlangflitzte, erfuhr sie sofort davon und hatte vermutlich direkt das erste Treffen mit ihm. Auch alles

Negative, das ihr passierte, erklärte sie sich regelmäßig mit einer astrologischen Anomalie; sei es ein mißlungenes Date, ein lausiger Arbeitstag oder der vergebliche Versuch, ein Taxi zu erwischen – alles war dem abnehmenden Einfluss Merkurs geschuldet. Sie war schon fast so schlimm wie meine Mutter.

»Er ist nur ein paar Tage in der Stadt, bevor er wieder nach Indien fliegt. Und er sucht noch nach einem Ort für ein *Satsang* heute abend«, erzählte sie und bezog sich damit auf die religiösen Versammlungen, die das Markenzeichen eines wahren heiligen Mannes waren.

»Also habe ich gedacht ... wäre es nicht *unglaublich*, wenn er zu *dir* käme? Ich bin mir sicher, daß deine Mutter *begeistert* wäre.«

»Meine Mutter ist nicht hier.«

»Ich weiß, aber sie wäre doch schon total happy, wenn sie davon hörte. Ein echter Heiliger in deiner Wohnung! Überleg doch mal!«

Ehrlich gesagt, konnte ich in dem Moment an nichts Verlokkenderes denken, als mein plötzliches Bedürfnis nach einem fetten Teller Quetschkartoffeln von KFC und eine Nacht mit den Wiederholungen von »Seinfeld« zu verbringen. Ich verspürte jedenfalls wenig Lust, für einen fragwürdigen Swami die freundliche Gastgeberin zu spielen. Zusammen mit den Fliegen, den Monsun-Sommern und den schlechten Werbespots war das Teil eines Lebens, das ich in Bombay eigentlich hinter mir gelassen hatte.

Aber auf meinem Tisch lag auch ein Exemplar des Ratgebers »Wenn ja nein meint: Wie man lernt, seinen Gefühlen Ausdruck zu verleihen«, und auf diesem Feld war ich noch nicht besonders weit gekommen.

»Wir müssen ihm etwas anbieten«, sagte ich seufzend. »Ich kümmer mich drum. Sieh du aber zu, daß er nicht vor sieben hier aufkreuzt.«

Die Prozedur hatte ich zu Hause früher unzählige Male durchgemacht, ich wußte also, was in der Kunst der Guru-Verehrung von einem verlangt wurde. Vegetarische Snacks für die Gäste, mit süßem, zähem Rosensirup aufgegossene Milch, die alle Heiligen, Kinder und sonstwie religiös inspirierten Menschen liebten, weiße Laken, auf die man sich setzte, Blumenkränze für den werten Ehrengast (und ich wußte genau, daß ich Probleme haben würde, den an einem verregneten Montagnachmittag um halb vier auf der Upper West Side zu bekommen).

Ich rief Tante Vinita an, um sie einzuladen, und ging im Geiste gleichzeitig jeden Punkt auf meiner To-do-Liste durch. Wie jedermann wußte, waren Gurus die pedantischsten Perfektionisten, wenn es um die gebührende Ehrung ihrer Person ging: ein Fauxpas, und ich hätte zweifelsfrei alle guten Taten, die ich an der karmischen Front verrichtet hatte, wieder zunichte gemacht.

»Yogiji Babu kommt in deine Wohnung?« rief Vinita aus. Seit meinem Auszug war unser Verhältnis deutlich wärmer geworden. »Ich habe gelesen, daß er mir nichts, dir nichts anfängt zu schweben. Und aus dem Nichts kann er Gold und Diamanten zaubern! Eine meiner Freundinnen hat mir erzählt, daß das Foto, das sie von ihm hat, plötzlich mit echten Rosenblättern bedeckt war, einfach so! So viele Wunder! Seine Reinkarnation kommt zu dir? Oh, was für ein Segen! Er wird dich segnen. Und dann kommt der richtige Junge. Dein Schicksal wird sich für ganz neue Dinge öffnen.«

Für den Augenblick war das einzige, das sich öffnete, die Tür zu meinem Kleiderschrank. Ich entschied mich für ein langes weißes Shirt von Yohji und eine Agnes-B-Hose – angemessener ethnischer Schick, erst recht, nachdem ich mir etwa ein Dutzend Silberarmreifen umgelegt und mich mit einem zarten Glasbindi geschmückt hatte. Dann schob ich die Türen eines kleinen Schränkchens zur Seite, hinter denen ich meinen persönlichen Tempel aufbewahrte. Auch in einer Stadt, in der Platz teuer war und wo ich meine Schuhe übereinandergestapelt aufbewahrte, brauchte ich meinen eigenen *Mandir* – und sei er auch noch so winzig. Meine Eltern hatten darauf bestanden. Drinnen standen Miniaturstatuen und Bilder fast aller der bedeutendsten hinduistischen Gottheiten: Shiva, Lakshmi, Parvati, Durga, Vishnu, Krishna. Beinahe jeden Morgen, wenn der Kaffee durchlief und ich mir einen Bagel toastete, verneigte ich den Kopf und sagte, genauso, wie man es mir als kleines Mädchen beigebracht hatte, ein kurzes Gebet auf: um die Tests zu bestehen, heil am College anzukommen, vor Krankheit bewahrt zu werden, einen Mann zu finden.

Um sieben Uhr drängelten sich an diesem Tag mindestens dreißig Leute in meiner Studio-Wohnung, zumeist waren es Freunde von Kris. Onkel Lal und Tante Vinita waren auch gekommen, ganz offensichtlich begeistert davon, daß ich, obwohl ich die New Yorker Lebensart inzwischen voll und ganz adaptiert hatte, immer noch daran dachte, einen Swami zu mir einzuladen.

Mittlerweile war ich selbst auch aufgeregt genug. Ich mußte später unbedingt meine Mutter anrufen und ihr erzählen, daß ich zum ersten Mal in meinem Leben einen Swami ganz allein bewirtet hatte. Ich konnte mir genau vorstellen, wie er aussah: dunkelhäutig – vielleicht aus dem Süden Indiens? – mit einem *Tilok* auf der Stirn, von weiser und ernster Erscheinung mit einer stillen, in einen Sari gehüllten Frau an seiner Seite. Vielleicht sah er sogar aus wie der große indische Mystiker, sein Vorfahr, Yogiji Babu. Und womöglich würden wir sogar Zeugen eines Wunders, einer göttlichen Vorsehung oder eines himmlischen Zeichens, wie bei dem neunzigjährigen Guru, den ich damals auf dem Höhepunkt unserer Pilgerfahrt durch Indien getroffen hatte und der plötzlich sein weißes *Kurta* hochzog, um uns ein Hautmal in der Gestalt des Elefantengottes Ganesh zu zeigen, mit Rüssel und allem, und von dem er behauptete, schon damit geboren worden zu sein. Ich dachte an das Heilige Feuer, das wir besucht hatten – es hatte seit sechzig Jahren nicht aufgehört zu brennen, obwohl keine menschliche Hand jemals in seine Nähe gekommen war. Wenn Yogiji Babu meine Wohnung gesegnet hatte, würde danach vielleicht Honig aus einem der Heiligenbildchen in meinen Tempel laufen. Doch selbst wenn nicht:

Ich war mein zweites Jahr hier, hatte mich wunderbar in meinem neuen Umfeld eingelebt und konnte meinen Eltern trotzdem erzählen, daß ich mich daneben auch weiter zutiefst mit meiner Kultur verbunden fühlte. Sie wären stolz auf mich.

Es klingelte, und ich drückte den Türöffner. Das mußte er sein. Ich öffnete die Tür und spähte nervös in den Flur hinüber zu dem Fahrstuhl mit seinen hellorangefarbenen Türen. Sie surrten auf, und da stand er.

Ich schluckte.

Er sah aus, als wäre er kaum älter als dreißig, und von einem heiligen Hindu hatte er in etwa soviel wie Marilyn Manson. Er war so weiß wie Boy George, und das Haar hatte er zu einem Knoten auf seinem schmalen, knochigen Kopf festgesteckt. Das einzig Indische an ihm war ein hellblaues *Kurta*, das er über einer Denim-Jeans und ausgetretenen Birkenstockschuhen trug.

»Das ist Yogiji Babu«, sagte eine seiner Helfer, in diesem Fall eine Frau um die fünfzig, die sich als Judy vorstellte, aber darauf bestand, Janki genannt zu werden. »Und das ist seine Frau, Lakshmi.«

»Lakshmi«, die Mutter aller Gottheiten, wirkte, als hätte sie etwa hundert Kilo Übergewicht. Sie schob sich durch die Tür und bugsierte ihren massigen Körper durch den See der erwartungsfrohen Gäste, die sich auf dem Fußboden eine Lücke ergattert hatten, um sich in einem Sessel niederzulassen. Sie trug einen durchscheinenden, langen Rock – angesichts ihrer nicht gerade Kate-Moss-gleichen Proportionen nicht unbedingt der beste Griff – und dazu ein weites indisches Gazehemd. Darüber hinaus hatte Lakshmi sich im Einklang mit den Regeln, die von einer heiligen Hindufrau verlangen, den Kopf immer bedeckt zu halten, ein Tischtuch um den Schädel gewickelt.

Ich war, gelinde gesagt, entsetzt. Tante Vinita strafte mich dafür mit einem Reiß-dich-zusammen!-Blick. Zähneknirschend ging ich wieder zur Tagesordnung über und bot Gläser mit kühler Rosenmilch an. Yogiji und seine Frau lehnten ab, ganz offensichtlich ohne jeden Schimmer, was ihnen serviert wurde.

»Es ist uns eine solche Ehre«, begann Judy, »Yogiji und Lakshmi heute abend bei uns zu haben. Sie werden euch jede spirituelle Frage beantworten. Bitte, nur keine Hemmungen, ergreift das Wort.«

Ich suchte mir eine winzige Lücke, setzte mich mit verschränkten Beinen auf den Fußboden und fühlte mich als Gastgeberin verpflichtet, die Zeremonie zu eröffnen.

»*Hari Om*, Yogiji Babu«, hob ich mit einer traditionellen Begrüßung an. »Sag uns doch bitte, woher du weißt, daß du die Reinkarnation des Yogiji Babu bist.«

Der Mann, der behauptete, der bedeutendste Nachfahr aller spirituellen hinduistischen Meister zu sein, schloß seine Augen, atmete tief durch und sagte: »Es ist so. Ich fühle es einfach.« Er hatte ganz eindeutig einen Westküstenakzent; später erfuhr ich, daß er aus San Luis Obispo war.

»Aber woher *weißt* du, daß du der Yogiji Babu bist?« hakte jemand anders nach. »Wieso du und keiner der anderen Anhänger?«

»Ich weiß es einfach, ich kann es nicht erklären. Ich wachte eines Morgens auf und wußte, daß ich fünfhundert Jahre alt war.«

»Solche Tage haben wir alle«, flüsterte ich Kris zu. »Ich glaube, für mich ist heute so einer.«

»Aber ich werde euch meine Weisheit unter Beweis stellen«, fuhr Yogiji fort.

In Vorbereitung seiner bahnbrechenden, bewegenden Enthüllung hielt er kurz inne.

»Die einzige Chance für den Weltfrieden liegt darin, daß wir alle friedvolle Menschen sind. Das Ende der Welt wird kommen, wenn es kommen soll. Wir müssen aufrecht zu unserer Seele sein, damit unsere Seele aufrecht zu uns ist. Wir sind reiner Geist in menschlicher Hülle, wir leben als Menschen auf einem Planeten des Geistes und geistig in Menschlichkeit.«

Dem Gesichtsausdruck meiner Tante konnte ich entnehmen, daß sie einigermaßen froh war, niemanden aus ihrem Fort-Lee-Klungel eingeladen zu haben. Sie hätte sich in Grund und Boden geschämt, daß ich, ihre angeblich gescheite und vernünftige Nichte, irgendeinem dahergelaufenen weißen Paar auf den Leim gegangen war, das behauptete, aus Indien zu kommen.

»Letzte Frage«, rief Judy der Versammlung zu. »Hat jemand eine letzte Frage?«

Ich hob die Hand. »Yogiji, ich habe gehört, du bist gerade erst aus Indien zurückgekommen. Zu welchem Ashram gehörst du?«

»Indien?« erwiderte er. »Ich war nie in Indien.«

Ich habe meine Mutter an diesem Abend nicht mehr angerufen und auch am nächsten nicht. Zum ersten Mal in meinem Leben war ich dankbar dafür, daß sie und Tante Vinita sich nicht besonders nahestanden.

»Ich komme mir blöd vor«, sagte ich am nächsten Tag zu Kris, mit der ich auf ein schnelles Sandwich verabredet war. »Ich weiß, du findest es vielleicht lustig, und vielleicht waren deine Freunde, die du eingeladen hast, sogar ungeheuer ergriffen von dem ganzen Hindu-Zauber, aber ich erkenne einen echten Meister, wenn ich einen vor mir habe. Und diese Menschen, die wir da zu Besuch hatten – dieser Yogi und das komische Trampeltier –, die waren es ganz sicher nicht. Es war eine Verschwendung von Blumen und der guten Milch. Zu allem Überfluß denkt meine Tante jetzt, daß ich wirklich zu nichts zu gebrauchen bin und daß meine Eltern mich völlig falsch erzogen haben. Siehst du?« sagte ich und schob mir eine Gabel Krautsalat in den Mund.

»Und«, fuhr ich fort, »als sie dann noch um einen Obolus für den Ashram gebeten haben, den sie im New Yorker Hinterland aufziehen wollen, war ich wirklich drauf und dran, ihnen meinen Teller mit *Pakodas* ins Gesicht zu schmeißen. Unfaßbar!«

Kris sah mich halb mitfühlend, halb schuldbewußt an.

»Ich weiß, ich weiß. Es war mein Fehler. Ich hätte mich vorher besser über ihn erkundigen sollen. Ich hatte in einem dieser Gratismagazine eine Anzeige über sie entdeckt und gedacht, sie wären seriös. Tut mir leid.«

»Ach, vergiß es, wieder eine Erfahrung mehr. Ich meine, es ist nicht so, daß das mein erster getürkter Swami gewesen wäre. Die gibt es selbst in Indien. Wie Sand am Meer, und einer dreister als der andere. Erst kurz bevor ich herkam, hat mich mein Vater zu einem Typ geschleppt, Mohandas hieß er, von dem er von einem Freund erfahren hatte. Ich nehme an, mein Vater hatte gehofft, Mohandas würde mich davon zu überzeugen versuchen, nicht nach Amerika zu gehen.«

»Und, was ist passiert?«

»Ich bin hier, oder nicht? Er hauste in einer Mini-Winz-Hütte relativ weit außerhalb von Bombay, und das Zimmer, in dem er sein Geschäft betrieb, roch nach Urin und verfaulten *Chapattis*. Er sah krank und traurig aus. Neben seinem Bett stand ein uraltes Telefon mit Wählscheibe, an dem ein Schloß hing, so daß es niemand benutzen konnte. Ich sah mir das alles an und fragte mich, wie dieser arme Mann uns wohl erklären wollte, unser Leben in Wohlstand und mit Zuversicht zu leben. Er fing an, meinen Eltern von all den Gebeten zu erzählen, die er für uns sprechen konnte, um die Probleme aus dem Weg zu räumen, allem voran das Problem meines Familienstandes, und in einem Moment, als Mohandas nicht zuhörte, wandte ich mich meinem Vater zu und fragte ihn, warum er das alles nicht auch für sich tun konnte. Wenn er für uns Wunder bewirken konnte, warum dann nicht auch für sich selbst? Er müßte nicht krank sein und könnte in einer netteren Gegend von Bombay leben und vielleicht auch ein Tastentelefon sein eigen nennen. Die gibt es nämlich selbst in Indien schon, mußt du wissen.«

Ich unterbrach meinen Bericht, um mir Mayonnaise vom Mund zu wischen. »Ich meine, das wäre dasselbe, als wenn ich eine Girlie-Band wie die Bobbitts in Beziehungsfragen um Rat bitten würde, oder etwa nicht?«

Achtes Kapitel

»Frauen müssen von ihren Vätern, Brüdern und Schwägern verehrt und gepriesen werden, wenn ihnen ein glückliches, großes Los beschieden sein soll. Wo Frauen wirklich und aus tiefster Überzeugung geehrt werden, da frohlocken die Götter; wo Frauen aber nicht geehrt werden, da trägt auch kein heiliges Ritual Früchte. Die Familie, die ihre Beziehung zu den weiblichen Mitgliedern im Dunkeln verkümmern lässt, wird bald ganz verschwinden; die Familie aber, in der die Töchter keinen Kummer erleiden müssen, wird immer prosperieren. Ihr Vater beschützt sie in der Kindheit, ihr Mann beschützt sie in der Jugend, ihre Söhne beschützen sie im Alter – eine Frau hat die Unabhängigkeit nicht verdient.«

Sources of Indian Tradition, Volume 1, herausgegeben von W. Theodore de Bary

Ein Jahr, zwei Monate und drei Tage nach meinem Abflug aus Bombay kehrte ich nach Hause zurück.

»Es ist nur ein Besuch«, erzählte ich Marion und den anderen. »Ich muß einfach mal wieder zurück und meine Familie sehen, mich versichern, daß sie ihren Frieden mit dem gemacht haben, was ich hier tue.«

»Was ist, wenn sie dich nicht wieder herkommen lassen?« fragte Erin und ordnete geistesabwesend einen Stapel Papier auf ihrem Schreibtisch. »Was, wenn sie dich, na ja, zum Beispiel an deinem Bett festketten oder so? Dich gegen deinen Willen verheiraten? So was passiert, man glaubt es ja nicht. Ich habe Bücher darüber gelesen.«

»Jetzt werd bitte nicht dramatisch, Erin. Ich gehöre zum Glück keinem saudischen Scheich. Meine Eltern sind keine Barbaren. Ich werde sie für einen Monat besuchen, und dann bin ich wieder hier. Das werdet ihr schon sehen.«

In den Wochen vor dem Trip hatte ich mit den Vorbereitungen alle Hände voll zu tun: Ich mußte jemanden finden, der meine Blumen goß und meine Post aufbewahrte, mich versichern, daß meine Pressemailings eins a in Ordnung waren, mit meinen Kunden besprechen, wer sich in meiner Abwesenheit um sie kümmern würde.

Entscheidender aber war, daß ich alles tat, was in meiner Macht stand, um als sichtbar veränderte Frau nach Bombay zurückzukehren. Zuversichtlich. Klar. Glücklich. Schön. Genau die Art von Frau, die in einer Clinique-Werbung auftauchen könnte.

Ich mußte der lebende Beweis dafür sein, daß radikale Schnitte guttun konnten.

»Stell dir vor, wie du eine gläserne Treppe hinabsteigen würdest«, forderte die sanfte Stimme meiner jüngsten Visualisationskassette. »Lebe deinen Traum. Jeder Schritt, den du tust, ist so leicht wie Luft, und dennoch trittst du sicher auf. Und mit jedem Schritt, den du machst ...« – an dieser Stelle verlor ich klassischerweise den Faden, weil ich in meinen Kopf jedesmal Sting *Every Step you take* singen hörte – »... siehst du immer mehr die Frau vor dir, die du sein willst. Du bist geerdet. Du bist Liebe. Du bist Ausstrahlung. Du stehst allein deine Frau. Du bist du.«

Das hörte sich verdammt nach Helen Reddy an, aber ich verordnete mir jeden Morgen, bevor ich zum Aerobic ging, eine Viertelstunde davon. Auch mein Beauty-Programm hatte ich etwas ausgeweitet, und die pieksende, mit Zitrone angerührte Kichererbsen-Flour-Maske wieder reaktiviert, die meine Mutter mir als kleines Mädchen ins Gesicht zu schmieren pflegte. Ich *mußte* einfach mindestens zwei Nuancen heller wieder nach Bombay fahren.

Dann war da noch die Frage nach der passenden Garderobe. Ich würde sämtliche Leute zum ersten Mal seit knapp anderthalb Jahren wiedersehen, Indu und all die anderen, mit denen ich mich herumgetrieben hatte, bevor sie alle in der geschlossenen Zweierbeziehung abtauchten. Ich wollte die Bühne der zu meinen Ehren veranstalteten Abendessen so betreten, daß jeder sich überrascht nach mir umdrehen, mich ansehen und die Wandlung angesichts meiner selbstbewußten Haltung, meiner Grazie und meines inneren Gleichgewichts fassungslos bestaunen würde – ganz zu schweigen davon, wie unglaublich verschlankt ich in meinem roten Hervé-Leger-Kleid wirken würde. Nicht daß ich ein rotes Hervé-Leger-Kleid besaß, aber das war nicht der Punkt. Ich erinnerte mich, daß ich vergangenen Monat in der Cosmopolitan gelesen hatte, daß gutes Aussehen die beste Rache war. Ich wußte allerdings noch nicht, wofür ich mich rächen wollte. Dafür, daß ich noch immer ein Single war? Die einzige, die noch übrig war? Wessen Schuld war das? Und warum wollte ich die anderen dafür bestrafen und ihnen das Gefühl geben, daß ihr Leben stumpf und leer war?

Aber er war da und lauerte erbittert in meiner ansonsten durchaus gutartigen Seele, jener kleine Teil von mir, der es ihnen allen heimzahlen wollte.

Ja, ich würde vor ihnen die unabhängige Frau herauskehren, die erfolgreiche, glückliche, auf sich selbst gestellte. Diejenige, die nicht von Regeln und Ehemännern und hinterhältigen Schwiegermüttern gemaßregelt wurde.

»*Beti*«, sagte meine Mutter am Vorabend meiner geplanten Abreise aus New York. »Dem Herrn sei Dank, daß du wieder nach Hause kommst. Hab einen guten Flug. Und versteck deinen Schmuck. Du weißt doch, wie indische Zöllner sind.«

Die marmorne Ganesha-Statue fühlte sich hart und kalt an, die in Stein gemeißelten Füße kamen mir etwas staubiger vor, als ich sie in Erinnerung hatte. Dafür aber vergaß ich nicht, sie leicht zu berühren, um dann den Kopf zu heben und meine

Eltern anzusehen, die am anderen Ende des langen Flures auf mich warteten.

»Komm, *Beti*, du mußt müde sein«, sagte meine Mutter und klopfte mit der Hand auf den Platz neben ihr. Sie war ungewöhnlich liebevoll.

Mit einem Mal war alles still. Kein Fernseher, keine Telefone, keine Tante Jyoti.

»Und?« sagte sie bloß und sah mich dabei fragend an. Sie verkniff sich jede weitere Bemerkung, aber ich konnte ihre Gedanken so klar und deutlich lesen, als ob sie in blinkenden Neonbuchstaben an den nächtlichen Himmel gemalt wären: *Sie sieht anders aus, dünner. Wahrscheinlich ißt sie nichts. Ich habe schon gelesen, daß die Leute in Umrica immer mal diese, mal jene Diät machen. Aber heller ist sie, was gut ist. Vielleicht hat sie »Promise of Fairness« benutzt. Vielleicht kriegt man das in Umrica auch. Auf jeden Fall sieht sie besser aus. Schicke, schikke Klamotten. Wann kamen denn Plateau-Schuhe wieder in Mode? Enges Top, dünne Hosen. Und ihr Haar, irgendwie stufiger geschnitten. Und was sind das für komische Kugeln an ihrem Hals? Hat sie nicht genug echten Schmuck, um sich so einen Firlefanz umzuhängen? Und wo ist der Korallenring, mit dem sie mehr Glück mit den Jungs haben sollte, und das schwarze Band, das wir ihr gegeben haben und das sie am linken Handgelenk tragen sollte, um sie vor bösen Geistern zu schützen, und der gelbe Saphir zur Beruhigung ihrer Nerven? Meine Tochter sieht so anders aus. Ist gut ein Jahr in Umrica, und ich erkenne sie nicht mehr. Oh Gott, bitte mach, daß sie ihre Jungfräulichkeit noch nicht verloren hat.*

Aber irgend etwas hielt meine Mutter davon ab, die Sätze auszusprechen. Statt dessen sagte sie einfach »Und?« und blieb still auf ihrem Sofa sitzen.

Ich wartete. Ich war jetzt seit genau sechzig Sekunden zu Hause. Ich zählte. Einundsechzig. Zweiundsechzig. Dreiundsechzig. Vierundsechzig. Fünfundsechzig.

Dann kam es.

»Und? Keine Jungs?«

Ich seufzte, lächelte, sah hinüber zu meinem Vater und zu Anil und Anand, die ebenfalls reglos dasaßen, mich ansahen und nicht wußten, was sie mit mir anstellen sollten.

»Nein, Mum, keine Jungs.«

»Aber *Beti*!« Die Stimme meiner Mutter wurde schärfer, enttäuschter. »Was hast du denn die ganze Zeit gemacht? *Was?* Lal und Vinita haben doch sicher einiges für dich unternommen, oder nicht? Du warst doch auf Festen und Treffen mit anderen Indern? *Also was? Beti, was?*«

Natürlich war diese Situation unvermeidlich gewesen. Ich hatte mich auf die Fragen – Ergebnis der tiefverwurzelten, tradierten Sorge meiner Eltern um mein lebenslanges Glück – vorbereitet. Während des zwanzigstündigen Fluges hatte ich es immer wieder geprobt: wie gut es mir ging, wie glücklich, wie beschäftigt ich war. Wie zufrieden meine Chefin mit meiner Leistung war, daß sie mir geholfen hat, eine Arbeitsgenehmigung zu bekommen, und eine Green Card war unterwegs. Eine Green Card! Mummy, Daddy, habt ihr eine Ahnung, wie viele Inder von einer Green Card träumen? Und die wunderbaren Freunde, die ich hatte, Sheryl und Erin und Kris.

Und selbstverständlich sah ich Onkel Lal und Tante Vinita häufiger, ging einmal im Monat sonntags mit ihnen zum Tempel, und mindestens alle paar Monate besuchten wir das von der Indischen Gesellschaft in New York organisierte Mittagessen. Und stellt euch vor, ich hatte mich mit der Nichte von Tantchen Sati angefreundet, die verheiratet war und in New Jersey lebte, und auch mit Onkel Pawans Lebensgefährtin, die auf Long Island lebte, hatte ich telefoniert. Meine Freunde in Bombay hatten mir Telefonnummern all der Leute gegeben, die sie in New York und Umgebung kannten, und ich hatte mich bei allen pflichtschuldig und artig gemeldet.

Ich hatte meinen Eltern während der zweimal wöchentlich stattfindenden Telefonate längst davon erzählt, und jetzt, wo ich zum ersten Mal nach all den Monaten wieder in unserem burgunder- und cremefarbenen Wohnzimmer bei ihnen saß, abgeschottet vom Lärm der Welt draußen in dem dank der Klimaanlage angenehm kühlen Raum, konnte ich ihnen persönlich noch einmal alles berichten, und sie konnten sich vom Funkeln meiner Augen und Glühen meiner Wangen selbst überzeugen. Gewiß würden sie sich über die Wandlung des schüchternen und traurigen Mädchens freuen, das ich war, bevor ich ging, um als die strahlende und selbstbewußte Frau zurückzukehren, die ich nun war.

Doch zu meinem Verdruß sahen meine Eltern nichts von alledem. Sie waren lediglich beruhigt, daß ihre Tochter nicht schwanger, drogenabhängig oder mit irgend so einem langhaarigen weißen Gitarrenspieler namens Abe verheiratet nach Hause kam.

Cool. Reese-Kekse«, sagte Anand und zog die zerknitterte orangefarbene Packung aus meinem Handgepäck. Ich war in New York noch schnell zu einem der 99-Cent-Läden gegangen und hatte einen ganzen Koffer voll mit billigen Snickers und, jetzt lädierten, Packungen mit – zahnfreundlich gesüßten – Keksen erstanden. In Indien liebten sie diese Sachen. Daneben hatte ich auch an all die anderen unabdingbaren Mitbringsel gedacht, die man von einem »*Umrica*-Heimkehrer« wie mir schlicht erwartete. Scheibletten-Käse. Quietschorangenes Getränkepulver. Johnson's Baby Shampoo. Colgate Zahncreme sowieso. Heißbegehrte Produkte, die Wohlstand, Überfluß und importierte Exotik bedeuteten.

Für Nina und Namrata hatte ich hübsche, sorbetfarbene T-Shirts dabei, obwohl ich wußte, daß Tante Jyoti den westlichen Kram verabscheute. Ihr selbst brachte ich Schmelzkäseekken im Dutzend plus der dazugehörigen gesalzenen Cracker mit. Die restliche weibliche Verwandtschaft, jene entfernten Tanten und Cousinen, die die wachsende Unüberschaubarkeit meiner Familie ausmachten, bekam kleine und größere Handtaschen, Sandalen und Schuhe, weite Seidenblusen und Polyesterhosen mit elastischem Bund, alles während der gelegentlichen Ausverkaufstage auf der Siebten Avenue erstanden. Und in dem Drogeriemarkt Höhe 38. Straße/Lexington Avenue fand ich körbeweise Rouge von Revlon, Lidschatten von Maybelline, Nagellack von Sally Hansen, und zwar in meinen Lieblingsfarben Rosa, Orange und Rot. Ich hatte in all die Geschenke fast einen Monatslohn investiert, aber ich wollte bei meiner Rückkehr auf keinen Fall knickerig erscheinen.

»Und, wie läuft es so?« fragte Anand, dessen schwacher amerikanischer Akzent sich mit jedem Tag, den er wieder in Bombay war, weiter verlor. »Dir gefällt es da drüben, was?«

»Ja, es ist spitze«, antwortete ich und merkte, daß mein Zungenschlag im Umkehrschluß eher noch amerikanischer wurde.

Wir waren in meinen Zimmer und packten die Süßigkeiten aus. Ich sah mich um und war angenehm berührt, daß sich in meiner Abwesenheit nichts verändert hatte. Über dem Doppelbett war noch immer die lila Steppdecke ausgebreitet. Die Schränke mit den Messinggriffen sowie die Regale waren weiß gestrichen. Über dem Schminktisch hing ein dreiflügeliger Spiegel, und auf der Ablage stand eine Schale aus Glas, eine bestickte Box für die Reinigungstücher, eine kleine, bauchige Silbervase. Es war ein Raum, der nie viel über die Person ausgesagt hat, die in ihm lebte, und der keinerlei Spuren von dem jungen Mädchen aufwies, das hier groß geworden war, auf seinem Bett geweint, die Wände voll Sehnsucht und Verlangen angestarrt und regelmäßig davon geträumt hatte, sich eines Tages in ihrem Hochzeitskleid in dem Spiegel anschauen zu dürfen.

Entsprechend des Dekrets eines der unzähligen Swamis und Heiligen, die die Familie aufgesucht hatte, war es noch immer das der Eingangstür am nächsten liegende Zimmer. Wenn ich mich, mußten sie überlegt haben, in diesem Haus wie ein Gast fühlte, würde es mich dann nicht automatisch fortziehen? Ich mußte der Haustür so nahe wie möglich sein, im metaphorischen, wenn nicht buchstäblichen Sinn, mit einem Bein bereits draußen. Wie sich herausstellte, *hatte* es mich fortgezogen; allerdings nicht so, wie es die weisen Männer vorausgesagt hatten.

»Mach dir keine Gedanken über Mum und Dad«, sagte Anil mit einem liebevollen Blick. »Sie machen sich einfach Sorgen um dich. Du weißt doch, wie das ist, die Leute reden. Das darfst du ihnen nicht vorwerfen. Und jetzt, wo du in Bombay bist, genieß die Zeit. Ich finde es klasse, daß du da bist.«

Ich sah meine beiden jüngeren Bruder an und dankte Gott, daß es sie gab. In meiner ganzen großen Familie gab es nur zwei Menschen, die mir nicht das Gefühl gaben, ein schmutziges Ding zu sein, das mit jedem Tag mehr Schimmel ansetzte.

»Ich bin ein Hemmschuh für dich, stimmt's?« sagte ich zu Anil und ließ mich auf die Bettkante plumpsen, ohne meinen Bruder aus den Augen zu lassen. »Ich weiß, daß du auf mich wartest. Vielleicht sollltst du das nicht tun. Ich weiß einfach nicht, wie lange das bei mir noch dauert. Sieh mal, ich bin fast achtundzwanzig. Vielleicht solltest du einfach loslegen, wenn du die Richtige findest.«

»Hat er schon«, mischte Anand sich ein.

»Ach, echt?« fragte ich überrascht. »Wen denn? Wie kommt es, daß Mum gar nichts gesagt hat?«

»Mensch, Anand, halt die Klappe«, erwiderte Anil. »Da ist nichts. Noch ist rein gar nichts entschieden.«

»Lavina«, fuhr Anand fort. »Du weißt schon, Tantchen Renus Tochter. Die Hübsche.«

»Ach, sicher, Lavina«, sagte ich leise. »Ist sie nicht erst sechzehn oder so?«

»Einundzwanzig, um genau zu sein«, korrigierte Anil. »Ich weiß nicht. Sie ist ein nettes Mädchen und alles, aber auch kein Feuerwerk, wenn du verstehst. Mummy sagt immer das Gleiche: *pyar hogaya*. Die Liebe wird sich schon noch einstellen. Aber ich bin mir nicht sicher. Und mal ehrlich, ich bin erst dreiundzwanzig, aber nachdem Vikram sich mit Mira verlobt hat, fixieren sich nun alle auf mich.«

Ich wußte, was er meinte. Etwa drei Stunden, nachdem Indu ihre Verlobung verkündet hatte, sahen alle in uns nur noch einen Haufen potentieller Bräute.

»Hey, trau dich«, sagte ich gönnerhaft, ohne mir bewußt machen zu wollen, was dieser Satz für Konsequenzen haben könnte. »Sie ist süß, richtig? Und Mummy und Daddy mögen ihre Familie, auch richtig?«

»Ich glaube ja«, ergriff Anand das Wort für seinen Bruder, »daß sie in unserem Freundeskreis das einzige natürliche Mädchen ist und nicht so ein Bollywood-Verschnitt. Du kennst den Typ doch, wackel hier, wackel da, Haare mit hellbraunen Strähnchen gefärbt und dann diese hirnrissigen bunten Kontaktlinsen und die ach so feschen Klamotten. Lavina dagegen ist normaler und liebenswert. Ich glaube, sie würde gut in die Familie passen.«

Ich hatte große Lust, mit den Augen zu rollen, tat es aber nicht. Vor einem Jahr hatte ich auch noch gedacht, daß eine Frau wie sie nicht zu toppen war.

»Hier«, sagte ich, und warf jedem meiner Brüder eine Pakkung Schokoladenbonbons zu, womit das andere Thema automatisch erledigt war. »Ein kleiner *Chota*-Snack vor dem Abendessen.«

Nach über einem Jahr der Planung stand das Vikram-Mira-Spektakel – das, was nebenbei auch Hochzeit genannt wurde – vor der Tür. Aus der Verlobung, der ich kurz vor meinem Weggang in die USA beigewohnt hatte, würde nun, zufällig zu der Zeit, in die auch mein Besuch fiel, eine Ehe werden. Ein Jahr des Wartens war eine ungewöhnlich lange Zeit, aber Vikram hatte geschäftlich sechs Monate in Prag zu tun, und Mira nutzte die Gelegenheit, die sagenhafteste Aussteuertruhe zu füllen, die eine Braut je gesehen hatte. Dessous aus Paris, Schuhe aus Mailand, hübsche Kleider aus New York und indische Gewänder, die sie im ganzen Land zusammengesammelt hatte – Einzelstücke von Designern aus Bombay und Delhi, Blusen mit eingewirkten Spiegeln aus Rajasthan, bestickte, handgewebte Schals aus Kashmir.

Meine Eltern waren begeistert, daß ich in der Stadt war, nicht nur, weil ich damit den Klauen der hinterhältigen *Umricaner* entkommen war, sondern auch, weil ich den Festivitäten beiwohnen konnte. Es war so ziemlich die größte Hochzeit, die Bombay seit langem gesehen hatte. Und weil Vikrams und Miras Familien so bekannt waren, kamen Freunde und Verwandte aus der ganzen Welt angeflogen. Aus London, Hongkong, Singapur, selbst aus Barbados.

Meine Mutter hatte mit dem für sie typischen erforderlichen Eifer längst herausbekommen, daß die heiratswilligen Kandidaten, die erwartet wurden, Anfang oder Mitte zwanzig und damit zu jung für mich waren. Aber sie war alles, nur kein Pessimist. Wenn schon für sonst nichts, so könnte die Hochzeit und alle damit in Verbindung stehenden Feste doch wenigstens als glitzernde Schaubühne für unverheiratete Menschen wie mich dienen. Zu diesem Zweck hatte sie mir sogar ein paar Kombinationen der modischsten Saris gekauft. Und selbst sie – die genetisch darauf programmiert war, mich auf ein verräterisch abstehendes Haar zwischen den Augenbrauen hinzuweisen – mußte zugeben, daß ich seit meiner Rückkehr aus New York ganz gut aussah. Vielleicht, ging es ihr durch den Kopf, wäre ich heute schon verheiratet, wenn ich vor einem Jahr schon so hübsch gewesen wäre.

Es gab eine Menge Partys, auf die zu freuen es sich lohnte. Die Tage würden wie ein ausgedehntes Miteinander Gleichgesinnter vergehen, eine Aneinanderreihung gesellschaftlicher Treffen, wo Leute sich begegneten, Kontakte gemacht wurden, die man für kommende Gelegenheiten im Hinterkopf behielt. Meine Mutter hoffte, daß jemand mich entdecken, sich an einen entfernten, alleinstehenden, männlichen Verwandten Thirtysomething erinnern würde und das Aha-Erlebnis hätte. So nämlich funktionierten die Dinge.

Die Zeremonien begannen eine Woche vor der eigentlichen

Hochzeit, initiiert durch die *Misri*, die offizielle Verlobung, bei der die Brautleute die Ringe austauschen, sich die Blumenkränze umhängen und sich gegenseitig ein hauchzartes Stück Gebäck in den Mund schieben würden, nachdem der Priester ein kurzes Ritual abgehalten hatte. Für Außenstehende konnte das schon mit der Hochzeit selbst verwechselt werden, so ein glamouröses Bild bot sich bei all den kostbar bestickten Saris, dem schweren indischen Schmuck, den steinbesetzten Handtaschen, den aufgetürmten Haaren und dem dunkelroten Lippenstift, mit dem sich die anwesenden Frauen zur Schau stellten.

Sobald die zukünftige Braut den Ballsaal betrat, in dem die Zeremonie stattfinden sollte, verstummte das Gemurmel der gut dreihundert geladenen Gäste, die damit ihrer bezaubernden Erscheinung den verdienten Tribut zollten. Mira trug einen blaßlavendelfarbenen Sari, der aus französischer Spitze gefertigt (so hieß es jedenfalls) und mit Silberfäden durchwirkt war. Er war, wie alles in Miras überbordender Aussteuertruhe, von einem der bedeutendsten indischen Designer handgenäht. Es ging das Gerücht, daß Miras Eltern für einen Sari mehr Geld ausgegeben hatten, als die meisten Eltern in eine ganze Hochzeit investieren würden. Ihr hüftlanges Haar, das sie normalerweise offen trug, damit jeder die schwarze, glänzende Pracht bewundern konnte, war heute elegant hochgesteckt, wobei sich Mira dem beharrlichen Insistieren ihres Friseurs weise widersetzt hatte, die einzelnen Locken zusätzlich mit Silberglitter zu bestreuen. Ihr Gesicht war makellos – ihr Teint hatte genau die richtige Nuance; passender fliederfarbener Lidschatten betonte ihre beinahe schwarzen Augen, die sie mit feinem Eyeliner umrahmt hatte. Auf ihrem Lächeln und ihren Wangen lag ein Hauch von rosigem Glanz, und ein perfekt geformter Mund umschloß Zähne, die so gerade und weiß waren wie Klaviertasten. Um den Hals und an den Ohren trug sie schlichten Platinschmuck mit Diamanten, doch jeder wußte, daß das erst der Anfang war. Bald würden Vikrams zwei Schwestern die *Bhaujai* – wörtlich hieß das soviel wie: die für ihren Bruder Geborene –

mit einem Geschmeide schmücken, von dem die, die es bereits gesehen hatten, sagten, daß es umwerfend sei.

»So toll kann es gar nicht sein«, flüsterte meine Mutter ihrer Schwester zu, als das Thema die Runde machte. »Sie haben es nicht bei uns gekauft.«

Mira hatte einen zerbrechlichen Zug an sich. Instinktiv wissend, wie sie ihre Rolle als begehrte, empfindsame Braut zu spielen hatte, setzte sie sich neben ihren Auserwählten auf einen throngleichen Stuhl, den man auf einem mit rotem Teppich ausgelegten Podium postiert hatte. Ihre engsten Verwandten sowie der Priester standen dicht bei ihr. Die anderen drängten sich in dem größeren Teil des Saals wie Zuschauer einer interaktiven Bühnenshow – womit man der Sache schon recht nahe kam.

Vikram trug einen weißen *Kurta Pajama*, dessen Knöpfe ebenfalls in hellem Lavendel gehalten waren.

Gute Güte, dachte ich, die beiden werden Ton in Ton durch die Hochzeitsfeierlichkeiten gelotst.

Ich für meinen Teil fand, daß auch ich für eine Abtrünnige nicht übel aussah, und insgeheim war ich meiner Mutter für den Stapel an neuen Klamotten durchaus dankbar. Heute trug ich einen zitronengelben Chiffon-Sari, der mit Perlen, Steinen und gelben Quarzen aus dem Geschäft meines Vaters bestickt war, um die ich ihn unter Vorlage einer Bulgari-Anzeige gebeten hatte. An meinem Handgelenk, an dem Dutzende Glasarmreifen klimperten, baumelte ferner ein gekräuselter, in einem Paßt-immer-Metallbeige gehaltener Seidenbeutel, den ich mir glücklicherweise für genau so einen Anlaß mal bei Daffy's zugelegt hatte. Meine Füße steckten in halsbrecherischen Blahniks, die aber den gewünschten Effekt hatten, daß sie mich streckten und ich mir einer schlanken Silhouette gewiß sein durfte.

»Hi, Anju – du bist also zurück«, sagte Indu und gab mir einen flüchtigen Kuß auf jede Wange. Ich trat einen Schritt zurück und betrachtete meine einstmals beste Freundin, die ich seit meiner Abreise nicht mehr gesprochen hatte.

Indu war ein bißchen molliger geworden, und ihre Augen wirkten etwas müder, als ich sie in Erinnerung hatte. Aber in ihrem smaragdgrünen Sari, mit dem zarten Teint und der massiven, prunkvollen Jadekette um ihren Hals war sie noch immer wunderschön. Ihren offensichtlichen Kummer außer acht lassend, war Indu wirklich eine gutaussehende junge Frau.

»Wie geht es dir?« fragte ich und berührte dabei leicht ihre Hand. Mitgefühl, gemahnte ich mich. Anteilnahme. Nicht verurteilen. Ich lernte diese Dinge bei meinen buddhistischen Meditationen, mit denen ich vor kurzem angefangen hatte. Es ging darum, meine eigenen Ängste nicht in die Beurteilung anderer einfließen zu lassen.

»Gut, meinem Mann geht es gut, die Jungs sind wohlauf, und ein Drittes ist unterwegs, siehst du?« sagte sie, jetzt lächelnd, und zeigte dabei auf ihren gewölbten Bauch.

»Glückwunsch, Indu, das sind großartige Neuigkeiten.« Ich lächelte. Wie kam es, daß bislang niemand meine Wandlung erwähnt hatte, kein Wort über mein neues entspanntes, offenes und sichereres Selbst, über meine modische Frisur, meine hellere Haut und die genialen Accessoires gefallen war? Wie kam es, daß niemand das bemerkte?

»Nun, du siehst auch gut aus«, sagte Indu, als hätte sie meine Gedanken gelesen. »Schöner Haarschnitt. Hat deine Mutter den Sari hier für dich gekauft?«

»Ja, ich nehme an, sie wollte, daß ich für die Festivitäten entsprechend ausgestattet bin«, sagte ich lachend und in der Hoffnung, den Übergang zu einer Unterhaltung über mein fabelhaftes und ausgelassenes Leben in New York zu finden, über die Leute, die ich dort getroffen, die Partys, die ich besucht hatte, und, ja, über den Abend, an dem ich John Travolta auf einer Modenschau höchstpersönlich an seinen Platz geleiten durfte. Man stelle sich das vor!

Aber Indu hat sich nach nichts dergleichen erkundigt, ebensowenig wie die anderen meiner alten Freunde. Es war, als wäre ich nie weg gewesen. Ich konnte froh sein, daß ich mir das rote

Hervé-Leger-Kleid nicht gekauft hatte. Drei Tage nach meiner Ankunft in Bombay sah es nicht danach aus, als wollte jemand ein Abendessen für mich veranstalten.

Beti, du siehst so hübsch aus«, sagte Vikrams Mutter mit einem breiten Lächeln, bei dem sich Spuren roten Lippenstifts auf ihren Zähnen entblößten. »Fühlst du dich wohl? Hast du schon gegessen?«

»Ja, Tantchen, danke. Und Glückwunsch zu Vikrams Verlobung. Jeder ist so glücklich. Wirklich, sie sind ein wundervolles Paar. Mira sieht so bezaubernd aus heute. Und die Kette ist exquisit, Tantchen.«

Wenn ich mit den Freunden meiner Mutter sprach, verwandelte ich mich stets in die liebenswürdige, entzückende, interessierte Tochter. Dabei hätte ich nichts lieber gesagt als: »Wo ist die Bar?«

Ich sah mich im Raum um, der randvoll war mit in Saris gekleideten Müttern und ihren jungen Töchtern oder Schwiegertöchtern; vielleicht fühlte ich mich ihnen aufgrund meines unabhängigen Lebens in New York in gewisser Weise überlegen; vielleicht konnte ich es mir deswegen leisten, großzügig Komplimente zu verteilen, obwohl ich selbst – jedenfalls bislang – keine bekommen hatte.

Am anderen Ende des Raums stand in ein belangloses Geplänkel vertieft Lavina, das reizvolle junge Mädchen, das so gern die Frau meines Bruders wäre. Eingedenk der Tatsache, daß sowohl Anil und Vikram als auch Lavina und Mira so gut befreundet waren und es für die vier viele Gelegenheiten gab, sich zu treffen, war sie für die Brautleute die optimale Kandidatin. Ich konnte mir gut vorstellen, wie Lavina zudem der Gedanke beflügelte, daß Anil sie in ihren traumhaften neuen Saris und *Gagara Cholis* sehen würde, die ihre Mutter für sie gekauft hatte; in den schweren, mit Goldstickereien verzierten Seidenstoffen und den luftigen, wie mit winzigen Perlen bestäubten Chiffontüchern strahlte sie gewiß einen jugendlichen Chic aus und würde geradezu auserwählt wirken, da ihre kostbaren Hüllen die verführerischsten überhaupt zu sein versprachen.

Und in der Tat war Lavina an diesem Tag in der bestickten turkisfarbenen Tunika, einer dazu passenden enganliegenden Hose sowie einem Schal, den sie sich über die Schulter gelegt hatte, außergewöhnlich schön. Sie hatte eine gute Wahl getroffen. Die Schuhe mit den großen Glassteinen und hohen, dicken Absätzen – sehr trendy – mußte sie sich bei Metro in Colaba gekauft haben. O ja, sie war sexy und strahlte in dem sicheren Bewußtsein, daß Anil nicht in der Lage sein würde, ihren Reizen zu widerstehen.

»Oh Mann, sieh nur Lavina, der helle Wahnsinn«, sagte Anand zu Anil, als ihr Blick nach der Zeremonie auf die junge Frau fiel, die Mira herzlich beglückwünschte. »Jeder weiß, daß sie dich mag. Ich glaube, du solltest es wirklich angehen. Ich möchte auch eine *Bhaujai* haben.«

Anil nickte, sah weg und nahm einen Schluck aus seiner Dose Orangensaft, die freie Hand tief in den Taschen seines taubengrauen Seiden-*Kurta* vergraben. Ihm war klar, daß jeder ihn für den nächsten hielt, der an der Reihe war, der beste Freund des Bräutigams und *so* ein guter Junge. Dazu auch noch groß.

Aber Anils Gedanken galten mir. Er warf mir einen Blick zu und bemerkte, wie unsicher und verloren ich mich umsah. Neben mir stand Tante Jyoti, die mir energisch ein Stück *Misri* – Kandiszucker – in den Mund schob. Der Tradition nach sollte der Genuß der Süßigkeit bei einem so freudvollen Anlaß wie diesem bewirken, daß man selbst nicht mehr lange auf seinen eigenen Zukünftigen warten mußte.

»Tantchen, ich lutsche das Zeug, seit ich fünfzehn bin. Ich glaube wirklich nicht, daß es funktioniert.«

Meine Mutter war nicht weit von uns in mindestens drei Gespräche gleichzeitig verstrickt. Aber ohne daß ich etwas davon ahnte, war sie an einem ganz besonders interessiert. Ihre Freundin Gopi, die irgendwie mit Vikrams Mutter verwandt war, erzählte ihr, daß sie jüngst von Raju gehört hatte, einem Mann, der gut zu mir passen könnte und der an diesem Abend wegen der Hochzeit nach Bombay geflogen käme.

»Wer ist das, dieser Raju?« fragte meine Mutter und zog Gopi zur Seite.

»Der Sohn des Cousins von dem Bruder meines Schwagers«, antwortete sie und tat förmlich so, als wären wir alle eine einzige große, glückliche Familie, was angesichts der gallertartigen Strukturen unserer globalen Sindhi-Netzwerke auch stimmte. »Er ist auch mit Vikrams Mutter verwandt, genau wie ich, wie du weißt«, sagte Gopi.

Doch meine Mutter war an den interfamiliären Verwandtschaftsbeziehungen nicht allzu interessiert, sie wollte schlicht mehr über Raju hören.

»Wie alt ist er, und wo lebt er, und wie groß ist er?« fragte sie.

»Er ist zweiunddreißig, dreiunddreißig und lebt jetzt in London. Seine Mummy und sein Dad kommen aus Delhi, aber der Junge steht da drüben auf eigenen Füßen, macht gutes Geld und alles.

Ich glaube«, fuhr sie mit leiser Stimme fort, als würde sie das schrecklichste Geheimnis verraten, »er wäre genau der Richtige für dein Mädchen, wo er doch auch so ist, du weißt schon, so der unabhängigere Typ, na?«

»Und er kommt wann?« wollte meine Mutter, inzwischen schon ganz aufgeregt, wissen, die in Gedanken bereits der Überzeugung war, daß mein *Misri* seine Wirkung getan hatte. Was das doch für ein Zufall war! Sie erfährt auf der Verlobungsfeier des Sohnes ihrer Freundin von einem möglichen Schwiegersohn, und – so eine Überraschung – ihre Tochter ist gerade aus *Umrica* zurück! Das war Bestimmung!

Ihr wurde gesagt, daß Raju an diesem Abend aus London erwartet wurde und eine Woche bleiben wollte, mindestens. Er kam, um seine Eltern zu sehen, die für die glamouröse Hochzeit aus Delhi angereist waren, aber auch, um eine Frau für ihren Sohn zu finden. Er arbeitete als Wirtschaftsprüfer, war 1,73 m groß, von mittlerer Hautfarbe und »ohne schlechte Angewohnheiten«. Perfekt also!

Meine Mutter entschied, daß es das beste sein würde, mich über diesen jüngsten Kandidaten im unklaren zu lassen. Das sollte offensichtlich ihre neue Strategie werden – mich einfach einem Mann vorzustellen, den sie für geeignet hielt, ohne mich vorher groß über die Eckdaten aufzuklären und mir damit die Chance zu geben, frühzeitig aus dem Spiel auszusteigen. Ferner verzichtete sie selbst inzwischen darauf, sich mit Hintergrundinformationen einzudecken, die eine solche Begegnung beeinflussen könnten. Sie beschloß, zunächst einmal abzuwarten, ob Raju und ich auf den ersten Blick etwas miteinander anfangen konnten, bevor sie ihn auf Herz und Nieren prüfte.

»Hat ja keinen Zweck, einen großen Zinnober zu veranstalten, und dann wollen sie sich nicht«, sagte sie später an diesem Abend zu meinem Vater, nachdem wir alle wieder zu Hause waren. »Laß uns einfach warten, bis sie sich treffen, und dann können wir so tun, als hätten wir gar nicht nachgeholfen, was?«

»Leela, mach, was du willst«, sagte mein Vater, der sich abgewöhnt hatte, zu schnell Feuer zu fangen, wenn meine Mutter mal wieder einen möglichen Bräutigam ins Feld führte. »Aber bevor du aktiv wirst, solltest du nicht doch ein wenig mehr über ihn herausfinden? Diese Jungs im Westen, die weit weg von ihren Eltern wohnen, bei denen weiß man nie, was sie so anstellen. Ob sie trinken, Drogen nehmen, herumgammeln oder was auch immer, sie sind so vielen schlechten Einflüssen ausgesetzt.«

»Unsinn!« wiegelte meine Mutter barsch ab. »Er kommt aus einer guten Familie, und Vikrams Eltern kennen ihn. Was will man mehr? Laß Anju ihn wenigstens einmal treffen, und dann können wir immer noch herausfinden, was wir wissen müssen. Es macht keinen Sinn, alles zu stoppen, bevor es angefangen hat.«

Neuntes Kapitel

»My love, my true mate,
Lost by the fates,
Found by the moon,
My love, my true mate,
Come to me,
Now, don't delay.«
(dreimal wiederholen)

Zsuzsanna E. Budapest in:
The Goddess in the Bedroom,
ein Liebesgedicht

Die nächste Nacht, die nächste Dinnerparty. Ich war nunmehr seit einer Woche zu Hause und wurde mit jedem Tag, den ich mit aufgezwungenen Friseurbesuchen, in Sari-Shops, in den Wohnungen entferntester Verwandter oder auf mit der Hochzeit in Verbindung stehenden Festen verbrachte, desillusionierter.

Ich fühlte mich entfremdet von den Menschen, mit denen ich aufgewachsen war, was wohl verständlich war, wo die meisten von ihnen verheiratet waren, kleine Kinder hatten und sich vor so schwerwiegende Entscheidungen gestellt sahen wie, ob sie in ihrem Haushalt noch eine dritte Zugehfrau beschäftigen sollten oder nicht. Meine Freundinnen, allen voran Indu, musterten mich auf eine Weise, die ich nicht recht deuten konnte, die mir aber an Neid zu grenzen schien. Ich nehme an, das mir diese Erklärung weitaus angenehmer war, als hätte ich auf Mitleid tippen müssen. Ihre Männer fanden es aufregend, daß eine von ihnen allein im großen, schlimmen New York lebte, wo die Leute nackt auf der Straße rumliefen und schon vor dem Frühstück Wodka tranken. Zu gern hätten sie mit mir über mein Leben dort gesprochen, wußten aber, daß ihren Frauen das nicht gefallen würde, also ließen sie es.

Ich vermißte Erin und Kris und Sheryl und die Mittagessen mit Kunden oder die Präsentation eines neuen Lippenstiftes. Kurz bevor ich abgeflogen war, hatte ich Marion geholfen, ein paar Modenschauen vorzubereiten, was mir ungeheuren Spaß machte, denn dadurch bekam ich etwas, das ich bis dahin nie hatte: Macht. Modejournalisten sämtlicher Magazine oder Zeitungen riefen bei mir an und baten mich um eine zweite Eintrittskarte, einen besseren Platz. Ich bemühte mich, immer freundlich und hilfsbereit zu sein, konnte aber nicht verhindern, ihre Anliegen mit einer gewissen Arroganz entgegenzunehmen. Dort, in diesem in einem unscheinbaren Gebäude gelegenen, engen Sieben-Mann-Büro war ich jemand, mit dem die Leute sprechen wollten.

Hier war ich ein Außenseiter. Es wäre anders gewesen, wenn ich – wie meine Freunde – die Flucht durch die Vordertür ergriffen und geheiratet hätte. Wenn ich mit einem Mann in einen noch so abgeschiedenen Winkel dieser Welt gegangen und dann zurückgekommen wäre, um meine Familie und Freunde zu besuchen, hätte ich mich vor Festen, die zu meinen Ehren veranstaltet worden wären, vor neugierigen Fragen, Geschenken, Achtung und Respekt gar nicht retten können. Da aber keine der Frauen *das* jemals getan hatte – allein in die weite Welt zu gehen –, war ich das fehlerhafte Stück in einem Puzzle; ich paßte einfach nirgendwo hinein.

»Nun komm schon *Beti*, trödel nicht rum«, hörte ich meine Mutter durch die Tür rufen.

»Nur die Ruhe, Mum, ich bin noch mit meinem Bindi beschäftigt.« Ich hantierte gerade mit einem winzigen purpurfarbenen Stück Filz herum, in dessen Mitte ein Glasstein prangte.

Schließlich preßte ich es mir, das Gesicht dicht vor den dreiflügeligen Spiegel haltend, auf einen Punkt direkt zwischen den Augenbrauen.

Dann stand ich auf und prüfte, ob auch alles richtig saß. Mein amethystfarbener Sari war von Lata, unserem Hausmädchen, perfekt gewickelt und gesteckt worden, sein *Pallav* fiel mir majestätisch den Rücken hinab. An jedem Handgelenk trug ich ein Dutzend passender Glasarmreifen, die ein hübsches Geklingel anstimmten, als ich mir noch einmal die Haare kämmte, ein wenig Lippenstift nachlegte, mich mit Parfüm betupfte und schließlich befand, daß ich bereit war zu gehen.

Eine Hausparty, hah!« schimpfte Tante Jyoti mit einem Glas kaltem Instantsaft in der Hand. »Beide Seiten haben soviel Geld, daß man doch wohl erwarten könnte, sie würden das Fest in einem Hotel veranstalten oder in einem angemessenen Restaurant. Solche Essen zu Hause zu geben bedeutet immer Scherereien. Nie genug Stühle. Zu eng, zu chaotisch. Wo sollen wir uns hinsetzen?«

Ich stand neben meiner Tante und sah mich um. Sie hatte zur Abwechslung mal recht. So groß dieses Haus auch war, bot es doch längst nicht genug Platz für all die Gäste. Kellner mit großen Tabletts mit Spitzendeckchen, auf denen sie fettige, gebratene Leckereien und Schüsselchen mit grünem Mint-Chutney anboten, mußten sich unsanft ihren Weg durch die Menge bahnen, um niemanden auszulassen. Auf jedem Quadratzentimeter war die Katastrophe vorprogrammiert, wenn Frauen ihre Gläser mit Thumb-ups – heimlich aufgegossen mit etwas Rum – und kleine Teller beladen mit ketchupübergossenen Blätterteigpastetchen vor sich her balancierten. (Egal, was man auch unternimmt, Ketchup bekommt man aus einem perlenbestickten Chiffon im Leben nicht raus.)

Wie es bei solchen Veranstaltungen immer der Fall war, gesellten sich die Frauen – und es waren mindestens hundertzwanzig zugegen – auf der einen Seite des großen Eßzimmers zueinander und beanspruchten die meisten der Stühle für sich. Die Männer saßen oder standen in kleineren Grüppchen zusammen oder drängelten sich an der Bar, die durch den halben Raum reichte, und labten sich becherweise am Black Label Scotch Whisky, den sie in der einen Hand hielten, während sie mit der anderen gesalzene Pistazien knackten. Allesamt bildeten sie einen beschwipsten Teppich aus aufgeknöpften Hemden und blitzenden goldenen Armbanduhren.

Die Leute waren Freunde meiner Eltern, die Eltern meiner ehemaligen Freunde, Verwandte von Verwandten des zukünftigen Ehepaares. Ich griff nach einem der Tabletts und schüttete, als ich glaubte, daß mich niemand beobachtete, ein Viertel Weißwein in mein Wasser. Es war schon nach zehn, das Abendessen würde allem Anschein nach noch länger auf sich warten lassen, und ich wünschte mir nichts sehnlicher, als wieder nach Hause zu dürfen.

Meine Brüder amüsierten sich in einer der Cliquen jüngerer Männer, die die Helden der Show waren und mit ihrem Gelächter den Lärmpegel deutlich hoben.

Zu ihnen konnte ich nicht gehen.

Mein Vater saß in einer Ecke in ein Gespräch mit einem konkurrierenden Juwelier vertieft, mit dem er die gegenwärtige Nachfrage an dieser oder jener Modefarbe von Diamanten diskutierte, während sich meine Mutter in einer Auseinandersetzung über einen Tempel in Kerala verbiß, in dem die Besucher angeblich ganz sicher mit der Erhörung all ihrer Gebete rechnen durften.

Dort konnte ich also auch nicht hin.

Lediglich meine Tante Jyoti schien glücklich, mir Gesellschaft leisten und sich umsehen zu dürfen, wer was anhatte. Ich hingegen bereitete mich innerlich schon auf den Moment vor, in dem sie – egal, wie gut ich dachte, daß ich aussähe – beiläufig eine Bemerkung über meine noch immer zu dunkle Hautfarbe fallen lassen würde.

Und da genau entdeckte ich ihn, da nahmen meine Antennen

die Andersartigkeit seiner Schwingungen wahr, die er, genau wie ich, auszusenden schien. Er war ein fremdes Gesicht, und fremde Gesichter wurden an Orten wie diesem immer registriert.

Aber dieses neue Gesicht war gerade angekommen und mußte sich an die geschäftige und chaotische Kontaktbörse, an die unzähligen Leute, die allesamt als Ehestifter durch das Haus wieselten, erst noch gewöhnen.

Ich stand da und beobachtete, wie er in Begleitung einer gütig aussehenden Frau, die ich für seine Mutter hielt, die Runde machte. Da sein Frische- und Fremdheitsfaktor ziemlich hoch war, schien sich jeder für ihn zu interessieren. Seine Mutter führte ihn von Gruppe zu Gruppe und stellte ihn stolz vor. »Ja, es geht ihm sehr gut in London, er ist Wirtschaftsprüfer, *nahin Beta*?« sagte sie und sah ihn dabei strahlend an.

Er spielte seine Rolle perfekt, verneigte sich und berührte die Füße von jedem, der die Fünfzig überschritten hatte, wodurch er mich an ein Stehaufmännchen erinnerte.

»Wer ist der Junge?« fragte meine Tante, der er ins Visier kam, als er sich gerade mal wieder von einer seiner Fußbeugen erhob. »Ich habe ihn noch nie gesehen.«

»Welcher Junge?« entgegnete ich und tat so, als hätte ich versonnen ein gerahmtes Bild von Krishna betrachtet, das an der Wand neben mir aufragte.

»Na der da«, sagte meine Tante, mein demonstratives Desinteresse ignorierend. Mit ihrem von der Chilisauce orangefarbenen Finger zeigte sie auf den Unbekannten. »Der mit dem kurzkurzen Haar. Hah, vielleicht ist das Simis Sohn. Simi ist Vikrams Tante, seine *Maasi*. Er muß aus dem Ausland für die Hochzeit angereist sein. Ich glaube nicht, daß er verheiratet ist. Nein, ganz gewiß nicht. Ich erinnere mich jetzt, daß Gopi mir erzählt hat, daß Simi sich größte Sorgen um ihn macht; ich glaube, er lebt in England und findet keine Frau. Warte, das kriege ich raus«, sagte Tante Jyoti, stellte ihren Teller zur Seite und wischte sich die Sauce vom Finger.

»Was kriegst du raus?« fragte ich.

»Na wer er ist, wie alt er ist, warum er hier ist, was er macht, ob er sich nach einer Braut umsehen will, ob er soweit ist«, sagte Jyoti in einem Ton, als hätte sie es mit einem Volltrottel zu tun, bevor sie davonwatschelte und in der Menge verschwand.

Ich lehnte mich gegen den niedrigen Tisch, an dem wir vorher gestanden hatten, und verdrehte die Augen. Warum mußte ein Mann »soweit«, eine Frau hingegen nur verfügbar sein, da man einem Mädchen ganz selbstverständlich unterstellte, daß sie ab dem zehnten Lebensjahr sowieso »soweit« war. Wie meine Großmutter.

Immerhin mußte ich zugeben, daß er ganz interessant aussah. Er hatte etwas leicht Subversives an sich, im Gegensatz zu den in der Mitte oder seitlich gescheitelten Haaren der anderen Männer im Raum wirkte er mit seiner spitz abstehenden und mit Gel in Form gebrachten Frisur erfrischend hip. Und in seinem Anzug – ich tippte auf Hugo Boss – sowie den polierten, spitzen Schuhen lag er auch in Kleidungsfragen ziemlich richtig.

Meine Mutter und meine Tante trafen sich, unterstützt von Gopi, am anderen Ende des Raums. Sie redeten leise, aber aufgeregt miteinander, geradezu wie drei Heiratsschwindler, die den Beschiß des Jahrzehnts ausheckten. Ich wußte es natürlich besser. Sie sprachen über mich und über ihn und wie sie es anstellen sollten, uns beide zusammenzubringen, ohne daß es zu offensichtlich wäre.

Ich drehte mich um, um den Teller abzustellen – und hatte ihn direkt vor mir.

»*Beti*, das ist Vikrams Cousin Raju«, sagte Gopi, die wie aus dem Nichts plötzlich an meiner Seite war. »Er kommt aus London, und da ist er ein top-top Wirtschaftsprüfer. Jetzt habt ihr beiden jungen Leute ein bißchen Gesellschaft, toll oder?« Sie nickte so energisch, daß ihr zwiebelförmiges Haarteil bedenklich auf- und abhüpfte und man fürchten mußte, es könne gleich zu Boden gleiten.

›Wir sind hier nicht im Kindergarten‹, hätte ich am liebsten erwidert, schluckte die Worte aber hinunter. Statt dessen sah ich zu Raju, der mir lächelnd zunickte. Ich tat dasselbe. Und dann herrschte Schweigen. Zwei erwachsene, durchaus sprachbegabte und eloquente Menschen standen sich gegenüber, außerstande, einen Satz herauszubringen.

»Äh, also, bist du schon lange hier?« begann Raju.

»Auf diesem Fest? Oh, vielleicht seit ein paar Stunden. Du bist gerade erst angekommen, nicht?«

Ich merkte, daß Raju versuchte, meinen Akzent zu verorten. Bombay, aber nicht nur, und im Geiste ging er die ihm bekannten sprachklanglichen Einfärbungen durch, als wollte er die exakte Komposition eines teuren Chardonnays bestimmen. Sein Akzent war unüberhörbar britisch. London, um genau zu sein. Und er stand in so krassem Gegensatz zu Rajus dunkler Haut und dem gesamten Umfeld, daß ich beides nicht recht zusammenbringen konnte.

»Yeah, mehr oder weniger. Bin gerade erst aus London gelandet. Hab den ganzen Trip auch nur wegen Vikrams Hochzeit auf mich genommen.«

»Das ist nett von dir«, sagte ich, noch immer lächelnd. Ich war mir darüber bewußt, daß meine Mutter und meine Tante, zu denen sich nun auch Gopi wieder gesellt hatte, mich quer durch den Raum beobachteten und speziell meine Mutter mir anfeuernd zunickte, ich sollte charmant sein, sein Herz erobern.

»Was ist mit dir?« fragte Raju. »Bist du mit Mira verwandt, oder hattest du das Pech, einfach von jemandem mitgeschleift worden zu sein?«

Ich lachte. Wenigstens hatte er Sinn für Humor. Er wäre ganz offensichtlich auch lieber woanders gewesen und war ehrlich genug, das zu sagen.

»Meine Eltern sind mit beiden Familien sehr gut befreundet, und meine Brüder sind mit Vikram ziemlich eng. Also bin ich eben hier.«

»Und was machst du sonst, ich meine, wenn du dir nicht auf einer langweiligen Dinnerparty die Zeit vertreibst?« fragte er und nahm einen Schluck von seinem Thumb-up, der ganz sicher mit einem Schuß Alkohol angereichert war.

»Ich habe eine Weile bei meinem Vater gearbeitet. Ihm gehören ein paar Juweliergeschäfte.« Ich sagte bewußt kein Wort über meine Arbeit als Publizistin in New York und daß ich in wenigen Wochen, kurz nach der Hochzeit, auch wieder dorthin zurückgehen würde. Meine Mutter hatte mir eingeschärft, so zu tun, als ob ich bleiben würde, was sie zweifelsohne hoffte.

»Aha, na, das hört sich doch nach Fun an«, erwiderte Raju, der eindeutig nicht besonders begeistert zur Kenntnis nahm, daß ich den ganzen Tag mit Diamanten herumspielte. Dennoch sah er mich weiter unverwandt an, bemerkte die Unsicherheit in meinem Blick, die ich zu verstecken suchte, meine unruhigen Finger, Lippen, die nervös zuckten. Für mich ruhten seine Augen einen Moment zu lange auf mir, als daß ich mich noch wohl gefühlt hätte. Ich hatte mal irgendwo gelesen, daß, je länger ein Mann auf den Mund einer Frau starrte, er sie desto mehr begehrte. Für mich jedenfalls war es lange genug, um leicht in Schweiß auszubrechen.

Aus der hinteren Ecke des Raumes lächelte meine Mutter mir zufrieden entgegen. Einer der vielen Seher, die sie aufgesucht hatte, hatte ihr gesagt, ich würde meinen Mann in einem Tempel, umgeben von mythologischen Bildern, begegnen. Das hier war kein Tempel, aber ein Flöte spielender Gott Krishna, der wohlwollend auf uns herabsah, tat es doch vielleicht auch, oder? (Meine Mutter hatte ohnehin die Neigung, das Schicksal herauszufordern; ein Handleser hatte ihr prophezeit, daß ich den Mann meines Lebens »in Wassernähe, vielleicht an einem Wasserfall« treffen würde. Darauf hatte sie mir sofort einen Trip zu den Niagarafällen vorgeschlagen.)

»Ich habe jedem hallo gesagt«, meinte Raju und trank sein Glas leer. »Meinst du, für deine Eltern wäre es okay, wenn wir woanders einen Happen essen gehen würden? Ich halt das hier nicht länger aus.«

Nach einer etwa fünfundvierzigminütigen Prozedur des Beratschlagens, ausgiebigen Auf-Wiedersehen-Sagens plus der logistischen Organisation des Hausschlüsselproblems – ich hatte nie einen eigenen – waren Raju und ich bereit zum Aufbruch. Mein Vater schien nervös, aber Jyoti beruhigte ihn.

»Jeder sagt, daß er ein guter Junge ist. Laß sie gehen und einander kennenlernen. Das ist besser, als wenn sie hier bleiben, so viele Leute, da können sie sich nicht unterhalten. Sie werden nicht spät nach Hause kommen.«

Ich ging ins Bad, um mir die Lippen nachzuziehen, und stellte zu meinem Entsetzten fest, daß mir ein dickes grünes Stück Erbse zwischen den Zähnen klemmte. Kein Wunder, daß Raju mir so lange auf den Mund gestarrt hatte.

Zehntes Kapitel

»Ich sympathisiere durchaus mit all jenen, die mit Inbrunst nach der großen Liebe suchen und sie auch leben wollen. Aber der Umgang mit Singles kann höchst unerquicklich sein, da sie sich oftmals schrecklich anspruchsvoll und unflexibel gebärden, wenn die Sprache auf Beziehungen kommt. Aufgewachsen mit alten Werten, aber auf der Klaviatur der neuen spielend, wollen diese Singles mit anderen eine Innigkeit teilen, bevor sie überhaupt wissen, was das Wort Innigkeit bedeutet, und noch ehe sie zu sich selbst jemals ein inniges Verhältnis aufgebaut haben.«

Harville Hendrix in: *Keeping the Love you find*

Okay, Entschuldigung, wir können los«, murmelte ich, nachdem ich das Bad wieder verlassen und das verräterische Stück Erbse erfolgreich entfernt hatte.

»Und wohin?« fragte er. »In den Coffee Shop im Oberoi oder lieber ins Taj?«

»Das Oberoi ist gut«, erwiderte ich, wissend, daß die Möglichkeiten begrenzt waren. In Bombay hatte die Hochzeitssaison begonnen, und egal, wohin wir gingen, voll wäre es überall. Vermutlich würde dieser Abend sowieso damit enden, daß wir auf einen Tisch warten mußten, dabei von einem Fuß auf den anderen traten, uns unbeteiligt im Raum umsahen, auf die Uhr schauten und ein erdrückendes Schweigen zwischen uns herrschte, während wir händeringend auf den Kellner warteten, der uns aus der angespannten Situation befreien möge.

Nachdem Rajus Fahrer einmal gefunden war – er hatte am

anderen Ende des Parkplatzes mit einigen Fahrern zusammengestanden und *Beedis* geraucht –, stiegen wir in den wartenden Wagen. Wir gaben dem Chauffeur den Namen des Fünf-Sterne-Hotels, in dem sich all die Inder trafen, die sich einen *Lassi* für siebzig Rupien leisten konnten, den man an den Ständen auf der Straße locker für ein Zehntel bekam.

Raju war froh, aus dem Haus raus zu sein, weg von der Dinnerparty und den Leuten, die einen mit durchdringenden Blikken und indiskreten Fragen penetrierten. Eine Freundin seiner Mutter habe sogar die Frechheit besessen, ihn nach seinem Einkommen zu fragen.

»Gott sei Dank sind wir der Veranstaltung entkommen«, sagte er und atmete tief aus. Ich hatte das Gefühl, mich in einem Paralleluniversum zu bewegen. Die ganze Sache war absolut ungewöhnlich; daß meine Eltern mich mit einem Typ haben losziehen lassen, den sie – genau wie ich – eben erst kennengelernt hatten. Was sollte das alles? Normalerweise hätten einleitend ein halbes Dutzend Schritte gemacht werden müssen, bevor es soweit kam, bevor es bis zu dieser Art Verabredung kam. Die beiden Familien hätten sich vorher miteinander unterhalten müssen, dann hätten sich zunächst meine Eltern mit Raju getroffen, um sicherzustellen, daß er auch zu mir paßte, dann hätte der berühmte Hintergrund ausgeleuchtet werden müssen und eventuell sogar, ob unsere beiden Lebensblätter astrologisch auch zusammenpaßten.

Aber nichts dergleichen. Jedenfalls nichts, wovon ich wußte. Vielleicht hatten meine Eltern ihr Vorgehen vor mir geheimgehalten. Wahrscheinlicher jedoch war, daß sie ihre Erwartungen ein Stück heruntergeschraubt, die Anforderungen ein wenig gelockert hatten. Immerhin war ich inzwischen achtundzwanzig, und vielleicht war meine Mutter mittlerweile zu dem Schluß gekommen, daß Raju ein Herz hatte, das schlug, einen Job und alle Gliedmaßen an den richtigen Stellen. Da konnte er so ganz verkehrt nicht mehr sein.

»Gefällt es dir, wieder mal in Indien zu sein?« fragte ich,

während wir den Marine Drive hinunter an der Küste entlangfuhren.

»Yeah, ist in Ordnung. Herzukommen, um die Familie zu sehen und so. Aber ich bin froh, daß ich nicht hier lebe. Zu beschissen – entschuldige den Ausdruck – erdrückend. Die Hitze, die vielen Menschen, der Dreck, die Kühe an jeder verfickten – entschuldige den Ausdruck – Straßenecke. Man fragt sich doch, wie ein Land sich entwickeln soll, in dem an jeder Ecke Rindviecher stehen und pinkeln oder scheißen. Ich bin vor zehn Jahren nach London gegangen und seitdem nicht wieder hier gewesen. Und ich hoffe, daß weitere zehn Jahre vergehen, bis ich ein zweites Mal komme.«

Ich kam einfach nicht über seinen Akzent hinweg. Nie zuvor war ich einem dunkelhäutigen Mann begegnet, der so viel darum gab, sich wie ein Weißer anzuhören. Kein Wunder, daß seine Onkel und Tanten keinen Schimmer hatten, wovon er redete – sein Londoner Arbeiterklassen-Gesülze war wie eine Fremdsprache für sie.

»Was ist mit dir? Was ist deine Geschichte?« wollte er wissen. »Willst du für immer hier bleiben?«

Die Frage war haarig. Wenn ich ihm erzählte, daß ich ein waschechtes Bombayer Mädchen war, was stimmte, könnte ihn das abschrecken. Das gleiche könnte aber auch passieren, wenn ich ihm sagte, daß ich schon seit geraumer Zeit in New York lebte und fest entschlossen war, wieder zurückzugehen. Nicht, daß es wirklich von Bedeutung war: Es lag in der Natur jedes Verkupplungsversuches, daß die Dinge früher oder später sowieso ans Licht kamen – wenn nicht über mich, dann über jemand anderen.

Noch immer wünschte ich mir zu wissen, wie man dieses Spiel zu spielen hatte, wie einem dieses verschämte »Oh, ich gehe mit dir, wohin immer du willst« über die Lippen kommen sollte, das die Männer so gern hörten. Es mußte flüssig, flexibel, flott und ein bißchen flirtig sein. Wir beide wußten, warum wir hier waren: Er suchte eine Frau, ich einen Mann.

Wenn alles gut lief, konnten wir in zweiundsiebzig Stunden verlobt sein.

»Nun, ich lebe seit etwa einem Jahr in New York und bin auch nur auf Besuch hier«, sagte ich.

»Echt?« Raju lehnte sich in seinem Sitz zurück, auf einmal bedeutend interessierter. Ich war überrascht, daß er es nicht wußte – offensichtlich hatten seine Eltern ihm nicht viel von mir erzählt, und das war gut so. Auf diese Art konnten wir mit einer sauberen Tafel anfangen und nicht mit einer, die vollgeschrieben und übermalt war mit all den Mutmaßungen anderer Leute, wie mein Leben wohl aussah.

»Wie? Du ganz allein?« fuhr er fort. »Das ist aber schon eher ungewöhnlich, findest du nicht?«

»Ja, ich nehme an, so kann man es ausdrücken. Aber ich wollte gern weiterstudieren, und als ich damit einmal fertig war, bin ich geblieben und habe angefangen zu arbeiten. Derzeit bin ich PR-Beraterin in der Modebranche.«

In der Woche, die ich inzwischen in Bombay war, hatte ich das noch niemandem erzählt, da schlicht niemand gefragt und sich dafür interessiert hatte. Hier nun, auf der Rückbank eines Autos neben einem Mann, den ich vor einer Stunde noch nicht kannte, hatte ich das Gefühl, endlich verstanden zu werden.

Am Ende bekamen wir doch relativ schnell einen Platz. Nachdem wir uns beide im Waschraum kurz erfrischt hatten, wurde uns ein Tisch zugewiesen. Sicher hatten die fünzig Rupien, die Raju dem Manager unauffällig zugesteckt hatte, ihr übriges getan.

Das weiße Tischtuch spiegelte das Licht der Strahler über uns hell wider und warf damit einen leichten Schimmer auf Rajus dornig gegeltes Haar. Während er die Karte studierte, lockerte er den Sitz seiner moosgrünen Krawatte, und ich überlegte, wann ich eigentlich das letzte Mal allein mit einem Mann am Tisch gesessen hatte, der weder mein Bruder, Onkel oder Vater war. Es war Jeff, vor fast einem Jahr.

Beide hungrig, entschieden wir uns für *Navrattan Korma**, einen Teller *Paneer Kofta* und etwas *Naan.*

»Wein?« bot Raju an.

Ich war versucht, ja zu sagen, bestellte statt dessen aber doch ein Kokosnuß-Wasser. Er mochte von der liberalen Sorte sein, aber selbst liberale Männer hatten ihre Grenzen, und bei der ersten Begegnung schon zu trinken, hätte sie vermutlich strapaziert.

Ich sagte ihm das, und er lachte. Damit glitten wir sanft hinein in ein Gespräch ungefährlicher verbaler Geständnisse, aus dem eine bemerkenswerte Unterhaltung erwuchs. Es war, als müßten wir nicht darüber reden, warum wir hier waren, sondern konnten einfach die Tatsache genießen, daß es so war.

Er sagte mir, daß er mich süß fand, daß ihm die Zurückhaltung in meinen Augen gefiel, und wie er das aussprach, spürte ich, wie meine Schultern sich entspannten, wie mir warm wurde im Bauch und auch die Luft zwischen uns sich zu erhitzen schien. Er sagte, ihm gefiele ferner, daß, obwohl mein Vater einige Juweliergeschäfte besaß (soweit war er also doch schon informiert), ich nicht mit dem ganzen glänzenden Tand behängt war.

Ich sagte ihm, daß dies der netteste Abend war, den ich in dieser Woche gehabt hatte.

Ich sagte ihm nicht, daß ich den Eindruck hatte, zu meinem männlichen Gegenstück zu sprechen. Sein eigenes Unbehagen gegenüber der Gesellschaft, in die wir hineingeboren worden waren, half mir merkwürdigerweise, mich angenommener zu fühlen. Mit ihm fühlte ich mich in meiner Fremdheit nicht mehr allein. Selbst gegenüber der Handvoll meiner Freunde in New York hatte ich selten etwas wirklich Entscheidendes zu sagen. Manchmal fragte ich mich, ob ihnen mein Leben ungeheuer öde vorkam, da jemand, der so unberührt von der Sünde

---

* Eine Art Gemüsepaste, zähflüssige Suppe. *Nav* = neun, also neun Gemüsesorten. Wird mit Reis oder Brot (*Naan*) serviert.

in die Jahre gekommen war, doch nichts Spannendes mitzuteilen hatte. Für meinen Kollegen Milo war ich »Ma Walton«. Und so fasziniert Jeff auch von den Schranken und Verboten war, die mein Leben kennzeichneten – das machte mich natürlich zu einer schwerzubekommenden und damit um so attraktiveren Beute –, waren es ironischerweise genau diese Schranken und Verbote, die die Beziehung aufgezehrt hatten, bevor sie die Chance hatte, zu beginnen.

Bislang hatte ich in den sieben Tagen hier nur die belanglosesten Gespräche mit Leuten geführt, die aus *ihrem* Leben, von *ihren* Kindern und *ihren* Hausmädchen erzählten. Ich hatte Angst, begeistert und glücklich zu klingen, weil meine alten Freunde mich nie verstehen würden, so weit war mein Alltag von ihrem entfernt. Ich fand sie oberflächlich, sie fanden mich verrückt, und so wurde jeder Versuch einer ernsthaften Unterhaltung gar nicht erst unternommen.

Was für eine Wohltat war es von daher, so mit Raju zu reden, ihm vom Rollerskaten im Central Park vorzuschwärmen, meinen gelegentlichen Besuchen im Ballett und daß ich in letzter Zeit häufiger zu der Eröffnung neuer Clubs, Bars und Restaurants in dieser rauhen, unkalkulierbaren, glitzernden Stadt eingeladen wurde. Außerdem sei mir für den nächsten Monat in Aussicht gestellt worden, erzählte ich ihm, von der Agentur zu einer Modenschau nach Paris geschickt zu werden, die einer unserer Kunden dort veranstaltete. Paris! Indu hatte Paris während ihrer Flitterwochen besucht, aber sonst kannte ich niemanden, der je dort gewesen war. Schon gar nicht allein.

Als die Rechnung kam, betete ich inständig, Raju würde mir kein Halbe-Halbe vorschlagen. Ich hatte gehört, daß das in Amerika durchaus üblich war, aber hier und jetzt waren wir in Indien, und da kümmerte sich der Mann um alles.

Außerdem hatte ich kein Geld dabei.

Anstandslos legte er einen Fünfhundert-Rupien-Schein auf den Tisch, stand auf, streckte sich, kam dann auf meine Seite und half mir aus dem Stuhl. Wie ungeheuer galant, dachte ich lächelnd bei mir. Bald würden die Leute von dem Fest hier einfallen und Kaffee und Eis bestellen, daher war es die richtige Zeit zu gehen. Ich drehte mich um, um einen letzten Blick auf das dunkle Meer und die kaum wahrnehmbaren weißen Gischtkronen zu erhaschen. Der Marine Drive war zu dieser Zeit wie leergefegt. Wir schritten durch die Glastüren des Coffee Shops, seine Hand dabei sanft auf meinem Rücken ruhend. Ich stellte mir vor, wie ich in meinem rot-goldenen Sari den Kopf respektvoll neigen würde und dieser Mann neben mir in seinem cremefarbenen Seiden-*Shervani* die Anmutung eines Prinzen hätte, wie wir dann unseren Weg zu dem blütenbestreuten Doppelbett abschreiten würde, gerade so, wie ich es in den Hochglanzhochzeitsbroschüren des Oberoi so oft gesehen hatte.

Ich hatte zahllose Cousinen und Freundinnen nach der Trauung zu ihrer Suite geleitet, wo jedermann schlüpfrige Witze erzählte und vom Zimmerservice obszöne Mengen an Essen bestellte.

Die nächste Hochzeitssuite, die ich betreten würde, wäre meine eigene.

Elftes Kapitel

»Ein Gentleman, der einer jungen Dame eine weiße Rose schenkt, bringt damit die Wertschätzung ihrer Liebe auf die reinste und makelloseste Weise zum Ausdruck, wie man sie eben in den unschuldigen Herzen der sanftmütigen Geschöpfe weiblichen Geschlechts finden kann.«

A Garter round the Bedpost – Love Charms and Superstitions

Am nächsten Morgen weckte mich der Geruch von *Samosas*, die in einem Topf mit heißem Öl vor sich hin brutzelten. Ich öffnete die Augen und dachte lächelnd an den Vorabend zurück. Mich durchfuhr ein warmes Gefühl des Verliebtseins. Das war es also, was ich vermißt hatte.

Es war beinahe elf, und der gesamte Haushalt lief auf vollen Touren. Meine Vater fand seinen Weg zur Arbeit in diesen Tagen immer später, oft ging er erst nach dem Mittagessen ins Büro. Er wußte, daß man ihn für eine Weile dort auch nicht vermissen würde. Er hatte fähiges Personal und eine vertrauenswürdige Assistentin, Ramji, die sich um die Buchhaltung und die laufenden Geschäfte in seinen fünf Filialen kümmerte. Bald auch würden Anil und Anand voll mit in das Geschäft einsteigen, so daß er sich mit sechzig tatsächlich mehr oder weniger zur Ruhe setzen konnte.

Mein Vater hatte sich Pensionäre immer als Männer vorgestellt, die es sich in ihren schlichten weißen Baumwoll-*Kurta-Pajamas* zu Hause gemütlich machten, die Beine auf der Ottomane ausgestreckt, während sie die Zeitung studierten, ausgiebig zu Mittag aßen, ein Nickerchen machten, mit anderen Rentnern den Marine Drive entlangspazierten. Nach vier Jahrzehnten harter Arbeit hatte er allen Grund, sich darauf zu freuen.

Doch schon vor langer Zeit hatte er beschlossen, nicht eher in den Ruhestand zu treten, als bis ich verheiratet war; daß er seine Rolle als Vater nicht erfüllt hatte, bis er mir – seine Hand auf meinem gesenkten Kopf – vor dem Hochzeitsfeuer seinen Segen gab. Zumindest für indische Eltern war das die ultimative Benediktion, weitaus kostbarer als eine Ausbildung in der Ivy League, bedeutsamer als ein beträchtliches Erbe.

Fürs erste also schob er jeden Gedanken an den Müßiggang in die entlegensten Winkel seines Gehirns und konzentrierte sich auf die anstehenden Aufgaben: Im Laden in Colaba mußten Renovierungsarbeiten umorganisiert werden, eventuell wollte er eine Filiale in Delhi eröffnen, es galt zu entscheiden, ob er stärker in modisch-bunte Diamanten investieren sollte.

»Und, *Beti*, hattest du einen schönen Abend? Wenn ich mich nicht täusche, bist du ziemlich spät nach Hause gekommen.«

»Stimmt«, antwortete ich, nicht recht wissend, was ich weiter dazu sagen sollte. Meine Mutter, die mitbekommen hatte, daß ich wach und ansprechbar war, kam aus dem Schlafzimmer angelaufen, wo sie zwischen ihren unzähligen Saris nach dem suchte, den sie an diesem Abend anziehen wollte.

»*Ay, Beti*, so spät bist du aufgestanden! Hast du gut geschlafen?« Sie glühte, als wollte sie mich im nächsten Moment in ein ungeheures Geheimnis einweihen.

Ohne meine Antwort abzuwarten, kam sie direkt zur Sache.

»Und, *Beti*, gefällt er dir?«

»Ja, Mum, das tut er.« Ich grinste und wurde rot wie ein pubertierendes Mädchen nach ihrem ersten Kuß. »Er ist ein ausgesprochen netter junger Mann. Humorvoll und intelligent. Ich mag ihn.«

»*Ay*, oh, oh«, japste meine Mutter jubilierend. »Na endlich mal jemand, der dir zusagt! Endlich! Seine Mummy, Simi, sie hat mich heute morgen angerufen. Ich glaube, ihm hast du auch sehr gut gefallen ... Und was jetzt?« Meine Mutter wandte sich meinem Vater zu, der soeben den Schlag seiner Hose aus den Socken zog, wo er ihn für gewöhnlich hineinsteckte. »Sollen wir ein offizielles Treffen der beiden Familien anberaumen? Wie sollen wir vorgehen? Ich werde Jyoti anrufen, die kennt sich bei so was aus«, plapperte meine Mutter hektisch und verschwand wieder im Schlafzimmer.

Mein Vater, stets der zurückhaltende Geschäftsmann, blieb ganz ruhig.

»Nun, *Beti*, es ist gut, daß du ihn magst, aber noch wissen wir nicht viel über ihn. Laß uns behutsam vorgehen. Wir müssen nichts überstürzen. Soll deine Mutter sich ein bißchen aufregen, aber wir sollten einen kühlen Kopf bewahren, meinst du nicht?«

Ich nickte, schenkte seinen Worten aber keine große Beachtung. Bevor Raju mich gestern zu Hause abgesetzt hatte, hatte er mich für heute nachmittag auf einen Kaffee eingeladen. Er meinte, es sei bedeutend gesünder, sich jenseits der wahnwitzigen Hochzeitsfeierlichkeiten kennenzulernen. Ich konnte ihm da nur zustimmen, war aber zu diesem Zeitpunkt schon so gefangen von diesem rebellischen und unendlich charmanten Mann, daß ich wahrscheinlich zu allem ja und amen gesagt hätte.

Ich beschloß, mir eine *Besan*-Gesichtsmaske anzurühren – wobei sich mal wieder zeigte, daß nur die Verlockung der Liebe eine Frau dazu brachte, mehr auf ihr Äußeres zu achten – und ging ebenfalls zurück in mein Zimmer. Ich hörte, wie meine Mutter mit ihrer Schwester telefonierte und ihr erzählte, daß ich endlich jemanden getroffen hatte, der mir gefiel. Sollte sie als nächstes einen Astrologen zu unserer Kompatibilität befragen oder erst abwarten, bis der offizielle Antrag kam? »Glaubst du, daß sie um ihre Hand anhalten werden?« bohrte meine Mutter. »Ach, das wäre einfach phantastisch! Wenn seine Eltern – was sind das doch für anständige Leute – herkommen und persönlich um unsere Tochter bitten würden!«

So ein Aufruhr, und das nach nur einem Tag, dachte ich bei mir. Die Mädels in New York würden es nicht fassen können. Sie gingen an einem Abend mit jemandem aus und warteten wie besessen auf einen Anruf. Hier überlegte meine Mutter zwölf Stunden nach der ersten Begegnung mit Raju, ob sie genug Gold in ihrer Truhe hatte, die sie der Familie als Teil des Verlobungsgeschenkes überreichen konnte.

Auf der anderen Leitung hörte ich meinen Vater mit seinem Sekretär, Parmeshwari, sprechen.

»Bitte notiere«, forderte mein Vater ihn auf. »Und fax es dann an meinen Freund Jeevan in London:

Lieber Jeevan. Ich hoffe, wenn dich diese Zeilen erreichen, bist du und deine Familie wohlauf. Ich bitte dich heute um deine Unterstützung. Wir ziehen derzeit einen bestimmten Jungen für unsere Tochter in Betracht, zu Heiratszwecken. Sein Name ist Raju Asrani, und er ist der Sohn von Bhagwan und Simi Asrani, die gegenwärtig in Delhi leben. Soweit ich weiß, arbeitet der Junge in einem Wirtschaftsprüferbüro in London. Er lebt allein dort. Wir wissen nichts über ihn. Derzeit ist er in Bombay. Stell doch bitte die üblichen diskreten Nachforschungen an und gib mir so schnell wie möglich Bescheid. Laß mich wissen, wenn ich meinerseits dafür noch etwas tun kann. Mit den besten Grüßen, und so weiter, und so weiter.«

Ich ging die Sachen in meinem Schrank durch und fand alles nur entsetzlich. Ich wollte schick und gleichzeitig gediegen aussehen, elegant, aber nicht overdressed. Bei dem Gedanken, wie er mich angeschaut hatte, als er mich gestern absetzte, mußte ich erneut lächeln. Vier Stunden hatten wir geredet. Das war mehr, als alle Gespräche zusammen, die ich in meinem Leben bislang mit Männern unter vier Augen gehabt hatte. Abgesehen von Jeff natürlich.

Mit einem Mann aus einer ähnlichen Kaste und von vergleichbarer Herkunft hatte man sich eine Menge zu erzählen, weil man sich nicht erklären mußte. Die Art, wie er verstand, warum ich kein Glas Wein bestellte und wie wir beide darüber lachen konnten. Er wußte, warum ich auf die Uhr schaute und die Zeit im Blick hatte, und daß es in seinem Fall okay war, wenn wir »gesehen wurden«, da wir, indem wir uns bemühten, zueinander zu finden, dabei waren, etwas höchst Ehrenvolles zu tun. Jeder andere, der unsere Kultur nicht kannte, hätte mich ausgelacht, aber Raju verstand das. Die erdrückenden Zwänge und andauernden Pflichten unserer Gesellschaft schienen irgendwie weniger belastend, wenn wir beide sie stillschweigend teilen konnten.

Allein dafür lohnte es sich schon, einen Inder zu heiraten.

Ich entschied mich schließlich für weiße Leinenhosen und einen leichten Cardigan in hellem cremefarbenem Orange. Meine Mutter, die nun kein Halten mehr kannte, stand in meiner Schlafzimmertür und kreischte: »*Beti*, bist du schon fertig?«

Mein Vater und meine Mutter haben mich heute morgen nach dir gefragt. Was ich von dir halte«, sagte Raju, als wir auf unseren Stühlen in der Trattoria, dem italienischen Vierundzwanzig-Stunden-Restaurant direkt vor der Lobby des President Hotels, Platz nahmen. Für eine Stadt voller junger Leute, die zu einer bestimmten Uhrzeit zu Hause sein mußten, gab es in Bombay erstaunlich viele durchgehend geöffnete Lokalitäten.

Beide bestellten wir einen Eiskaffee, und ich tunkte die schneeweiße Kugel mit meinem Strohhalm immer wieder in die Flüssigkeit. Ich zeigte ihm ein schüchternes Lächeln, das Lächeln einer künftigen Braut. Kurz bevor ich das Haus verlassen hatte, rief meine Mutter bei Rajus Mutter an, um mit ihr ein wenig über die Hochzeit von Vikram und Mira, das Wetter und, wo man in der Nähe von Benares die beste Banarasi-Seide finden konnte, zu plaudern. Doch ich wußte, daß die beiden Frauen die Situation zu taxieren versuchten, daß sie hofften, zwei eigensinnige Menschen, die in die Fänge des teuflischen Westens geraten waren, zu retten und in den Schoß ihrer rechtmäßigen Kultur zurückzuführen. Ich hatte meine Mutter zu Jyoti sagen hören, daß, wenn dieser Nachmittag genausogut lief wie der Abend zuvor, sie um Rajus Lebensblatt bitten und dann den Astrologen Udhay nach dem Kompatibilitatsfaktor fragen würde. Ganz bestimmt würde er die Verbindung befürworten. Und wenn nicht, dann würde sie ihm eben eine Gold-Guinee und einen neuen Sari für seine Frau schenken; spätestens dann würde er die Dinge sicher in einem positiveren Licht sehen.

»Was hast du ihnen gesagt?« fragte ich und spürte, wie mich ein warmer Schauer durchfuhr. Zwischen uns auf dem Tisch stand eine einzige weiße Rose in einer kleinen Silbervase. Sanft spielte Raju mit den Blättern, während ich seine Antwort kaum abwarten konnte.

»Ich habe ihnen gesagt, daß du wirklich ein sympathischer Mensch bist und daß es Spaß macht, sich mit dir zu unterhalten«, sagte Raju nüchtern.

»Oh.«

Das war nicht gerade das, was ich hatte hören wollen. Hätte da nicht mehr kommen müssen? Etwa: »Sie ist die interessanteste, bezauberndste, liebenswerteste Frau, die ich jemals getroffen habe. Ich kann es gar nicht abwarten, mein Leben mit ihr zu teilen.«

Aber vielleicht hatte Raju ja auch nur gewisse Schwierigkeiten, seinen wahren Gefühlen Ausdruck zu verleihen. Das hatte den Vorteil, daß er behutsam war und nicht gleich ungestüm nach vorne preschte. Mein Vater hatte immer behauptet, daß solche Dinge sich langsam entwickeln, auf der Basis von Freundschaft und Vertrauen. »Nicht so wie Champagner, der spritzig ist, wenn du die Flasche öffnest, und nach ein, zwei Tagen abgestanden ist«, erläuterte er gern.

»Meine Eltern haben mich auch nach dir gefragt«, fing ich an. »Ich habe ihnen gesagt, daß ich dich für sehr gütig halte, charmant und warmherzig.« Ich hoffte, ihn mit meiner Verletzlichkeit, Aufrichtigkeit und einem rückhaltlosen Vertrauen in ihn ködern zu können.

Raju kippelte mit seinen Stuhl nach hinten, daß er nur noch auf zwei Beinen stand, und schwang sich dann verräterisch vor und zurück. Ich konnte mich gut an die zappeligen Jungs aus der Schule erinnern, die ständig mit ihren Stühlen kippelten und nicht selten auf dem Fußboden landeten. Damals hatten dann alle über sie gelacht. In diesem Fall wäre es nicht besonders komisch, obwohl es mir zeigte, daß Raju nervös war, was ihn mir noch sympathischer machte. Daß ich das nach all den Jahren endlich erleben durfte!

»Und, was machen wir nun damit?« fragte Raju und runzelte dabei leicht die Stirn. »Uns beiden ist klar, warum wir hier sind. Warum also entscheiden wir nicht, was wir wollen, anstatt unseren Eltern die Fäden in die Hand zu geben? Du weißt, wie mein Leben in London aussieht. Könntest du dir vorstellen, dort zu leben?«

Das war es, und so leicht konnte es sein. Das war ein Antrag, ein in pragmatische Begriffe gepackter Heiratsantrag. Alles, was ich tun mußte, war, mit dem Kopf zu nicken und zu sagen: Ja, ich würde wahnsinnig gern mit dir in London leben, und die Sache wäre geritzt. Dann würden wir beide zu unseren jeweiligen Eltern zurückkehren, die ihrerseits miteinander sprechen würden, und heute auf dem Fest könnte die Verlobung bekanntgegeben werden. Jedermann würde uns gratulieren, uns alles Gute wünsche und uns mit Tausenden von Segnungen überschütten. Schließlich würde ich doch noch zu den Partys kommen, die mir zu Ehren veranstaltet wurden. Und meine Eltern würden beinahe platzen vor Stolz und Freude, Gefühle, die bald von einem noch stärkeren überlagert werden würden: Erleichterung.

Der ganzen Situation fehlte die romantische Seite, aber arrangierte Hochzeiten hatten wenig mit Romantik zu tun. Immerhin lief im Hintergrund ein Stück von Kenny G.

Doch ich wußte nicht, was ich sagen sollte. Ich war nie in London gewesen, somit war für mich seine Frage, ob ich mir ein Leben dort vorstellen konnte, schwerlich zu beantworten. Und, mal ernsthaft, das hier war Date Nummer zwei. Obwohl mir klar war, daß unter diesen Umständen zwei Treffen mehr als hinreichend waren, kam mir das Ganze doch etwas übereilt vor.

Ich wünschte, ich könnte Sheryl anrufen.

Ich glaube nicht, daß mein Vater wollte, daß ich das Fax sehe. Aber es lag oben auf den Zeitungen, gehalten von einem perlmuttfarbenen Untersetzer, damit der Ventilator es nicht wegwehte. Natürlich konnte ich die Augen nicht davor verschließen.

»Lieber Gul,

ich habe alles Nötige unternommen. Nach dem, was man so hört, verkehrt Raju Asrani nicht mit Indern. Er hat seine eigene Art, die Dinge anzupacken. Mir wurde gesagt, daß er seit langem mit einer Engländerin zusammen ist. Sie scheinen fast so etwas wie eine Ehe zu führen. Ich würde von dem Vorhaben Abstand nehmen. Laß mich wissen, wenn du sonst noch etwas brauchst.

Herzlich, Jeevan.«

Mir wurde plötzlich ganz heiß im Gesicht, und für eine Minute hörte ich, glaube ich, auf zu atmen. Ich fühlte mich, als ob mir soeben jemand mit voller Wucht eine schallende Ohrfeige verpaßt hatte.

Ich setzte mich auf die Couch und las mir wieder und wieder das mit grauen Punkten gesprenkelte Papier durch. Wenn die Worte, die dort standen, stimmten und Raju wirklich seit längerem eine Freundin hatte, warum sprach er dann mit mir über das Heiraten? Hastig versuchte ich, mir die *Wege der Trennung* in Erinnerung zu rufen, die Bestandteil des Modern-Age-Meditationskurses waren, den ich in New York belegte. Unser Lehrer hatte uns eingebimst, uns jede Art von Verlust als das bloße Verlorengehen eines Bleistiftes oder eines anderen unbedeutenden Gegenstandes vorzustellen. Weiter zu klammern – an einer Idee, einer Person, einem Traum – würde nur in die Traurigkeit führen.

Aber ich war eine Frau ohne Partner, die sich nach Liebe sehnte, wie, bitte schön, sollte ich denn *nicht* klammern?

Meine Mutter kam mit einem Sari, den das Hausmädchen bügeln sollte, aus ihrem Zimmer gestürmt. Als sie mich mit dem Fax in der Hand und meinen enttäuschten Gesichtsausdruck sah, hielt sie abrupt inne.

»*Ay, Beti*, vergiß das«, tröstete sie mich. »Dieser Jeevan hat keine Ahnung. Ich bin sicher, das sind nur dumme Gerüchte. Du magst Raju doch, oder? Wir werden das noch mal richtig rausfinden. Versprochen. Aber jetzt husch-husch, mach dich fertig.« Sie gab mir einen Kuß durch die Luft, etwas, was sie früher immer getan hatte, wenn sie mich trösten wollte, etwa wenn ich auf dem Spielplatz hingefallen oder wenn eine Arbeit nicht besonders gut ausgefallen war. Oder, wie jetzt, wenn sie ahnte, daß mein Herz langsam in Stücke brach.

Es ging auf neun zu, als wir soweit fertig und bereit waren, das Haus zu verlassen. Die Hochzeit war erst in zwei Tagen, aber heute fand die in Indien mit Abstand pompöseste und wichtigste Zeremonie statt. *Sangeet* hieß sie hier – und es war eine Nacht von Musik und Tanz und Überfluß an jeder Front, allem voran an Essen und Scotch-Sodas. Zu einer Stunde, wo die Mehrheit der zivilisierten Bevölkerung bereits mit dem Abendessen halbfertig war, standen wir noch nicht mal vor der Tür.

Ich war die erste, die aufbruchfertig war, in erster Linie deswegen, weil ich mir keine Gedanken darüber machte, wie ich aussah. Ich legte die typische Egal-Haltung an den Tag, die Frauen wohl befällt, wenn sie merken, daß ihre schöne Romanze dem Niedergang entgegensteuert.

Offensichtlich unbekümmert darüber, daß ich jedes Wort verstehen konnte, hörte ich meine Eltern in ihrem Zimmer miteinander diskutieren. Thema war der Inhalt des Faxes.

»Was für ein Unsinn!« sagte meine Mutter zu meinem Vater. »Das Mädel könnte alles mögliche sein. Eine Freundin, eine Kollegin. Du weißt doch, was die Leute immer reden. Und *bas*, was wäre schon dabei, wenn er eine Freundin gehabt hätte? Er ist schließlich ein Mann, oder? Er lebt allein in England, und da gibt es eine Menge liederliche Mädchen. Aber jetzt hat er sich entschieden zu heiraten und ist zu uns gekommen. Ich werde sehr böse, wenn du zuläßt, daß uns irgendwelche dummen Gerüchte diese schöne Sache kaputtmachen. Wir sollten ihm wenigstens die Chance geben, uns die Wahrheit zu sagen.«

Ich spähte durch die Tür und sah, wie meine Mutter ihren Sari drapierte: Erst den Stoff zweimal um die Hüfte wickeln. Auf Höhe des Nabels dann das eingearbeitete Bändchen straffen, bis man etwa neun gleich große Falten hat. Darauf wirft man sich den Rest des Stoffes über die Schulter, richtet das Vorderteil entsprechend und festigt den Überwurf zum besseren Halt mit einer Sicherheitsnadel an der Sari-Bluse. Meine Mutter strich kontrollierend über die Falten, prüfte den richtigen Sitz des *Pallav* und stupste mit den Füßen gegen den Saum, um zu sehen, ob er auch die richtige Länge hatte. Darauf begutachtete sie ihren Schmuck, achtete darauf, daß nichts verdreht oder unachtsam angelegt war, bestäubte ihr Haar mit ein wenig Spray und tupfte sich einen Tropfen Parfüm hinter jedes Ohr. Sie drehte sich zu meinem Vater um, der am Fenster stand und hinausschaute – sehr elegant in seinem *Kurta Pajama*.

Selbst bei meiner konservativen Erziehung wußte ich, daß gegen eine Liebelei hier oder da nichts einzuwenden war. Obwohl wir nie darüber gesprochen hatten, war mir bekannt, daß mein Bruder während seiner Zeit am College das eine oder andere Abenteuer gehabt hatte. Für einen Mann war das Teil seiner »amerikanischen Erfahrungen«, wie jeder im Spaß dazu zu sagen pflegte. Zum Teufel, selbst *ich* war dem Dating-Wahn des Westens erlegen.

Von daher war das Gerede von Rajus Freundin vielleicht ja nicht mehr als reine Spekulation. Vielleicht hatte Onkel Jeevan einfach alles völlig falsch verstanden. Dennoch wurde mir jetzt, wo wir auf dem Weg zu der Feier schweigsam im Auto saßen, bewußt, daß ich am Ende des Abends die Wahrheit wissen würde. Und ich war mir nicht sicher, ob ich das wirklich wollte.

Zwölftes Kapitel

»College-Studenten kommen nicht in den Westen, um – wie es dort so schön heißt – ihren Horizont zu erweitern, sondern weil sie wissen, daß mit dem Diplom ihr Wert steigt und es den Eltern erlaubt, eine höhere Aussteuer zu fordern.«

Elisabeth Bumiller in: *Hundert Söhne sollst du haben*

Wie ein flauschiger Flokatiteppich war die Decke mit Strängen voller frischer Jasminblüten bespannt. Als wir den Raum betraten, saßen Hunderte von Menschen im Schneidersitz auf safrangelben Seidenmatten oder gegen Kissen aus burgunderfarbenem Satin gelehnt. Turbantragende Kellner liefen mit glänzenden Tabletts durch die Reihen der Gäste, auf denen sie Gläser mit Scotch, spritzigem Rot- und Weißwein sowie die verschiedensten Säfte anboten. Andere manövrierten über ihren Köpfen Platten mit deftigen Häppchen: Würfel gebratener *Paneer*, scharfe Spieße mit Hühnerfleisch bis hin zu Kartoffel-*Tikkis*, die man in Mint-Chutney dippte.

Auf einer Art Empore am Kopf des Saales saßen die Musiker, die extra für diesen Abend aus Delhi eingeflogen worden waren. Dilbagh Singh, mit seinem typisch goldenen Turban und den hennaroten Strähnen in seinem Bart, die an ein Tigerfell erinnerten, war eine kulturelle Instanz in diesem Land. Er landete einen Hit nach dem anderen, und seine Konzerte waren in Indien oder an jedem anderen Ort der Welt, solange nur Inder dort lebten, stets ausverkauft. Selbst mir war klar, was für ein Coup die Familien gelandet hatten, ihn für diesen

Abend zu gewinnen; meinen Freunden in New York würde ich erklären, daß sein Auftritt etwa gleichbedeutend mit einem »Ave Maria« singenden Luciano Pavarotti auf ihrer eigenen Hochzeit wäre.

Doch selbst dieses sagenhafte Spektakel konnte für mich kaum an die intimen Momente heranreichen, die ich mit Raju teilen durfte. Wo war er? Meine Augen suchten den Raum nach ihm ab und blieben dabei an so manchem männlichen, in Seide gehüllten Rücken hängen, aber keiner von ihnen gehörte ihm. Die meisten der Männer hatten sich an einer der beiden Bars postiert, die sich in den hinteren Ecken dieses langen, rechteckigen Ballsaals befanden. Spiegel, die sich bis zur Decke erstreckten, reflektierten das Funkeln und Glitzern der massiven Kristalleuchter und erlaubten den Frauen auf dem Weg zu ihrem nächsten Gesprächspartner einen kritisch-prüfenden Blick. Dieser Ort strahlte eine Fülle an Glanz und Pracht aus, die nur noch von Mira und Vikram zu toppen war, die wieder farblich aufeinander abgestimmte Gewänder trugen und in ihrer Kombination aus Gelb und Gold miteinander zu verschmelzen schienen wie zwei aufeinanderprallende, brennende Kometen. Miras Hals war, gleich der einer Stammesfrau der Massai, fast vollständig mit Reihen und Reihen von kleinen, in Gold gefaßten Diamanten bedeckt. Ich kannte das Stück – Vikrams Mutter hatte es extra bei meinem Vater in Auftrag gegeben. Es gehörte zu einem der vielen Sets, die die Eltern der Braut bei diversen Juwelieren der Stadt hatten anfertigen lassen, aber vielleicht war es das schönste.

Selbst meine Mutter mußte, unterstützt von Tante Jyoti, zugeben, daß das schon eine Nacht war.

»Sie haben wirklich alles gegeben, *nah*?« sagte Jyoti. »*Schööööön! Ay*, aber was für eine Geldverschwendung, das hätte sie doch besser für einen guten Zweck spenden sollen, als es für so ein Fest aus dem Fenster zu schmeißen«, ereiferte sie sich und biß in eine bröselige, spinatgefüllte Pastete.

Mit dem Abendessen, das als Büffet in einem benachbarten

Raum serviert wurde, war erst in einigen Stunden zu rechnen. Doch da die Appetithäppchen, die hier schon jeder Gast allein verkostete, in Somalia ein Dorf eine ganze Woche lang ernähren konnten, beschwerte sich niemand ernsthaft. Vielmehr vergnügten sich die Gäste, in der Mehrzahl schon reichlich beschwipst von dem in Strömen fließenden Johnnie Walker (Blue Label, nur das Beste, hob mein Vater hervor), auf der Tanzfläche vor Dilbagh Singhs Empore, übten sich im *Bhangra* und gaben sich seinem zunehmend ekstatischeren Gesang hin.

Zwar waren wir als Familie gekommen, inzwischen hatten wir uns jedoch verstreut. Anand und Anil hatten sich auf die Suche nach ihren Kumpels gemacht, wohl wissend, daß sie als Teil von Vikrams Entourage schon bald ebenfalls das Tanzbein schwingen mußten.

»Und? Wo ist Raju?« fragte mich meine Mutter, während mein Vater sich krampfhaft um eine unbekümmerte Miene bemühte.

»Ich weiß es nicht, Mummy. Ich halte selbst nach ihm Ausschau.«

»Sie müßten doch in der Nähe von Vikrams Familie sitzen, wo sie so enge Verwandte sind und so«, meinte meine Mutter und zog mich vage in deren Richtung.

»Meine lieben Frauen, ich bitte euch, laßt das«, warnte mein Vater. »Ich werde selbst zu dem Jungen und seiner Familie gehen.« Er raffte sich auf, straffte die Schultern und erinnerte mich damit an einen Cowboy aus den alten Westernfilmen, wenn es darum ging, für die Ehre seiner Lieben zu kämpfen. Während meine Mutter eher blind entschlossen wirkte, konnte ich wenigstens darauf bauen, daß mein Vater etwas behutsamer zu Werke ging.

Wir bemühten uns, nicht auf die Matten und Kissen mit den darauf lümmelnden angeheiterten Menschen zu treten und gleichzeitig unsere Blicke über die wogende, klatschende Menge auf der Tanzfläche hinweggleiten zu lassen. So arbeiteten wir uns zu Dilbagh Singhs Empore vor, wo wir tatsächlich auf Vikram und Raju und ihre jeweiligen Eltern stießen, die im Takt der Musik mit den Finger schnippten und sich ein Glas Scotch und Soda nach dem anderen bringen ließen. Raju schaute auf, sah mich und lächelte mich allenfalls halbherzig an. Ich kam mir plötzlich vor, als würde ich gerade eine Party sprengen.

»Gul, willkommen! Willkommen!« rief Vikrams Vater und erhob sich, um uns zu begrüßen. »Kommt her und gesellt euch zu uns, was? Hier, nehmt euch was zu trinken! Seid ihr gerade gekommen?«

Vikram und Raju, die im Schneidersitz auf einer der Seidenmatten gesessen hatten, standen ebenfalls auf und beugten sich leicht vor, um mich flüchtig zu umarmen. Aus dem Augenwinkel nahm ich das Schaudern meines Vaters wahr, als Rajus Lippen meine Wangen berührten – so unschuldig die Geste auch war.

»Hallo, Onkel«, sagte Raju und streckte meinem Vater die Hand entgegen, der sie nahm, schüttelte und stumm nickend seinen Gruß erwiderte. So langsam wurde es unerträglich heiß im Raum. Nun hatten sich auch Rajus Eltern von ihren Plätzen erhoben, um uns zu begrüßen, und mir war klar, daß jeder um uns herum zu der kleinen Gruppe herüberschaute, die sich anlachte und gegenseitig die Hände schüttelte und sich so unübersehbar auf den ungebundenen Jungen und das ehetaugliche Mädchen konzentrierte.

Nachdem man eine Weile Small talk gehalten hatte – »Schönes Fest! Viele Gäste! Großartiger Sänger!« –, wandte sich mein Vater Raju und seinem Vater zu und schlug ihnen vor, sich für eine Unterredung in eine ruhigere Ecke zurückzuziehen. Kurz bevor sich das Trio verabschiedete, warf Raju mir einen Blick zu, der mir eigentümlich ausdruckslos erschien. Wenn überhaupt, kam er mir eher verärgert als beschwichtigend vor. Bedachte man, daß er mir erst vor wenigen Stunden einen Antrag gemacht hatte, war das ziemlich schmerzhaft. Aber vielleicht war er nur nervös. Immerhin hatte mein Vater ihn soeben zu einem ernsten Mann-zu-Mann-Gespräch aufgefordert.

Ich hatte Sheryl nicht angerufen, aber ich hatte mich entschieden.

Wenn das ganze Gerede von der weißen Freundin und dem Lotterleben nichts weiter war als Geschwätz, dann würde ich diesen Mann heiraten.

Im nachhinein denke ich, daß ich es vermutlich besser hätte wissen können.

Es war nicht nur Onkel Jeevan, der offensichtlich einen tieferen Einblick in Rajus Privatleben genommen hatte. Wie sich herausstellte, hatten das viele Leute.

Sie hieß Lucy. Sie waren seit drei Jahren zusammen. Sie spielte Hockey und strickte gern. Raju hatte ihr versprochen, sie in Seidensaris zu hüllen und mit Rosen zu schmücken, wenn er sie schließlich mit nach Indien nehmen und seiner Familie vorstellen würde.

All das hörte ich jedoch erst später, nach dem Debakel, in dem das Mann-zu-Mann-Gespräch zwischen meinem Vater, Raju und seinem Vater endete.

Von Vikram habe ich erfahren, daß Raju entgegen seiner Versprechungen über Lucy sagte: »Sie ist für vieles gut. Aber nicht gut genug, um meinen Eltern von ihr zu erzählen.«

Vikram hatte mir auch gesteckt, daß Raju und Lucy sich eine Woche vor seinem Abflug nach Bombay heftig gestritten hatten. Sie hatte gehofft, mit ihm kommen zu können, die große Familienhochzeit an seiner Seite zu besuchen und dort all die Verwandten kennenzulernen, um endlich aus dem Schatten zu treten, in dem er sie versteckt hielt. Und als er ihr am Telefon deutlich gemacht hatte, daß er nicht wolle, daß sie ihn begleite, da hatte sie ihn einen Bastard geschimpft und den Hörer aufgeknallt.

Ich fand heraus, daß es Raju, obwohl er praktisch mit Lucy zusammenlebte, reizte, der Bräutigam einer echten indischen Frau zu werden. Doch selbst wenn er dann seine dunkelhäutige, unberührte Frau zum Heiraten gefunden hatte, hätte er nicht die Absicht, seiner lilienweißen Gespielin den Laufpaß zu geben.

Nachdem am nächsten Morgen die erste Aufregung über den Eklat verraucht war, erfahr ich, was vorgefallen war.

Raju, sein Vater und mein eigener hatten am Ende des Flurs, der vom Ballsaal zu den Toiletten führte, eine ausladende rote Couch gefunden, auf der sie sich niederlassen konnten. Eingedenk der nachhaltigen Frequentierung der Waschräume durch füllige Frauen und ihre beschwipsten Töchter, die mehr Zeit dort als auf dem Fest selbst zuzubringen schienen, war das vielleicht nicht der idealste Ort.

»Nun, junger Mann«, eröffnete mein Vater mit einem abschätzigen Blick auf Rajus spitz abstehende Haare und seine trotzige Miene. »Gefällt es dir in Bombay? Sicherlich ein Unterschied zu London, oder?«

Small talk, der nötig war, bevor man in den zweiten Teil der Unterhaltung einsteigen konnte.

»Ja, Onkel, es ist schön, für eine Familienhochzeit in die Heimat zurückzukehren. Ich habe ein paar nette Leute getroffen.«

»Meine Tochter zum Beispiel?«

»Ha, puh, ja, sie ist ein wirklich gutes Mädchen.«

»Ihr ward zweimal allein zusammen aus, von daher muß ich dich fragen, welches Interesse du an ihr hast.«

»Nun, Onkel, wie du sagst, ich habe sie erst zweimal gesehen. Da ist das schwer zu sagen.«

»Aber stimmt es denn nicht, daß ihr schon übers Heiraten gesprochen habt? Wie ich gehört habe, hast du sie heute gefragt, und sie will es sich überlegen. Ich weiß nicht, wie ihr es in London damit haltet, junger Mann, aber hier berät man sich eigentlich erst mit den Eltern des Mädchens. Warum hast du nicht mit uns gesprochen?«

Darauf intervenierte Rajus Vater. »Bitte, Gul, die jungen Leute von heute sind auf ihre Art recht unabhängig. Wir können von ihnen nicht erwarten, daß sie sich so verhalten wie wir es damals getan haben. Aber wenn das Mädchen und der Junge einander zugetan sind, sollten wir ihnen unseren Segen geben, meinst du nicht?«

»Ich sage auch nicht, daß zwei junge Menschen sich nicht zusammentun sollten, wenn die Familien sich einig sind«, entgegnete mein Vater knapp. »Aber ich will offen sein. Mir ist zu Ohren gekommen, daß dein Sohn schon eine Freundin hat. Ein ausländisches Mädchen. Drüben in London.«

Rajus Vater wandte sich seinem Sohn zu. »*Beta*? Was höre ich da? Was sind das für Gerüchte?«

»Da ist nichts, Dad. Ein Mädchen von der Arbeit. Das ist alles.«

»Willst du mir damit also sagen, daß die Informationen, die ich bekommen habe, falsch sind?« hakte mein Vater nun bedeutend ungehaltener nach. Ihm war inzwischen klar, daß Raju ziemlich betrunken war.

»Das geht dich einen Scheißdreck an«, schnauzte er meinen Vater an. »Ich treffe mich, mit wem ich Bock habe. Und wenn deine Tochter denkt, daß ich sie nach zwei Verabredungen zum Traualtar schleppe, ist sie schön blöd. Ich meine, sie ist nett und all das, aber ihr größtes Pfund ist doch wohl deine Kohle, oder?«

Mein Vater stand auf, drehte sich um und ging zurück in den Ballsaal. Später erzählte er mir, daß er hätte weinen können, als er mich dort in meinem blaßorangefarbenen Sari gesehen hatte, reif wie ein Pfirsich.

Ich hatte an diesem Abend extra darauf geachtet, mir den Korallenring umzumachen, den mir ein Astrologe verordnet hatte, weil er mir garantiert den Weg für den richtigen Mann ebnen sollte. Derzeit aber stand ich noch allein in der schmalen Spalte aus Luft und Raum und kämpfte, beinahe unfähig, dem Schlagen der *Tabla*, den wehklagenden Rhythmen des Harmoniums, den seidenen Anschlägen der Sitar neben mir zu folgen, eine Erregung nieder, die weiter in meinem Bauch rumorte. Dilbagh Singh stimmte ein Liebeslied an, das er eigens für Vikram und Mira komponiert hatte. »Jemanden wie dich wird es nie wieder geben«, sang er auf Hindi. »Eine Liebe wie unsere gibt es kein zweites Mal.« Und das Paar taumelte, doch wurde es gestützt vom Johnnie Walker, auf den Beinen gehalten vom Smirnoff und gestärkt von den Alkoholschwaden, in denen die Gewißheit waberte, daß ein Moment wie dieser sich nie wiederholen würde. Ich schloß die Augen und sah mich und Raju, wie ich soeben Vikram und Mira gesehen hatte. Glücklich. Verliebt. In Vorfreude auf die Hochzeit.

Mein Vater kam auf uns zu und sagte, daß es Zeit sei zu gehen.

Dreizehntes Kapitel

»Als der Beweger von Hindernissen wird (Ganesh) häufig von Gläubigen angerufen, die in Folge vom Unheil heimgesucht werden oder die ein Ritual ausüben, eventuell auch eine Reise unternehmen wollen.«

A. G. Mitchell in: *Hindu Gods and Goddesses*

Am nächsten Tag blieb die Tür zu meinem Zimmer überwiegend verschlossen.

»*Beti*, komm endlich raus. Es reicht«, flehte meine Mutter durch die holzgetäfelte Wand.

»Ich bin okay, Mum. Laß mich einfach allein«, antwortete ich.

»So ein dummer Junge!« hörte ich sie wütend zu wem auch immer im Wohnzimmer rufen. »Wie kann er es wagen! Was glaubt der wohl? Er hat sie zweimal ausgeführt, für Stunden! Was bildet der sich ein – hat kein Interesse zu heiraten, pah! Warte nur. Warte, bis ich mit seiner Mutter gesprochen habe! Ich werd denen schon sagen, was ich davon halte!«

Mein Blick fiel auf die Visualisationskassette neben meinem Bett. Das letzte Mal hatte ich sie mir angehört, bevor ich vorgestern auf das Fest gegangen war und mir in einer Meditation vorstellte, wie man Raju und mir zu unserer Verlobung gratulierte.

Was für ein Quatsch. Ich sollte das Band wegschmeißen.

»Wie kann er es nur wagen, so unsere Zeit zu beanspruchen, uns solche Hoffnungen zu machen?« ereiferte sich meine Mutter weiter. »Geht ohne die geringsten Heiratsabsichten mit einem guten, anständigen Mädchen aus. Da werde ich seiner Mutter aber einen husten. Dumme Nuß. Dumme Leute.«

Das Repertoire an Beleidigungen ging bei meiner Mutter selten über den Ausdruck »dumm« hinaus, somit war das eine echte Kampfansage. Wenn man jedoch ernsthaft darüber nachdachte, gab es nichts, wofür man noch kämpfen konnte. Ich hatte genug geweint und war es plötzlich leid, das dumme traurige Mädchen zu sein, das zu viele Hirngespinste im Kopf hatte und glaubte, ihre Rettung würde in einem in Gold gefaßten Korallenring liegen.

Eigentlich gab es für mich keinen plausiblen Grund, mein Zimmer zu verlassen. Ganz gewiß würde ich nicht mit auf die Hochzeit gehen, genausowenig wie auf das letzte Fest, das in der Nacht davor stattfand. Meine Eltern brachten das Thema nicht auf den Tisch, sondern akzeptierten stillschweigend meine Entscheidung, zu Hause zu bleiben. Zuerst wollte meine Mutter in solidarischer Anteilnahme sogar ebenfalls nicht gehen, doch mein Vater konnte sie davon überzeugen, daß Vikrams Eltern nun auch nicht dafür bestraft werden sollten, einen Idioten zum Neffen zu haben. Sie würden dem Fest hocherhobenen Hauptes beiwohnen, selbst wenn ganz Bombay wüßte, daß der jüngste Versuch, mich zu verheiraten, kläglich gescheitert war.

Als ich sie alle ganz sicher außer Haus wußte, wagte ich mich dennoch aus meinem Versteck. Ich setzte mich eine Weile ins Wohnzimmer, aß dann zum Trost etwas von dem Erbsen-*Pulao* und *Dahiwada*, das Chotu für mich zubereitet hatte. »*Bimari hai*?« fragte er und meinte damit, ob ich krank sei. Krank im Kopf, hätte ich am liebsten geantwortet. Krank im Herzen. Krank, weil ich mich schon bei der kleinsten Berührung einer Hand, bei dem geringsten Zeichen von Freundlichkeit sofort verliebe. So krank vor Neid auf Vikrams und Miras goldglänzende Glückseligkeit, daß ich mich bei dem Gedanken ertappte, die Verbindung möge in letzter Sekunde noch unter fürchterlichen Umständen ihr jähes Ende finden. Vielleicht würde Mira herausfinden, daß Vikram irgendwo eine Geliebte versteckt hielt – war er nicht im vergangenen Jahr noch mit diesem spindeldürren Model aus Goa ausgegangen? Oder er würde am Morgen der Hochzeit merken, daß er Mira nicht genug liebte. Oder daß er latent homosexuell war. *Irgendwas* mußte passieren, egal was, daß *irgendwer* sich genauso miserabel fühlte wie ich mich zur Zeit, wenn nicht noch elender.

So krank fühlte ich mich, daß ich mich entschied, nach New York zurückzukehren.

Und so begann das, was ich meinen »neuen Neuanfang« nannte. Bislang hatte ich mit einem Fuß in New York gestanden, während der Rest sich weiter nach Bombay streckte. Von jetzt an aber wollte ich nichts anderes, als eine New Yorkerin durch und durch zu werden.

Kein Blick zurück. Kein Bombay-Kater und keine Verkupplungsspielchen. Keine neurotischen Eltern. Keine geschmacklosen Hochzeiten, auf denen es mehr Alkohol und Juwelen als Liebe gab.

Erst aber mußte ich meine Nachricht noch loswerden.

Wie vorauszusehen war, drohte mein Vater mir bei der Verkündung sofort damit, mich zu enterben. »Ich dachte, den Spleen hätte man dir ausgetrieben!« erboste er sich. »Du bist jetzt wieder hier! Was meinst du damit, du gehst zurück?«

Ich brach an dem Tisch, an dem wir gerade gemeinsam zu Abend gegessen hatten, in Tränen aus.

»Ich kann nicht hier bleiben, Dad«, schluchzte ich. »Ich fühle mich so einsam. In New York habe ich wenigstens das Gefühl, jemand zu sein, dort bin ich in den Augen der Gesellschaft kein Ballast so wie hier. Bitte Dad, versuch es doch wenigstens zu verstehen.«

»Ich dachte, du hättest dein Apartment gekündigt«, fiel meine Mutter ähnlich empört ein. »Und wenn das der Fall ist, wo willst du dann bleiben? Ich bin sicher, Lal und Vinita wollen dich auch nicht mehr bei sich haben.«

Anand und Anil – für gewöhnlich meine Fürsprecher – schwiegen. Sie wollten sich in dieses jüngste Familiendrama offensichtlich nicht einmischen. Ich wußte, daß auch sie meine Pläne nicht für gut hielten, aber sie konnten sie wenigstens nachvollziehen. Ich würde sogar sagen, daß sie meine Überlegungen, in die USA zurückzugehen, mit einer gewissen Erleichterung zur Kenntnis nahmen. Meine Anwesenheit hatte in den letzten Wochen einen Schleier der Traurigkeit über das Haus gelegt, hatte das Gesicht meiner Mutter verdüstert, die Augen meines Vaters mit Sorge gefüllt.

»Nein, ich habe die Wohnung nicht gekündigt. Meine Freundin hütet sie ein. Sie ist im Moment dort«, sagte ich, froh darüber, daß Sheryls Apartment genau in diesen vierzehn Tagen renoviert wurde.

»Du hast uns gar nicht erzählt, daß du vorhast, zurückzugehen«, warf meine Mutter mir vor.

»Du hast mich nie danach gefragt, Mum«, konterte ich, erneut mit Tränen in den Augen. Neugierig folgten Chotu und seine Mannschaft der Unterhaltung von der Küche aus. Sie verstanden nicht genau, worum es ging, wußten aber, daß es irgendwas mit Heiraten zu tun hatte.

»Ich bin hergekommen und war willens zu bleiben. Ich dachte, ich finde einen Mann. Ich dachte wirklich, ich finde einen. Aber das habe ich nicht, stimmt's? Raju war ein Loser, wie all die Typen, die sich zu solchen Anlässen die Ehre geben«, sagte ich bitter.

Mein Vater seufzte einmal tief und sprach dann ruhiger weiter.

»Ein fauler Apfel bedeutet noch nicht, daß die ganze Ernte verdorben ist«, verkündete er in bester Reader's-Digest-Manier. »Du kannst nicht alle Jungs in Sippenhaft nehmen, nur weil einer von ihnen nichts taugt. Okay, wir haben es versucht, und es hat nicht funktioniert. Wir versuchen es wieder. Aber wir können nur etwas unternehmen, wenn du hier bist. Das erste Mal, das wir dich haben gehen lassen, hast du uns versprochen, daß es nur für ein Jahr ist. Dann bist du länger geblieben. Jetzt erzählst du mir, daß du zurückwillst. Warum, *Beti*? Amerika ist voller Amerikaner, und die haben merkwürdige Ansichten. Sie sind nicht wie wir, und wir sind nicht wie sie. Es ist besser, du bleibst hier, und wir sorgen für dich, bis Gott einen Mann für dich findet. *Bas.*«

Damit stand er auf, warf seine Serviette auf den Tisch und ging hinüber zum Sofa, bereit, seinen Fernsehabend zu beginnen.

Ich wandte mich meiner Mutter zu.

»Mum, bitte«, bettelte ich und versuchte, ihre kühle Maske zu durchbrechen. Sie sah mich an, und die Enttäuschung stand ihr deutlich ins Gesicht geschrieben.

»Dich wieder gehen zu lassen ist keine Lösung«, sagte sie entschieden. »Das war bis jetzt schon schlimm genug für deinen Ruf, und ich habe keine Lust, hier zu sitzen und mir weiter das Gerede der Leute anzuhören. Daß du allein da drüben bist und weiß der Himmel was treibst. Selbst hier tuscheln die Leute schon darüber, daß Raju und du zweimal allein ausgegangen seid. Sie müssen denken, daß wir dich viel zu nachlässig erzogen haben. Wir werden morgen mit dir zu einem anderen Swami gehen, und wir besorgen dir etwas *Seva*, und *bas*, mit ein paar Segnungen wird bald alles wieder gut sein. Hör jetzt auf zu weinen.«

Damit stand auch sie vom Tisch auf und ging zu meinem Vater, um ihm auf dem Sofa Gesellschaft zu leisten, während ich mit meinen beiden schweigsamen Geschwistern allein zurückblieb.

»Was?« fragte ich auf ihre bohrenden Blicke.

»Nichts«, stammelte Anil. »Hör mal, ich weiß, es ist hart, aber ...«

»Du hast keine Ahnung davon, wie hart das ist«, rief ich verzweifelt. »Ihr Jungen werdet überall wie Könige behandelt.

Anand und Anil. Anand und Anil. Jeder will ständig wissen, wer ihr seid, was ihr tut. Ihr seid überall *everybody's Darling*; mit einem Fingerschnippen könntet ihr jede Frau heiraten, die ihr haben wollt. Erzähl mir also nicht, du wüßtest, daß es hart ist.«

Ich stand auf, ging in mein Zimmer und knallte die Tür hinter mir zu.

Der nächste Morgen verstrich, als wäre nichts geschehen. Als ich aus meinen Zimmer kam, richtete sich mein Vater vor dem Spiegel im Flur die Krawatte und wartete darauf, daß der Fahrer unten klingelte. Meine Mutter diskutierte am Telefon mit Tante Jyoti das Menü für ein bevorstehendes Abendessen, und meine beiden Brüder waren bereits auf der Arbeit.

Aus der Stereoanlage drangen Klänge von Flötenmusik und das Schnarren einer Zimbel, die mich sofort wieder schläfrig machten. Seit Stunden war durch das geöffnete Fenster das Hupen der Autos zu hören, und das Gekrächze der Krähen auf dem Sims ging mir auf die Nerven.

Nicht daß es an diesem Tag viel gebraucht hätte, mich in eine gereizte Stimmung zu versetzen. Ich hätte gern einen Freund angerufen, mich mit ihm zum Kaffee verabredet, ihm von Raju erzählt und davon, was geschehen war. Selbst Raju anzurufen überlegte ich, aber das wäre verrückt gewesen. Zudem war er vermutlich schon wieder auf seinem Weg nach London und zu seiner Freundin. Es gab somit also niemanden, bei dem ich mich hätte melden können, außer Sheryl, aber dann hätte ich bei einem Operator ein Ferngespräch anmelden und ewig warten müssen – was war das hier bloß alles umständlich.

Die *Jamandhar* wischte den Badezimmerboden mit einem hartborstigen Schrubber, nachdem sie den halben Inhalt ihres Metalleimers auf den Fliesen ausgeschüttet hatte und dann scheuerte und scheuerte. Diese Frau mit ihren drei fehlenden Zähnen, den schwieligen Händen und der runzligen Haut, die jeden Tag gebückt und auf Knien unzählige Badezimmer in diesem Gebäude putzte, selbst sie hatte es geschafft, jemanden für sich zu gewinnen.

»*Kuch kao*?« Das Frühstücksangebot des Kochs war verführerisch, und ich bat ihn, mir eine große heiße Schale mit *Kichidi* zuzubereiten – weicher weißer Reis mit Linsen, unter den etwas Joghurt gerührt und der dann mit gebratenen, knusprigen Teigbröseln bestreut wurde. Das war die richtige, Trost spendende Mahlzeit, der einstige Vorläufer von Häagen-Dazs-Eiscreme und das beste Mittel, um sich von einem chirurgischen Eingriff oder gebrochenem Herzen zu erholen.

Meine Mutter ließ sich bei ihrem Telefonat nicht stören, während ich allein in der Küche mein *Kichidi* löffelte und dabei das Indian Journal las. In einem Teppichgeschäft in der Nähe war gestern nacht eingebrochen worden, und der Reporter verpackte die Geschichte wie ein bollywoodeskes Drama.

Teppichraub nach gewagtem Einbruch am frühen Abend

Laut Zeugenaussagen sei der Täter etwa gegen neun Uhr abends vom Ort des Verbrechens verschwunden. Er habe furchterregend ausgesehen. Wenige Minuten später folgte ihm ein Transporter die Straße hinunter. Der Täter sprang auf, und der Wagen raste davon. Die Polizei glaubt, daß die Teppiche bereits in dem Wagen waren. Der Ladeninhaber, Mr. Mahir Shah, gab zu Protokoll, daß Dutzende von Teppichen gestohlen worden seien. »Das waren keine Profis«, sagte Mr. Shah. »Ich glaube, die Täter hatten Insiderinformationen, und ich werde noch heute mein gesamtes Personal anzeigen.« Der Polizei fehlt bislang jede Spur. Sie hat versprochen, nicht aufzugeben, bevor der Schuldige gefaßt und rechtmäßig verurteilt ist.

Pulitzer-Preis-verdächtiger Artikel«, murmelte ich lächelnd. In New York hätten Mr. Shahs Angestellte ihm zu diesem Zeitpunkt schon ein Dutzend Verfahren an den Hals gehängt.

Ich würde diesen Ort vermissen. Aber ich mußte einen Weg

finden, um für mich glücklich zu werden. Die Sache mit Raju hatte mich tief verletzt – tiefer, als ich meinen Eltern oder sonstwem gegenüber jemals mitteilen wollte. Es hatte bewiesen, daß ich trotz aufrichtiger Bemühungen und meinem Willen, zu gefallen, trotzdem ich mich nach allen Regeln der Kunst zurechtgemacht und mich »nach draußen« gewagt hatte, doch nicht den Mann für mich finden konnte. Meine Zeit in New York hatte mich verändert, mich strahlender und abgeklärter gemacht, und ich wollte mehr davon. Und was ich für mein Leben wollte, war wichtig, aber das war der Segen meiner Eltern auch.

Und dann hatte ich die Idee.

Leise schlüpfte ich aus dem Haus. Sofort fand ich den nächsten STD-Verschlag – winzige Zellen, die einem kleinen Lebensmittelladen angeschlossen waren oder an einer x-beliebigen Straßenecke für Leute errichtet waren, die zu Hause kein Telefon hatten. Die Augen vor der Sonne schützend, wartete ich geduldig, während der Mensch vor mir laut in den Hörer bellte, weil er von einer Frau in Ahmedabad wissen wollte, wann sie nach Hause käme. Als ich an der Reihe war, wischte ich die Sprechmuschel und den Griff des Telefons mit einem Taschentuch ab und wählte Sheryls Nummer.

Nach einem zwanzigminütigen Gespräch legte ich wieder auf und bezahlte. Danach rief ich den Astrologen Udhay an.

Drei Tage später kam ein FedEx-Paket bei uns an. Vorsichtig den Umschlag aufschlitzend, zog ich einen Stapel Papier mit den Informationen heraus, die nur Sheryl – Gott segne sie! – besorgen konnte. Darunter waren fotokopierte Zeitschriftenartikel, Listen mit Statistiken, die aus allen möglichen Quellen zusammengesucht waren, Namen und Zahlen und Altersangaben, die den strittigen Punkt belegten: daß ich nämlich in Amerika bessere Chancen hatte, einen netten Inder kennenzulernen als in Indien.

Pünktlich wie vereinbart rief Udhay an diesem Nachmittag an, um meine Mutter zu sprechen.

»Ich habe mir die Karten deiner Tochter noch mal angessehen«, sagte er nachdenklich. »Da isst wass im Busche. Die Zeiträume haben ssich verändert. Muß ich dir erzählen. Ich kann bei euch vorbeikommen. Schickst du mir einen Fahrer?«

Zwei Stunden später saß Udhay neben meiner Mutter auf unserer Couch, die astrologischen Karten und Almanache vor sich auf dem Tisch ausgebreitet.

»Bevor du anfängst«, sagte meine Mutter ruhig, »muß ich wohl feststellen, daß alles, was du uns vorher erzählt hast, falsch war. Du hast gesagt, daß ich für meine Tochter erst einen Jungen finde, wenn sie sechsundzwanzig wird. Jetzt ist sie aber fast achtundzwanzig. Du hast gesagt, daß, wenn sie Shivas Diät einhält und ihre Gebete spricht, ein guter Junge kommen wird. Sie hat so viel getan, *Bechari*, aber kein Junge weit und breit – kein guter, kein schlechter, niemand. Ich weiß, daß du es nicht in der Hand hast, Udhay-*ji*, aber vielleicht könntest du mir zur Abwechslung trotzdem mal etwas erzählen, was stimmt, oder?«

Udhay rutschte unbehaglich hin und her.

»Zunächst einmal, Leela-*Memsahib*, ssagte ich, *nach* ihrem ssechsundzwanzigsten Geburtstag, aber ich habe nicht gessagt, *wann* danach, *nah*? Ess könnte mit achtundzwanzig ssein, aber auch mit neunundzwanzig. Doch hör zu, mit Gottes Gnaden habe ich gesstern, als ich mir zufällig noch einmal die Karten deiner Tochter angessehen habe, etwas gefunden. Schau her.« Er zeigte auf eine Spirale, die er gemalt und hier und da mit Zahlen auf Sanskrit versehen hatte.

Meine Mutter schüttelte ihren Kopf.

»Das bedeutet, daß sie ihren gottgegebenen Mann nur findet, wenn ssie zu anderen Ufern aufbricht. Er ist von Überssee, und ssie kann ihn nur in Überssee treffen. Nicht hier. Er kommt nicht her. Ssie werden sich in einer großen Stadt mit vielen Autos und fremden Menschen um ssie herum begegnen. Aber er wird ein guter Junge ssein, ein netter Junge, auss Indien. Er wird dir gefallen. Aber dafür mußt du ssie erst gehen lassen.«

»Sie hat gesagt, daß sie nach *Umrica* zurückwill«, sagte meine Mutter leise. »Aber ihr Vater und ich wollen das nicht. Wir wollen sie nicht gehen lassen. Am Ende ist sie ganz verwöhnt, so alleine da drüben, viel zu viele Freiheiten. Sie war ja schon da, für mehr als ein Jahr. Aber nichts ist passiert. Kein Junge. Warum sollte man sie dann wieder ziehen lassen? Besser sie bleibt hier bei uns, wo wir ein Auge auf sie haben können, etwa nicht?«

»Ssie isst anders alss die anderen Mädchen«, sagte Udhay und lehnte sich zurück. »Also braucht ssie auch einen anderen Jungen. Sie isst nichts für diese Mama-Söhnchen. Ssie wird den Richtigen auf eigene Faust finden, und er wird auch eher der unabhängige Typ ssein. Ich ssehe das in ihren Karten; mit Gottes Gnade wird ssie ihn schon bald kennenlernen, wenn ssie weggeht, sich tummelt, indische Partys bessucht, aber mit ihren Gebeten und der Diät weitermacht. Inssbesondere Ganesh muß ssie anrufen. Genau, Ganesh hat bei ihren Karten eine große Bedeutung. Und dann, *bas*, kommt der Junge«, schloß er und klatschte in die Hände.

Mein Vater und meine Brüder kamen nach Hause, als Udhay ging. »*Namaste ji*«, sagte der Astrologe, faltete die Hände vor meinem Vater und huschte nach draußen.

»Warum war er hier?« fragte mein Vater meine Mutter später, wobei er sich die Socken abstreifte und sich die Füße rieb.

Still, aber skeptisch, hörte er sich ihren Bericht an und stieß vernehmlich atmend nur manchmal ein leises »Unsinn« aus.

Nach dem Essen brachte ich noch am selben Abend die Unterlagen auf den Tisch.

»Seht«, sagte ich und präsentierte ihnen die Fakten. »Wußtet ihr, daß es in New York Hunderte von indischen Bankangestellten gibt? Und Ingenieure? Und Geschäftsleute? Und das auch nicht nur in New York, sondern im ganzen Land? Seht her, sie haben ihre eigenen Geschäfte. Sehr erfolgreich, sehr gebildet. Seht doch.«

Das taten meine Eltern nicht. Statt dessen tauschten sie stumme Blicke aus, und mein Vater fing an, ein paar schwache Argumente über diese »Sorte Männer« vorzubringen, die wahrscheinlich der falschen Kaste oder Gesellschaftsschicht angehörten. Es gehe nicht darum, klärte er mich auf, einfach einen indischen Jungen zu finden, es müsse der *richtige* sein, »einer von uns«.

Meine Mutter seufzte und stupste meinen Vater in die Seite.

»Hör endlich auf, deinen Dickkopf durchsetzen zu wollen. Ist doch egal, ob der Junge aus ähnlichen Verhältnissen kommt. Solange er ein guter Junge ist, hm? Und Hindu. Wir sollten Gott Ganesha vertrauen und sie gehen lassen.«

Dritter Teil

9 Erstes Kapitel

»Wohin wäre es mit der Welt gekommen, wenn die Zeitungsspalten nur noch mit Meldungen über die neuesten Neonschlüpfer von Givenchy gefüllt wären?«

Lisa Armstrong in: *Front Row*

Du gewitztes Biest«, sagte Sheryl lächelnd und kopfschüttelnd, bevor sie ihre Augen schloß und den Schweiß ihre Stirn hinunterrinnen ließ. Wir genossen gerade unseren Post-Workout-Saunagang und vergnügten uns an der Tatsache, daß ich wieder in der Stadt war.

»Was denn?« erwiderte ich gespielt empört. »Was habe ich denn gemacht? Okay, ich habe einen Astrologen geschmiert und dich gebeten, mich mit ein paar unterstützenden Beweisen zu munitionieren – vielen Dank dafür übrigens. Aber was hätte ich sonst tun sollen? Andernfalls würde ich mich jetzt noch immer in unserer Wohnung in Bombay langweilen, *Parathas* essen und meine Familie anflehen, mich gehen zu lassen.«

»Deine armen Eltern. Sie haben vermutlich keinen Schimmer«, sagte Sheryl voller Mitgefühl.

»Ich fühlte mich schlecht, das kannst du mir glauben. Ich habe sie nicht gern hintergangen. Aber ich habe den Astrologen gefragt, ob mir etwas Unvorhergesehenes zustoßen würde, wenn ich zurückkäme, und er sagte nein, alles wäre in bester Ordnung.«

»Du hast ihn *bezahlt*, damit er dir das sagt!« Sie lachte. »Was hast du denn erwartet? Daß er plötzlich seine ehrliche Ader wiederentdeckt und dir die Wahrheit erzählt?«

»Ich sage doch bloß, er hat einfach nichts gesehen, was dagegen spricht«, erwiderte ich ernst. »Aber wie dem auch sei, jetzt bin ich wieder hier, daran gibt es doch wohl nichts zu deuteln, oder?«

Seit vier Tagen war ich zurück in New York, und nie hatte ich mich glücklicher gefühlt.

Nachdem ich mich mit einem Trick, auf den sich Sheryl in der Zukunft nur als den »ultimativen Beschiß made in India« beziehen würde, hierher katapultiert hatte, überzeugte ich Marion davon, ein H-1-Visum für mich zu beantragen – ein Begriff, der inzwischen zum Grundwortschatz in jedem Subkontinent gehört. Es würde etwas dauern, bis die ganzen Formalitäten erledigt waren, und ich mußte für sämtliche Kosten aufkommen, aber dann war ich wenigstens endlich ein Teil der arbeitenden New Yorker Bevölkerung – ganz legal und offiziell.

Später kehrte ich in mein Studio-Apartment zurück, das abends von zuckendem roten und gelben Licht durchflutet wurde, das von der Leuchtreklame einer Pizzeria gegenüber herrührte. Ich bewegte mich noch immer in einem vom Jetlag provozierten Nebel, konnte erst nicht richtig in den Schlaf finden, um dann um so tiefer in ihm zu versinken, bis ich von sinnlosen Träumen über Raju und Vikram, Saphire und Süßigkeiten geweckt wurde. In einer Ecke lag ein Stapel mit Zeitschriften, die sich während meiner Abwesenheit angesammelt hatten – US Weekly und der National Enquirer, doch das einzige, wozu ich noch in der Lage war, wenn ich abends nach Hause kam, war, mir im Fernsehen die Wiederholungen des Tages anzusehen und Selbsthilfebücher zu lesen. Ich nannte diese Zeit meine »Oprah-Choprah-Stunde«.

Gleichwohl war es eine enorme Freude, wieder hier zu sein. Jeden Morgen um sieben fuhr ich senkrecht aus den Kissen, wenn die Reinigungsfahrzeuge draußen an den Bürgersteigen entlangdröhnten, und sah Katie Coutric schlaftrunken dabei zu, wie sie mir die neueste High-Tech-Hörhilfe vorstellte. Ich liebte das Gefühl der Wassertropfen auf meiner Haut, wenn ich duschte, die flauschigen Handtücher, die vom örtlichen *Dhobi* nicht auf Reibeisenniveau gestärkt worden waren, die Art, wie ich einfach in meine ungebügelten Hosen, ein T-Shirt und meine Lieblingssandalen – die mit dem weißen Gänseblümchen obendrauf – schlüpfen und zur Arbeit gehen konnte. Es war okay, daß ich Klamotten trug, die meine Oberarme nicht verhüllten und manchmal vielleicht sogar den Blick auf einen BH-Träger ermöglichten. Jeden Morgen legte ich bei Gabe's, einem Coffee Shop um die Ecke, einen Zwischenstop ein und kaufte mir einen Cappuccino und einen Bagel, den ich in der Subway verschlang, während ich die New York Times las. Um neun saß ich an meinem Schreibtisch, telefonierte mit Redakteuren, verkaufte Ideen, organisierte Photo-Shootings. Und ich konnte eine Pressemitteilung schreiben, ohne auch nur einmal auf die Floskel »klassisch, aber mit dem gewissen Etwas« zurückgreifen zu müssen. Das, dachte ich, war ein ganz großer Schritt nach vorn, nicht nur, was meine eigene Karriere betraf, sondern für den Bereich des Modejournalismus insgesamt.

»Du hast es also zurückgeschafft. Ich muß zugeben, daß ich da so meine Zweifel hatte«, sagte Marion einige Tage nach meiner Ankunft während eines Geburtstagsessens für Erin. »Ich hätte wetten können, sie würden dich gegen deinen Willen verheiraten, und irgendwann hätte ich dann mal eine Postkarte aus deiner neuen Heimat in Pakistan oder wo auch immer von dir erhalten. Aber ich muß auch sagen, daß ich froh bin, dich zu sehen. Hier im Büro war es nicht dasselbe ohne dich.«

Ich strahlte sie an. »Wirklich?« Wow. Mit Ausnahme meiner Eltern hatte mich noch nie zuvor jemand vermißt, und die zählten an der Stelle nicht.

Wir tranken Prosecco – Marion behauptete steif und fest, eine absolute Antialkoholikerin zu sein, und nur zum Geburtstag eines Mitarbeiters oder zu anderen besonderen Anlässen ein Gläschen mitzutrinken, die sich allerdings häuften. Ich hatte den Eindruck, die Luftbläschen stiegen mir direkt in den Kopf und platzten dort. Ich stieß einmal leise auf, bevor ich weitertrank.

»Ich hatte eine schöne Zeit zu Hause. Bin auf dieser beeindruckenden Hochzeit gewesen. Von Vikram, dem Freund meines Bruders, und einem Mädchen namens Mira. Die haben in einer Woche zehn Partys gegeben. Der Vater der Braut wollte zeigen, daß er Geld hat. Er hat noch eine jüngere Tochter, müsst ihr wissen, also hat er gehofft, daß sich jemand, ermuntert von den Scheinchen Bares, mit denen er um sich warf, um sie bemüht.«

»Und, gab es jemanden?« fragte Erin.

»Ich glaube nicht. Sie ist erst siebzehn und hat schiefe Zähne, das arme Ding. Ich denke, ihre Eltern werden sie erst zu einem Zahnchirurgen schicken, aber sie haben Angst, daß ihre Tochter trotzdem einfach nicht will, so wie ich, wißt ihr?«

Ich kicherte. Ich hatte so unendlich viel Spaß. Niemals könnte ich daheim so reden.

»Du mußt ja wirklich so was von unnormal sein, Darling«, behauptete Milo wagemutig. »Armer, kleiner Schatz. So allein in der großen, bösen Stadt. Kein Mann, nur Daddys Geld, das dich nachts ruhig schlafen lässt«, sagte er hinterhältig.

Marion ignorierte ihn und sprach weiter mit mir.

»Nun, wir sind wirklich glücklich, daß du wieder da bist. Und ich möchte dich bitte daran erinnern, daß es an der Zeit ist, die alten Muster und Denkstrukturen über Bord zu werfen und herauszufinden, wofür du wirklich auf dieser Welt bist, was deine spirituelle Herausforderung in diesem Leben ist.« Ihre Tage als Rebirtherin lagen noch nicht allzulange hinter ihr, was man heute, wie sie dort so in ihrem schlichten grauen Jil-Sander-Anzug stand, kaum glauben mochte.

»Du stehst deine eigene Frau, meine Gute. Ein Mann wird dich niemals vervollständigen, und eines Tages wirst du das begreifen. Du wirst deinen Platz in der Welt finden, ob mit oder ohne Angetrauten. Wenn es zur Ehe kommt, Spitze. Aber glaub nicht, daß es allein darauf ankommt im Leben, okay?«

»Wie inspirierend«, höhnte Milo.

Ich sah mich um. Marion war zweimal geschieden. Erin, die

zweiunddreißig war, hatte seit einem Jahr kein vernünftiges Date mehr gehabt. Milo war so verbraucht wie ein alter Dollar-Schein und phantasierte ständig, sich in einen scharfen Heteromann zu verwandeln. Kris trennte sich gerade. Linda hatte vergangene Woche herausgefunden, daß ihr langjähriger Freund eine Affäre hatte und mußte sich wegen eines Nervenzusammenbruchs beurlauben lassen. Ich sollte entmutigt und niedergeschlagen sein, aber das war ich nicht. Vielleicht lag es am Prosecco, aber ich fühlte mich stärker und fester als je zuvor in meinem Leben.

Sheryl hatte mich einmal gefragt, was mich ausmachte, und ich hatte darauf keine Antwort gewußt. Jetzt hatte ich sie gefunden: nicht meine Eltern, nicht mein Verlangen nach einem Ehemann, und auch meine altmodischen religiösen Rituale waren es nicht. Ich würde mich über die Arbeit definieren, die ich tat, die Menschen, mit denen ich befreundet war, und über den Einfluss, den beides auf meine kleine, glückliche Welt haben würde.

Nach Paris? Ich? Wirklich?« japste ich glücklich.

Marion hatte mich in ihr Büro gerufen und mir diese wunderbare Neuigkeit eröffnet. Einer unserer neuen Kunden, der angesagte Designer Len Maverick, hatte soeben die Rükkendeckung eines multinationalen Unternehmens bekommen und würde auf die Mutter aller Modenschauen gehen, die Jahrhundertparty in der Stadt des Lichts besuchen. Jemand aus der Agentur sollte ihn begleiten und die Handvoll amerikanischer Journalisten betreuen, die aus diesem Anlaß mit ihm rüberflogen.

Drei Wochen später stand ich vor dem Check-in-Schalter von Air France am Flughafen JFK. Ich eskortierte Len Mavericks VIPs: Anastasia, Jilly, Rose und Penny, alles Redakteure von New Yorks prestigeträchtigsten Magazinen. Ausnahmslos waren sie blond, klapperdürr und in reisefreundliches Schwarz gekleidet. Sie alle gaben die Küsschen-Küsschen-Nummer, als sie am Counter eintrafen, warfen sich aber kritisch prüfende Blicke zu, wenn niemand hinsah.

»Pfefferminz gefällig?« bot Jilly an. Sie wurde oft die Silly-Jilly genannt, insbesondere nach ihrem peinlichen Auftritt in einer der meistgesehensten Fernseh-Quizshows, als sie das Iwo-Jima-Denkmal mit einem genialen japanischen Restaurant in SoHo verwechselte.

Die Frauen hofften eine wie die andere, daß sie nicht nebeneinandersitzen mußten. Es kam nicht jeden Tag vor, daß sie erste Klasse flogen, und ganz gewiß wollten sie sich diese Erfahrung nicht dadurch vermiesen lassen, daß sie sich die ganze Zeit miteinander unterhalten mußten. Nein, sie wollten sich an dem Gratis-Champagner schadlos halten, den Film sehen und davon träumen, eines Tages die Vogue zu übernehmen und dann jede Woche mit der Concorde fliegen zu können.

An Bord ging ich die Notizen für die Vorbereitung und die Sitzordnung noch einmal durch. Für mich war das eine enorme Verantwortung, all die amerikanischen Gazetten für den ersten Auftritt des Designers in Paris im Blick zu behalten; Pressemitteilungen mußten verteilt, Photo-Shootings organisiert, Interviews koordiniert werden, und dann wollte dieses kleine Aufgebot an aufgescheuchten Hühnern die nächsten Tage auch noch unterhalten werden. Während das Flugzeug sich scheinbar schwerelos in die Lüfte erhob, sah ich aus dem Fenster und fühlte zum allerersten Mal, daß ich vielleicht erwachsen geworden war.

Ach, beim Einchecken im Hotel spielten sich die üblichen Dramen ab. Ein Zimmer war noch nicht fertig, ein anderes kleiner als die anderen, die Mädels waren zickig, weil sie müde und gereizt waren und den roten Teppich vermißten.« Ich hatte Marion für eine Lagebesprechung angerufen und erzählte ihr, was sich in den vergangenen zwölf Stunden zugetragen hatte.

»Ich weiß, es ist frustrierend«, beschwichtigte sie mich.

»Aber du mußt sie ein bißchen verhätscheln. Sie wollen sich als jemand Besonderes fühlen, so wichtig wie die Promis, über die sie schreiben. Versuch, dich einfach in sie reinzudenken und vorwegzunehmen, was sie brauchen, okay?«

»Sicher, wie du meinst«, seufzte ich. Es war Zeit, aufzulegen. Ich mußte noch duschen und mich auf das Treffen mit Len Maverick vorbereiten.

Er wartete unten auf mich, ein schlaksiger, vielleicht sogar akrobatischer Typ, der ganz in Weiß gekleidet war und seinen Kahlkopf so glattrasiert hatte, daß die Lichter des Kronleuchters über uns sich auf seiner Glatze widerspiegelten.

»Hallo, Honey, wie schön, dich zu sehen«, sagte er. »Hattet ihr einen guten Flug?«

Mit den blinkenden Silberkreolen in seinen Mr.-Spock-gleichen Ohren und den strahlendweißen Zähnen, die durch die gesamte Lobby zu blitzen schienen, hatte er etwas von einem Piraten. Aber Milo, der augenscheinlich schwer in den Designer verliebt war, behauptete steif und fest, er sei »ein Sweetie«. Er müsse nur richtig behandelt werden.

»Und, was hast du für Pläne für die amerikanische Presse?« fragte er, als wir uns in einer Ecke der Lobby niedergelassen und uns einen Kir Royal bestellt hatten. »Das ist eine Riesensache, Honey, das weißt du«, fuhr er fort. »Da darf nichts schiefgehen. Die Journalisten müssen sich wohl fühlen und sich vor Lob überschlagen. Du verstehst, was ich meine? Andernfalls wird jemand zur Rechenschaft gezogen.« Er sah mich kühl an.

»Ich verstehe, Mr. Maverick, Sir, aber was passiert, wenn ihnen Ihre Kollektion einfach nicht gefällt?«

Für einen Moment versteifte er sich, dann huschte ein Lächeln über sein Gesicht. »Ha, eine PR-Frau mit Humor. Das finde ich gut. Da hast du mir doch tatsächlich für eine Sekunde einen Schrecken eingejagt, Honey. Ich dachte schon, Marion hätte mir ein naives Greenhorn geschickt«, sagte er. »Du stehst in der Pflicht, auf deinem Feld alles zu geben, meine Liebe. Gib den Mädchen, was immer sie wollen. Wenn du merkst, daß sie sich bei einem bestimmten Stück aus der Kollektion kaum halten können, gehört es ihnen, verstehst du? Das ist mein Debüt, und die neue Firma wird sich das alles sehr genau ansehen. Ich habe also nicht vor, es zu vermasseln. Sie müssen großartige Dinge schreiben, und dafür stehst du gerade.«

In der Nacht tat ich kein Auge zu. Zum einen steckte ich noch im Jet-Lag. Dann ließ mich der Gedanke an meine Eltern nicht los, mit denen ich kurz vor meinem Abflug aus New York gesprochen hatte und die verständlicherweise besorgter waren als gewöhnlich. Nun flog ihre Tochter schon wieder in ein komisches Land, stieg allein in einem Hotel ab und war weiß Gott welchen Gefahren ausgesetzt. Was, wenn mich ein Bekannter ertappte?

»Ma, niemand wird mich sehen«, beruhigte ich sie. »Ich glaube nicht, daß einer deiner Freunde nach Paris auf eine Modenschau fährt. Sei ganz ruhig, ja? Ich bin nur für ein paar Tage weg und dann wieder in New York.«

»Kommt das jetzt häufiger vor?« insistierte mein Vater schroff, der den Hörer übernommen hatte. »Sollte das der Fall sein, kannst du deiner Chefin nämlich gleich sagen, daß du dafür nicht in Frage kommst. Ich werde nicht erlauben, daß du ganz allein hierhin und dorthin durch die Weltgeschichte turnst. Hast du mich verstanden?«

»Ist schon gut, Dad. Es ist eine Ausnahme. Wirklich.«

Ein ums andere Mal wiederholte ich das Gespräch im Geiste, während ich gegen die von der Anspannung und Aufregung verursachte Schlaflosigkeit anzukämpfen versuchte. Zudem waren da noch Len Mavericks für meinen Geschmack ziemlich überzogene Vorstellungen. Selbst mit meinen begrenzten Erfahrungen in der Modebranche wußte ich, daß wir PR-Leute den Journalisten nicht diktieren konnten, was sie schreiben sollten, es sei denn, man hatte sie wirklich gekauft – und das würde hier garantiert nicht passieren. Gleichwohl erkannte ich eine Drohung, wenn ich eine hörte, und sollte ich die Nummer nicht sicher nach Hause bringen, würde Marion den Etat von Maverick aller Wahrscheinlichkeit nach verlieren, was fatal wäre, erst recht, wenn sich herausstellte, daß er auf dem Weg war, international Karriere zu machen.

Bislang jedoch lief alles bestens. Ich hatte Lens Einzelinterviews mit den Mädels perfekt organisiert, und sie hatten sich tatsächlich an die vorgegebenen Zeiten gehalten, was einem kleinen Wunder gleichkam. Die Journalistinnen waren allesamt hin und weg von Lens prachtvoller Suite im The Bristol gewesen. Um die delikate Interviewsituation nicht zu stören, hatte ich mich in einen benachbarten Raum zurückgezogen, von dem aus ich Zeuge der begeisterten »Aaahs!« und »Ooohs!« werden durfte, die die Frauen ausstießen, als Len sich dazu herabließ, ihnen vorab ein paar Einzelteile zu zeigen und ihnen damit das Gefühl zu geben, in den erlauchten Kreis Auserwählter aufzusteigen. Ich hörte das leise Kichern der Mädchen, das auf die kleinen, spitzen Anekdoten folgte, die Len aus der Branche zu erzählen wußte und bei jedem Interview wiederholte, wodurch sich die Angesprochenen noch mehr in der Rolle der Insiderin mit Herrschaftswissen gefielen. Bruchstückartig drangen die Schlagworte der Unterhaltung zu mir durch: »Inspiration ... Stil ... Gegenentwurf ... Romantik ... Modernität ... Pariser Schick ... New Yorker Kommerz ... kreativer Spirit ...«, bis ich von all den Hülsen die Nase voll hatte und mich lieber an der Minibar schadlos hielt. Am Ende bekamen die Journalistinnen einen Kuß auf die Wange, was jede von ihnen, fest davon überzeugt, sie sei die einzige gewesen, in Entzücken versetzte. Und allen war am Morgen zusammen mit einem handgeschriebenen Kärtchen eine in voller Blüte stehende weiße Rose – schließlich war Weiß seine Farbe – auf ihr Hotelzimmer geschickt worden. Ich war mir sicher, daß sie das Kärtchen fein säuberlich in ihr Filofax gesteckt hatten, um es zu Hause ihren Freunden zu zeigen. Daß sie später noch mit einer weiteren Kostbarkeit rechnen durften – vielleicht ein Flakon seines neuen Parfüms mit dazu passendem Badesalz und Duschgel oder ein Handtäschchen aus weißem Krokodilleder, das zum Muß der Saison avancieren würde –, war ihnen ebenfalls klar; es würde etwas Unverwechselbares sein, soviel stand fest.

Erleichtert, daß Top 1 des Projekts Len Maverick glatt über die Bühne gegangen war, erwartete ich die Mädels nun an einem Tisch, den ich im L'Avenue für uns gebucht hatte. Danach hätten sie den Nachmittag zur freien Verfügung – den sie hoffentlich für einen Besuch in der nahegelegenen Boutique von Len Maverick nutzen würden, in dem ihnen dreißig Prozent Rabatt gewährt wurde –, bevor sie sich für die Präsentation am Abend und den anschließenden Post-Defile-Cocktail fertigmachen mußten. Ich hatte mich bereits mit Javay, Lens Pariser PR-Frau mit dem feuerroten Haar, getroffen und mir nach hitziger Diskussion meine vier Plätze in der Mitte der ersten Reihe gesichert.

»Sicher, aber sieh mal, Len Maverick ist Amerikaner, und es steht außer Frage, daß unsere Top-Journalistinnen in der ersten Reihe sitzen müssen«, beharrte ich. »Ich denke, das wirst du verstehen. Wenn Yves Saint Laurent nach New York käme, wäre es umgekehrt doch genauso.«

»Das wüürde är nie tun«, erklärte Javay mit ihrem französischen Akzent beinahe angewidert. »Aber *bon*, isch gebe dir die Plätze. Seid pünktlisch, sonst bekommt sie Madame Figaro.«

Wenn man erst einmal realisiert hatte, wie die Mädels tickten, konnte man eine Menge Spaß mit ihnen haben, stellte ich bei einem weiteren Glas Cabernet zufrieden fest. Ja, sie wurden mir jetzt, wo sie mit ihrem Champagnercocktail versorgt waren und auf ihr Tartarsteak – die Spezialität des Hauses – warteten, sogar annähernd sympathisch.

»Du bist also Vegetarierin?« fragte Anastasia, nachdem ich einen Teller mit gedünsteten Karotten, Broccoli und Spinat bestellt hatte. Nicht gerade das originellste Gericht, aber neben Pommes frites so ziemlich das einzige, was die französische Küche hergab.

»Nicht wirklich. Ich esse Fisch und Huhn, aber heute ist

Montag, und unter religiösen Gesichtspunkten ist das ein besonderer Tag, an dem kein Fleisch erlaubt ist. Alkohol übrigens auch nicht, aber ich denke, daß ich mir diesen kleinen Regelverstoß heute erlauben darf«, sagte ich kichernd. Genauer gesagt, hätte ich den ganzen Tag fasten müssen, aber ich fühlte mich so unbeschwert, außerdem hatte ich Hunger, und, meine Güte, ich war in Paris!

Jedenfalls war diese Bemerkung Ausgangspunkt einer angeregten Diskussion über meine religiös bedingte Selbstbeschränkung und wie ich durch sie schließlich den Mann finden sollte, mit dem ich meine Eltern glücklich machen konnte.

»Oho!« verkündete Penny plötzlich. »Da habe ich jemanden für dich. Er muß Inder sein, stimmt's? Nun, ich kenne da einen wirklich netten Mann in New York.«

»Ach ja?« entgegnete ich.

»Ja, er ist wirklich ein Goldstück. Sehr höflich. Und ich meine, er hat mir vor nicht allzu langer Zeit erzählt, daß seine Eltern ihn lieber wieder in Indien sähen, um eine Frau für ihn zu finden. Das wäre doch perfekt!«

»Woher kennst du ihn?« fragte ich sie und vermutete, daß er ein Kollege von Pennys Freund aus der Bank war, was ich allemal akzeptabel gefunden hätte.

»Er ist der Fahrer des Shuttle-Services, von dem ich mich immer zum Flughafen bringen lasse.«

Wortlos sah ich sie an.

»Er fährt ausgezeichnet«, fügte sie hinzu und drückte das Eidotter in die Mulde ihres Tartars.

Nach dem Essen gingen wir zusammen shoppen. Bei Manolo Blahnik konnte ich mich einfach nicht zwischen den türkisfarbenen Wildlederschuhen mit Plateausohle und den limettengrünen Stilettos entscheiden.

»Nimm beide«, schlug Penny vor.

»Ich kann mir aber nur ein Paar leisten«, wandte ich ein.

»Wie gemein«, sagte Penny, »denn hier hast du echt die Qual der Wahl.«

Gerade Penny war es dann, die nichts weiter sagte, als ich an diesem Abend vor der Show die Lobby betrat. Während die Journalistinnen sich ausnahmslos für Schwarz entschieden hatten – Röhrenhose hier, trägerloses Top da – hatte ich mich für einen bestickten weißen Sari mit breiter, silberner Bordüre entschieden. Um den Hals trug ich eine feingearbeitete, traditionelle Diamantkette mit den dazu passenden Hängeohrringen. Den ganzen Nachmittag hatte ich hin und her überlegt, ob die indische Tracht das richtige wäre – schlußendlich hatte ich einen Geschäftstermin wahrzunehmen. Zudem hatten mir Lens Leute eingebleut, zwar »Weiß zu tragen«, am besten aber »einen Hosenanzug und am allerbesten einen aus seiner Kollektion«. Doch Len war ein Neukunde für uns, und ich hatte noch nicht die Zeit gehabt, mich entsprechend einkleiden zu lassen, also mußte es so gehen. Außerdem, sagte ich mir, repräsentierte ich einen New Yorker Designer und damit auch die Stadt als kulturellem Schmelztiegel – und was repräsentierte den internationalen Glamour besser als ein umwerfender Designer-Sari?

»Du siehst gut aus«, sagte Anastasia mit einem halb überraschten, halb neidischen Ausdruck auf ihrem hübschen Gesicht.

»Danke«, antwortete ich selbstbewußt. »Ihr seht aber auch fabelhaft aus. Wollen wir gehen?«

Wie ein Prozessionszug auf dem Weg zur Beerdigung marschierte mein Quartett nach draußen, wo eine Stretch-Limousine auf uns wartete. Penny, die neben mir saß, begutachtete das aufwendig gearbeitete Muster meiner Diamantkette, die sich eng an meinem Hals entlangschlängelte. »Schöner Schmuck«, sagte sie. »Gute Idee, sich so was auszuleihen. Wo hast du ihn her – von Cartier oder Bulgari?«

»Weder noch«, sagte ich und grinste.

Trotz meiner eigenen, relativ weitreichenden Erfahrung in Sachen Pomp war der Besuch einer Pariser Modenschau doch ein Kulturschock. Ich würde sagen, ein alter Ziegenhirt aus Bihar hätte sich ähnlich gefühlt, wenn man ihn in Disneyland ausgesetzt hätte.

Atemberaubender Prunk war mir von den diversen indischen Hochzeiten in allen möglichen Spielarten hinlänglich bekannt, aber dergleichen hatte ich noch nie zuvor gesehen.

Allem voran muß gesagt werden, daß Len Mavericks Leuten der Geniestreich gelungen war, die Präsentation am Fuß des Eiffelturms durchzuführen. Hellerleuchtet und von majestätischer Schönheit gab er einen unvergleichlichen Hintergrund ab.

Der Laufsteg selbst lag im Dunkeln, aber die Lampen, die über den Tausenden von Sitzplätzen montiert waren, erhellten Reihe für Reihe den Platz bis hin zu dem Monument. Jeder Stuhl war mit weißem Damast bezogen, und auf jedem Sitz lag eine sorgfältig drapierte Tulpe. Die Gäste der ersten drei Reihen bekamen zusätzlich eine Tüte, die mit ein paar netten Giveaways aus Lens Produktpalette angefüllt war: ein kleines Fläschchen seines neuen Parfüms »Blanc«; ein schmaler Lackkugelschreiber, in den in silbernen Buchstaben die Initialen »LM« eingraviert waren; eine Sonnenbrille mit einem Gestell aus weißem Horn, die in einem schneeweißen flauschigen Säckchen steckte, und das Ganze war dann noch mit platinfarbenen Bändern umwickelt.

Eine weißgekleidete Platzanweiserin geleitete uns zu unseren Sitzen, die – Javay hatte Wort gehalten: erste Reihe, Mitte – ganz eindeutig die besten überhaupt waren. Jilly, Anastasia, Penny und Rose schienen mit nichts Geringerem gerechnet zu haben.

Während ganze Hundertschaften von Fotografen ihre Stative auf einem Podium direkt hinter uns aufbauten, hatte sich eine Handvoll Paparazzi an einer Seite bis zum Laufsteg vorgekämpft, die, sich gegenseitig zur Seite drängelnd, verzweifelt auf den Auslöser drückten. Ihre Aufmerksamkeit galt Tara Night, einer phantastischen Hollywood-Schauspielerin, die in ihrem Privatjet extra für dieses Event eingeflogen worden war. Ihr Attraktivitätsfaktor war in diesem Moment kaum noch zu überbieten. So posierte sie verführerisch vor den Kameras – schlug das rechte ihrer gazellengleichen Beine über das linke, dann wieder das linke über das rechte, streckte ihre saftigen Brüste heraus – und machte gleichzeitig den Eindruck, als würde sie die Motivhäscher gar nicht bemerken.

Von meinem hervorragenden Aussichtspunkt im Gang aus überblickte ich die Menge und bemerkte, wie die Leute in den begehrten vorderen Reihen sich gelangweilt, wenn nicht latent aggressiv umschauten. All die Salonlöwen, Semi-Prominenten und machthungrigen Modejournalisten waren es gewohnt, jemanden, mit dem sie sprechen wollten, einfach mit einem schnellen »Hallo, wie geht es Ihnen?« anzusprechen, ohne die Antwort abzuwarten. Mich erinnerte dieses Gebaren an soziale Hierarchien, die ich auch aus Bombay kannte.

Um mich herum herrschte rege Betriebsamkeit. Die Produzenten der Show – an ihren identisch weißen Anzügen und den passenden Kappen leicht zu erkennen – machten Gesichter, als hätten sie gerade eine Staatskatastrophe abzuwenden, so geschäftig rannten sie die Gänge rauf und runter, blätterten die Unterlagen auf ihren Klemmbrettern durch, sprachen in winzige Mikrophone an ihren Headsets oder in Walkie-talkies. Aus unsichtbaren Lautsprechern wurden die Gäste mit der Musik vom neuen Album der Red Hot Chili Peppers beschallt, während Maverick und seine Lakaien hinter der Bühne die letzten Vorbereitungen trafen. Die Show hätte schon vor einer halben Stunde beginnen sollen, aber eine Verspätung war immer Teil dieses organisierten Dramas – es erhöhte die Spannung.

Dann fiel mein Blick auf Willa Strand, die etwas verloren in einem der Gänge stand. Ich erkannte sie von Fotos aus der Vogue und der New York Times. Sie war seinerzeit die einflußreichste und arroganteste aller Modejournalisten gewesen, bis man sie kaltgestellt und schließlich ganz fallengelassen hatte, nachdem herausgekommen war, daß sie sich ihre Coverstorys von den Markenhäusern teuer bezahlen ließ. Das hatte zur Folge, daß sie heute kaum mehr war als ein trauriges, fünfundsechzigjähriges Branchenrelikt. Vor Jahren hatten ihr die besten Designer der Welt zu Füßen gelegen. Heute redeten sie noch nicht mal mehr mit ihr. Ganz sicher hatte sie für diese Präsentation keine Einladung erhalten – ich hatte vor einer Weile mitbekommen, wie Milo schnippisch bemerkte, daß Willa Strand nicht die Briefmarke wert war, die man hätte auf den Umschlag kleben müssen. Irgendwie hatte sie es aber dennoch geschafft, sich reinzuschummeln. Ich beobachtete, wie einer der Platzanweiser Willa bei der Hand nahm – wie jemand, der seine Großmutter durch einen überfüllten Markt schleuste –, bevor er sie plötzlich allein im Gang stehenließ. Sie tat mir leid.

»Entschuldigen Sie, Ms. Strand«, sagte ich, als ich fast bei ihr war. »Sie sehen etwas verloren aus. Ich arbeite für Len Mavericks PR-Agentur. Darf ich Sie zu Ihrem Platz bringen?«

»Ich habe keinen«, zischte Willa. »Ich habe alle diese Leute jahrelang unterstützt, und dann werde ich so behandelt! Können Sie sich vorstellen, daß ich noch nicht einmal eine Einladung bekommen habe? Sie muß in der Post verlorengegangen sein. Wenigstens war draußen jemand so nett, mich hereinzulassen, aber allen Ernstes, er meinte, ich müßte auf einen der Stehplätze. Was für eine Beleidigung! Wer das wohl verzapft hat!«

»Es tut mir leid, das zu hören«, stammelte ich, »aber lassen Sie mich sehen, was ich tun kann.«

Ehrlich gesagt, ich hatte hier absolut nichts zu sagen. Ich war allein für die vier Frauen zuständig, mit denen ich angereist war. Aber als guter Hindu hatte ich größten Respekt vor der Karmalehre – sieh tatenlos zu, wie ein Mensch schlecht behandelt wird, und dir kann das gleiche passieren, entweder in diesem Leben oder im nächsten.

Trotzdem wußte ich nicht, wo ich mir Hilfe holen konnte. Die Veranstaltung sollte gleich losgehen – ein paar Männer rollten schon die Plastikplanen vom Laufsteg, was darauf hindeutete, daß Len Maverick mit einer Stunde Verspätung endlich bereit war anzufangen. Indem ich die Sitzreihen eine nach der anderen mit den Augen absuchte, fiel mein Blick in der Mitte der fünften Reihe schließlich auf einen freien Platz. Ich winkte Willa zu mir herüber.

»Dort«, sagte ich und schob den *Pallav* meines Saris wieder hoch, der mir ein Stück von der Schulter gerutscht war. »Setzen Sie sich dorthin. Der Platz ist vielleicht nicht so gut, wie Sie verdient hätten, aber er ist der beste, den ich Ihnen bieten kann«, sagte ich und schubste die einstige Grande Dame vorsichtig in die angezeigte Richtung.

Hinten standen mindestens hundert Leute dicht an die Absperrung gedrängt und hofften, einen Blick auf das Spektakel zu erhaschen. Es waren Designstudenten, Journalisten kleinerer Blätter, von denen noch nie jemand gehört hatte, Freunde von Mavericks Assistenten. Aber trotz ihres Dritte-Welt-Status machten sie mir einen bedeutend zufriedeneren und engagierteren Eindruck als die hartgesichtigen Redakteure in den Frontreihen. Es waren Menschen, die sich auch über eine Einladung mit Stehplatz freuen konnten wie die Kinder, die darauf vorbereitet waren, stundenlang draußen zu warten, bevor sie reingelassen wurden – für mich waren sie die wahren Modeteufel, diejenigen, die die guten Plätze verdienten. Die Karteninhaber in den vorderen Reihen sahen aus, als würden sie der Welt mit ihrer bloßen Anwesenheit einen enormen Gefallen tun.

Ich raffte meinen Sari und bahnte mir den Weg zu meinen Damen just in dem Moment, als die Lichter ausgingen.

Zu Klängen, die sich wie ein *Punjabi-Bhangra* vermischt mit schrill verfremdeten lateinischen Gesängen und altem Jazz anhörten, betrat eine schlangenartig anmutende Gestalt den Laufsteg, deren Haar sich so hoch türmte, daß es sie gut und gern einen halben Meter größer scheinen ließ. Ihre leuchtenden Augen waren von schwarzem und silberfarbenem Glitter umrahmt, und ihre ultra-glänzenden Lippen reflektierten den Schein der grellen Spots über ihr. Ihr Körper war in einen weißen Ledermantel gehüllt, der so weich aussah, als sei er aus feinster Gaze gesponnen, und so lang war, daß er den Laufsteg berührte, als das Model ihn hinabstolzierte. Ich sah auf meine

Notizen und las, daß das Material so etwas wie »gestanztes Kalbsleder« sein mußte.

Oh weh, das arme Ding, dachte ich und stellte mir das von den Hindus so verehrte Tier vor, das dafür seine Haut geben mußte.

Ich wandte meine Aufmerksamkeit wieder dem Laufsteg zu, auf dem inzwischen eine Parade knochendürrer Mädchen Einzug gehalten hatte, von denen eins schöner war als das andere und die das Parkett zudem in atemberaubend verführerischen Kleidern abschritten. In den nächsten zwanzig Minuten gab es nur mehr das: fesselnde Rhythmen, Schlaglichter, die auf den Laufsteg gerichtet waren, als wenn nichts sonst im Universum zählte, und die himmlischen Kleider, die Len Maverick entworfen hatte. In diesen zwanzig Minuten war ich wie hypnotisiert, trunken vor Dankbarkeit, Teil dieser Welt zu sein, und hoffend, eines Tages eine noch tragendere Rolle in ihr zu spielen. Kein Wunder, daß die Leute aus der Modebranche nichts anderes machen wollten – wohin sollte man gehen, wenn man einmal diese Magie kennengelernt hatte?

Dann war das Spektakel – für meinen Geschmack zu schnell – zu Ende, und Maverick betrat den Laufsteg, müde, aber mit einem triumphalen Lächeln, seinen dünnen Arm um die Vierzig-Zentimeter-Taille eines seiner Models gelegt. Das Publikum applaudierte johlend und wertschätzte die Präsentation mit Standing ovations. Selbst mit meiner begrenzten Erfahrung wußte ich, daß diese Art von Begeisterungsstürmen selten war – speziell bei einem amerikanischen Designer, der zum ersten Mal die Pariser Bühne betrat. Diese Sache würde morgen in allen Zeitungen stehen. Ich konnte Len Maverick nur danken, daß er mir die Arbeit quasi abgenommen hatte.

Als er am äußeren Ende des Laufstegs angelangt war, warf er mir und meinem Quartett eine Kußhand zu – eine Geste der Achtung und Anerkennung, die uns mit wahrer Glücksseligkeit erfüllte. In diesem Spiel schlugen Funken, die sich entzündeten. Wenn meine Leute zu Hause mich doch jetzt bloß sehen könnten.

Eine Stunde später, die wir in erster Linie eingekeilt zwischen unzähligen Autos im Stau verbrachten, kamen meine vier Grazien und ich im Spiro an, einem hippen neuen Club, den wir für die After-Show-Party angemietet hatten.

Wir waren kaum dort, da wollte ich schon wieder gehen. Die Musik war so laut, daß ich meinte, mir würde gleich das Trommelfell platzen. Und wenn die Leute aus der Branche auch von nicht viel mehr als von Mode eine Ahnung hatten, so wußten sie doch ganz sicher, wie man sich eine Zigarette, wenn nicht fünfzehn zugleich, anzündete; wirklich jeder im Raum ließ ständig sein Feuerzeug schnappen. Der Rauch brannte mir in den Augen, und ich sah mich schon mit einem Lungenkatarrh im Bett liegen. Trockener Martini war der Drink des Abends, und in jedem Glas tanzte ein Zahnstocher, an dem eine Silberzwiebel anstelle der klassischen Olive steckte – ein Tribut an Maverick, da gab es keinen Zweifel. Die samtroten Sitzmöbel waren zur Seite geräumt und extra für diese Nacht durch weiße Seidensofas ersetzt worden, und die Tanzfläche war mit Silberstaub bedeckt.

»Jetzt haben wir langsam aber auch genug Weiß gesehen, oder?« brüllte ich Penny ins Ohr, aber die war viel zu vertieft in ihren Plausch mit einem Model namens Gustav, um mir zuzuhören.

Ich entließ mich aus meiner Fürsorgepflicht und suchte mir eine ruhigere Ecke, die nicht ganz so verqualmt war. Als ich an einem der Martinis nippte, kam mir mein Leben in Bombay wieder in den Sinn; dort war die Einladung zu der Verlobungsfeier einer Cousine oder Freundin – auf der ich mir von meinen Verwandten unvermeidlich eine Standpauke nach der anderen anhören mußte – das absolute Highlight der Woche gewesen. Nie hätte ich mir träumen lassen, einmal von Menschen wie denen, die sich heute hier in dieser Bar zusammenfanden, umgeben zu sein.

Mitten unter ihnen fühlte ich mich stolz, unabhängig, als eine von ihnen. Ich fühlte mich im freien Fall, aber ich *wußte*, daß ich am richtigen Platz landen würde.

Ich trank gerade soviel Martini, um mich in einen angenehm berauschten Zustand zu versetzen – die wenigen Schlucke Wodka würden mir heute helfen einzuschlafen. Ich gab den Mädchen zum Abschied zwei Küsschen auf die Wange, überließ ihnen den Wagen und sprang selbst in ein Taxi, das mich zum Hotel bringen sollte.

Unser Flug nach New York sollte erst am nächsten Nachmittag gehen.

Die Frauen wollten die Zeit vorher für sich nutzen, also entschied ich mich für etwas, das ich nie zuvor getan hatte: allein in einem Restaurant zu essen. Meine Wahl fiel auf ein Café in der Nähe, in dem ich, wie ich schnell bemerkte, nicht der einzige Gast ohne Begleitung war. Ich bestellte ein Croissant, Kaffee und Rührei, legte das Taschenbuch, das ich mitgebracht hatte, auf den Tisch und fing an, mich wie eine *wirklich unabhängige Frau* zu fühlen. Ich muß gestehen, daß ich das Buch eingesteckt hatte, um etwas zu tun zu haben und nicht blöd durch die Gegend zu gucken oder mit den Salz- und Pfeffer-Streuern zu spielen. Schon bald jedoch machte es mir Spaß, die Leute zu beobachten oder glücklich und zufrieden einfach aus dem Fenster zu schauen.

Am Tisch neben mir saßen zwei Amerikaner, die sich mit dem gleichen Enthusiasmus über Rohre und Baustoffe unterhielten, mit dem Steven Spielberg und Tom Hanks ihren nächsten großen Deal ausdiskutiert hätten. Ich bemühte mich wegzuhören, fand ihre Unterredung aber schon deswegen so faszinierend, weil zwei erwachsene Männer sich ihren Traum erfüllt hatten. Ich stellte mir vor, wie sie sich in ihrer Jugend immer gesagt hatten: »Wenn ich mit dem College fertig bin, will ich mir im Vertrieb meinen Lebensunterhalt verdienen.« Vermutlich lebten sie mit ihren hinreißenden Frauen in Nebraska, die sich wahnsinnig über einen weißen Seidenschal und ein – ein wenig heruntergesetztes – Parfüm freuen würden, das ihre Männer ihnen aus dem exotischen, glamourösen Paris mitbrachten.

Das Mittagessen allein hatte etwas Befreiendes. Ich fühlte mich, wie soll ich sagen, auf eine Art geerdet, die ich vorher nicht kannte.

Als ich die letzten Reste meines Rühreis mit einer Scheibe Toast auf die Gabel schob, überkam mich wieder jenes Grundvertrauen, das ich am Abend zuvor schon gespürt hatte. Sicher, ich konnte weiter hoffen, daß der für mich bestimmte Mann noch kommen würde.

Zum ersten Mal aber war die Tatsache, daß er sich mir noch nicht vorgestellt hatte, vollkommen okay.

Zweites Kapitel

»... und ich sah mir die unzähligen, ganz gewöhnlichen, mitnichten verrückten Frauen an, die begriffen haben (und weiter begreifen), daß von einem Leben ohne Mann die Welt nicht untergeht.«

Leanna Wolfe in: *Women who may never marry*

Früh am Sonntag morgen klingelte das Telefon an meinem Bett. Ich wußte, daß es nur meine Mutter sein konnte.

»*Beti*, schläfst du noch?« hörte ich ihre Stimme schrill über die Weltmeere hinweg. »Bei dir muß es doch, wie spät?, mindestens schon neun sein.«

»Mum, es ist Sonntag«, antwortete ich verschlafen und rappelte mich langsam aus meinen großen, flauschigen Kissen hoch. Ich steckte nach dem anstrengenden Paris-Trip noch im Jetlag, das Gefühl aber, für mich auf einem neuen Weg zu sein, hatte sich nicht verloren.

»Und, was hast du heute vor? Gehst du irgendwohin? Triffst du jemanden? Gibt es was Neues?« feuerte meine Mutter ihren üblichen Fragenkatalog ab, ohne sich um meinen semi-komatösen Zustand zu scheren.

»Ich habe lediglich viel zu tun, Ma, sonst ist alles beim alten.«

»Hah, na gut, ich wollte dir auch nur erzählen, was ich neulich gehört habe. Erinnerst du dich an meine Freundin Guni? Die nach London gegangen ist? Sie hat eine Tochter, Seema, die ein bißchen jünger ist als du. Erinnerst du dich?«

»Ja, Mum«, log ich. »Was ist mit ihr?«

»Also Seema lebt in London und hat einen ganz reizenden

Jungen aus *Umrica* kennengelernt, und weißt du wie? Über den Com-pu-ter! Irgend so eine E-Mail-Free-Mail-Geschichte. Du weißt doch, was das ist, *Beti*, oder? Hier spricht man von nichts anderem mehr. Seema und der Junge haben sich auf dem Com-pu-ter ewig hin und her geschrieben, und, da siehst du's mal, haben sich dann auf der Hochzeit ihrer Cousine in London getroffen, und dann haben sie sich verlobt, alles innerhalb von ein paar Wochen, so hurtig-hurtig kann es gehen. *Beti*, warum machst du denn nicht auch mal solche Sachen auf dem Com-pu-ter?«

»Ganz einfach, Ma, weil sich im Netz nur Idioten tummeln. Das funktioniert nicht. Seema hatte Glück, weiter nichts.«

»Aber so versuch es doch wenigstens. Man kann nie wissen, vielleicht ist zufällig einer von den netten Jungen auch gerade an seinem Com-pu-ter. Versuch es doch wenigstens. ... Und hah«, fuhr sie, das Thema wechselnd, fort, »stell dir vor, Vikram und Mira, du weißt schon, diese große, große Hochzeit, auf der du warst? Nun, Mira ist wieder zu ihren Eltern gezogen, nach so kurzer Zeit. Ganz Bombay redet darüber. Kannst du dir das vorstellen?«

»Warum? Was ist denn passiert?« fragte ich mit einer Mischung aus Neugier und Parteinahme.

»Niemand rückt richtig mit der Sprache raus«, sagte meine Mutter mit unvermittelt gedämpfter Stimme, »aber es heißt, es gäbe Probleme im *Schlafzimmer*.«

Ich konnte meiner Mutter förmlich dabei zusehen, wie sie Tausende von Meilen entfernt bei dem bloßen Gedanken daran, daß ein Schlafzimmer in einer Ehe eine Rolle spielen konnte, rot wurde. Ich lächelte, verabschiedete mich, richtete Grüße an den Rest der Familie aus und verkroch mich zufrieden erneut unter meiner Decke.

Nachdem ein neuer Stylist das verabredete Mittagessen abgesagt hatte, fand ich mich drei Tage später plötzlich unvermutet allein in meinem kleinen Büro wieder. Der Tag hatte gut angefangen: Len Maverick hatte zum wiederholten Mal angerufen, um zu sagen, wie zufrieden er mit seiner Medienpräsenz seit Paris sei und daß sich gerade ein Redakteur des TV-Magazins Today bei ihm gemeldet habe. Ein anderer Kunde, Bebop-Taschen-Designer, ließ Blumen schicken, um sich für den Bericht über seine neue Kollektion in Women's Wear Daily zu bedanken. Und ein junger, vielversprechender Modist hatte Marion und mich angeschrieben, um für die nächste Woche ein Vorgespräch über eine eventuelle Zusammenarbeit zu vereinbaren.

Soviel Trubel, und es war noch nicht einmal eins.

Zufrieden mit dem, was ich am Vormittag geschafft hatte, ging ich ins Internet und rief direkt die Seite Desimatch.com auf, angeblich die »erste Adresse für einsame Inder fernab der Heimat im Netz«.

»*Hai Ram*«, murmelte ich vor mich hin. »Selbst im Cyberspace ist alles noch hochdramatisch.«

Ich richtete mir ein neues E-Mail-Konto ein, klickte auf das Portal des Anbieters und hatte sofort ein paar kitschige *Mehendis* – Körperbemalungen – sowie Bilder von Frauen in rotgoldenen Saris und schmächtige Männer mit Turbanen auf dem Kopf vor mir. Das hier war Hardcore, soviel stand fest. Hier ging es nicht darum, sich mal eben spontan einzuloggen und vielleicht einen Freund zu finden, sich mit jemandem zum Ausgehen zu verabreden oder einfach etwas in Gesellschaft zu unternehmen. Nein, dieses Portal sollte in wenigen, simplen Schritten in die Ehe führen.

Unter der Vielzahl an Kategorien und Möglichkeiten stellte ich meinen Anforderungskatalog zusammen: Alter: 30–35; Größe: 1,73 m–1,80 m; Statur: schlank-normal; Hautfarbe: hell/dunkler Weizen; Wohnsitz: New York/New Jersey; Kaste: Sindhi; Religion: Hindu; Bildung: mind. College.

Das ist es, dachte ich bei mir und lehnte mich, die Augen weiter auf meine Angaben geheftet, in meinem Stuhl zurück. Konkret, aber flexibel. Anspruchsvoll, aber nicht zu fordernd. Genau die Kriterien, die sich meine Eltern wünschten.

Ich drückte auf »Eingabe« und wartete.

»*Kein Partner mit entsprechenden Übereinstimmungen gefunden*«, kam die Antwort.

»Ich hab's gewußt«, sagte ich leise zu mir. »Nun frage ich schon nicht nach den ausgefallensten Persönlichkeitsmerkmalen, und trotzdem gibt es keinen passenden Partner.«

»*Wir schlagen Ihnen vor, die Suche zu erweitern*«, las ich als nächstes.

Das tat ich, indem ich das Alter etwas weiter faßte, bei der Größe nach unten ging, und selbst die Hautfarbe modifizierte ich auf »dunkel«: Hey, der Kerl konnte schließlich noch immer »Promise of Fairness« benutzen. Bei »Wohnsitz« gab ich nun, in der Annahme, daß er oder ich aus Liebe durchaus eine gewisse Distanz überwinden konnten, »USA« ein. Bei Kaste oder Religion hingegen beließ ich es beim alten. Soviel hatte ich damit nun auch wieder nicht geändert.

»*Elf Partner gefunden*« verkündete mir der Text auf dem Bildschirm optimistisch, und ich war überrascht, daß mir das einen kleinen Kick gab. Die Sache versprach, Spaß zu machen.

Ich blätterte mit der Maus nach unten.

»Hallo, ihr schnuckeligen Inderinnen da draußen«, tönte jemand, der unter »Delhi-Stud.« geführt wurde. »Wenn du das Salz bist, bin ich der Pfeffer. Laß uns zusammen mehr Geschmack in unser Leben bringen!«

Ich blätterte weiter.

Der nächste potentielle Bewerber hatte ein Bild von sich eingescannt. Er war ganz in Schwarz gekleidet, trug eine dicke Goldkette um den Hals und saß zurückgelehnt und von Blumen und Sträuchern umringt auf einer Parkbank. Ich fand das Foto haarsträubend unpassend, als wenn Tony Soprano plötzlich über eine grüne Wiese tänzeln würde.

»Hi, Ladies, wer von euch glaubt, die Richtige für mich zu sein? Ich bin ein männlicher Typ, mag aber romantische Strandspaziergänge im Sonnenuntergang! Ich liebe Blumen und würde dir gern eine dieser bezaubernden Rosen pflücken und sie dir schenken! Aber wie kann ich das, wenn du so weit weg bist? Also, Ladies, hinterlaßt mir eine Nachricht und schreibt mir, was euch in euerm tiefsten Herzen bewegt, damit ich euch davontragen und all eure Gebete erhören kann!«

Gott sei Dank war mein Mittag heute ausgefallen.

Ich blätterte nach unten.

»Ich bin ein grundanständiger, unschuldiger, geschiedener Mann. Vorher war ich mit einer irren, völlig verrückten weißen Frau verheiratet, die nur hinter einer Green Card her war. Sehne mich nun nach Frau Nummer zwei. Ich bin ein ehrlicher, guter Mensch. Bitte sei so lieb und antworte mir umgehend.«

Ich lachte. Das war *viel besser* als ein Mittagessen.

Wenn ich nun Zeit hatte, wandelte ich auf Cyberspace-Pfaden. De facto war ich, von einigen Unterbrechungen abgesehen, seit gut einem Jahr New Yorkerin, hatte aber in der ganzen Zeit mit kaum einem Mann mal eine Verabredung zum Essen gehabt. Und ich lebte in einer Stadt, die – so hatte ich es jedenfalls immer verkauft – bis in die Spitzen der Wolkenkratzer voll war mit klugen Bankern, gebildeten Anwälten, cleveren Computer-Freaks, die aus Indien hierher emigriert waren, Menschen wie ich, die darauf hofften, in der Ferne ein Stück ihrer Heimat zu finden und das Herz einer Landsmännin zu erobern. Mein Onkel und meine Tante hatten sich von diesem Bild mehr oder weniger verabschiedet; dem Anschein nach hatten sie mich auch schon aufgegeben. Und die Möglichkeiten, die sich auf der Arbeit ergaben, jemanden kennenzulernen, beschränkten sich zumeist auf schwule Männer oder gelegentlich auf einen glatzköpfigen Italiener mit angesagtem Dreitagebart und engem Markenanzug. Ganz nett, aber nichts, was man mit nach Hause nahm und der Mama vorstellte.

»Sheryl, hast du es mal mit diesem Internet-Daten versucht?« fragte ich meine Freundin eines Abends bei einem Wodka und *Blinis* in einem russischen Teehaus.

»Ich würde zwar gern jemanden kennenlernen, aber so verrückt bin ich nun auch wieder nicht«, entgegnete Sheryl und häufelte eine weitere Ladung Kaviar auf ihr kleines Stück Eierkuchen. Gott segne das Spesenkonto.

»Oh«, sagte ich, biß mir auf die Unterlippe und fühlte mich auf einmal, nun ja, verzweifelt.

»Glaub, mir, online gehen nur die Loser.«

»Na, ich weiß ja nicht, wie wahr das ist – ich gehe auch online und bin kein Loser. Es gibt inzwischen einige Kontaktbörsen für Inder, und wenn man bedenkt, wie viele junge Inder in sonstwelchen Ecken der Welt sitzen, die man gar nicht treffen würde ... Ich finde, das ist eine gute Sache. Es beschleunigt den Prozeß.«

Sheryl lehnte sich auf der Bank zurück und seufzte.

»Schätzchen, es gibt nur eine Möglichkeit, jemanden zu treffen, und die heißt ausgehen. Geh auf Partys, in Bars, auf Abendessen in kleinen Runden. Bitte deine Freunde, dich mitzunehmen. Spann deine Dating-Muskeln. Alles, was du machst, sind Pressetexte schreiben und deine Mummy in Bombay anrufen. Was willst du da erwarten? Vielleicht triffst du deinen indischen Prinzen nicht gleich auf Anhieb, aber wie willst du rausfinden, was draußen passiert, wenn du den Dingen keine Chance gibst? Such dir eine Affäre, fahr mal ein Wochenende weg, probier dich aus, geh auf Entdeckungsreise. So entstehen Beziehungen, darum geht's, und nicht um den frommen Wunsch, am ersten Abend gleich seinen Göttergatten zu finden.«

Ich wußte, was Sheryl mir zu sagen versuchte, und grundsätzlich fing ich sogar an, ihr zu glauben. Aber auch über den altmodischeren Umgang mit diesen Themen gab es eine Menge zu sagen – meine Mutter hatte sich schließlich noch an die überlieferten Regeln gehalten und war wunschlos glücklich.

Doch ich war nicht meine Mutter, also war es fürwahr an der Zeit für mich, etwas Neues auszuprobieren.

Nachdem ich ein paar Wochen lang regelmäßig drei unterschiedliche indische Dating-Websites besucht hatte, stieß ich auf einen Eintrag, der mir den Versuch wert schien. Ein zweiunddreißigjähriger Geschäftsmann aus Houston. Seine aufrichtige, direkte Anzeige wollte mich nicht mehr recht loslassen.

»Ich hätte nie gedacht, daß ich so etwas mal machen würde, aber ich weiß, daß es Zeit ist, etwas Neues zu versuchen, da die alten Methoden für mich nicht mehr greifen. Ich kam mit meiner Familie in sehr jungen Jahren nach Texas, wo ich seitdem lebe. Ich arbeite als Vertriebsleiter in einer Firma für Bürobedarf. Noch wohne ich bei meinen Eltern, doch das soll sich ändern, sobald ich verheiratet bin. Ich bin ein umgänglicher, unternehmungslustiger Mensch, der sich selbst als eine gesunde Mischung aus östlicher und westlicher Kultur beschreiben würde. Ich wünsche mir eine Frau mit ähnlichen Eigenschaften, eine, die sich unbeschwert unter Amerikanern bewegen kann, und sich in einem Sari trotzdem noch wohl fühlt. Wenn du glaubst, dich darin wiederzuerkennen, melde dich. Auf deine Größe/Gewicht/Hautfarbe kommt es mir nicht an. Mich interessiert mehr, was für ein Mensch du bist.«

Ich tat, was ich in solchen Situationen und bevor ich weitere Schritte unternahm, immer tat: Ich rief zu Hause an.

»Aber was weißt du denn über seine Familie, *Beti*?« fragte meine Mutter.

»Nichts, aber solange ich nicht mit ihm in Kontakt trete, werde ich es auch nicht erfahren. Mach dir keine Gedanken. Ich werde ihm meine Telefonnummer oder Adresse schon nicht geben.«

Mein Vater übernahm den Hörer.

»Was macht der Junge denn beruflich?« erkundigte er sich streng.

»In seiner E-Mail hat er geschrieben, daß er Vertriebsleiter für Bürobedarf ist. Hört sich doch gut an, findest du nicht?«

»Hm, ein Klinkenputzer sozusagen. Was glaubst du, verdient er im Monat? Genug, um dich zu ernähren?«

»Dad! Ich habe ihm bis jetzt noch nicht mal geschrieben. Ich wollte euch nur Bescheid sagen, was ich vorhabe, und das habe ich hiermit getan. Meine Güte, ich finde nie jemanden, wenn ihr weiter so pingelig seid. Ihr haltet mir vor, daß ich wählerisch bin. Guckt euch doch selbst mal an!«

»*Beti*«, sagte mein Vater beschwichtigend, »wir sind wenigstens bei den richtigen Dingen wählerisch. Du beschwerst dich, wenn der Jungen nicht die richtigen Socken anhat. Aber, hah, egal, schick du ihm eine E-Mail und finde mehr über ihn heraus. Und sonst, *Beti*, ist bei dir alles klar?«

Nachdem wir aufgelegt hatten, entwarf ich eine Antwort-Mail nach der anderen, jede schlechter als die davor. Wenn das so weiterging, würde Mr. Tex-Mex eine Frau und zwei Kinder haben, bevor ich ihm jemals guten Tag gesagt hätte.

Am Ende kam folgendes dabei raus:

»Hi. Ich habe deine Anzeige gelesen und finde, du hörst dich interessant an. Ich lebe in New York und arbeite in der Medienbranche. In meinem Herzen bin ich eine Inderin durch und durch, aber viele meiner Freunde kommen aus anderen Kulturen und Welten. Ich bin neunundzwanzig Jahre alt, und da du schreibst, daß du dich offensichtlich nicht auf die reinen Äußerlichkeiten fixierst, spare ich sie mir an dieser Stelle. Wenn du Lust hast, diese Unterhaltung fortzusetzen, würde ich mich freuen, von dir zu hören.«

Eine Stunde später kam die Antwort.

»Hallo. Ich heiße Kumar, und du? Sollen wir telefonieren? Kannst du mir ein Photo von dir schicken?«

Ich war wie vor den Kopf geschlagen. Das war ja wohl das Cyberspace-Pendant zu der Aussteuertruhe, deren Deckel sich öffnete, kaum hatte man das erste Treffen in einem Coffee Shop hinter sich.

»Hallo«, schrieb ich zurück, »bevor wir telefonieren oder ich dir ein Photo schicke, würde ich dich eigentlich gern erst auf diesem Weg näher kennenlernen. Das wäre mir lieber. Ich hoffe, das ist okay für dich.«

Bevor ich mich versah, »chatteten« wir. Zum Glück war Marion schon weg, und im Büro war es an diesem Nachmittag auch relativ ruhig. Kumar hatte eine angenehme Art, sich auszudrücken, und zudem beherrschte er die Rechtschreibung. Viele der anderen Bewerber auf der Site konnten noch nicht mal das Wort »Hochzeit« richtig buchstabieren, was ich für ein schlechtes Omen hielt.

Kumar jedoch wirkte gebildet und eloquent – er hatte seinen Abschluß an der University of Texas gemacht, war nun in gehobener Position bei einem landesweit tätigen Unternehmen beschäftigt und führte ein Leben, das ein paar gute Freunde, Grillfeste am Wochenende sowie Besuche von Comedy- oder Jazzclubs nicht auszuschließen schien. Beschaulich. Nett. Ein Leben, in dem ich mich sehen konnte. Und nicht zu vergessen, Kumar kämpfte mit den gleichen Themen wie ich – Amerikaner oder Inder, Frau oder Lebensgefährtin, Bindi oder Burger.

Nachdem wir etwa eine Stunde gechattet hatten, beschlossen wir doch, aufs Telefon umzusteigen. Wir verabredeten uns für den nächsten Tag und peilten, wenn alles gut lief, für eines der kommenden Wochenenden das erste Treffen an.

»Vielleicht ist es das«, erzählte ich Sheryl noch an diesem Abend aufgeregt am Telefon. »Er hört sich so *nett* an. Nach allem, was ich hinter mir habe, könnte er es vielleicht sein.«

»Du hast noch nicht mal mit ihm gesprochen«, pfiff Sheryl mich ungehalten zurück. »Er könnte ein Serienvergewaltiger sein. Mein Gott, ich bin mir sicher, daß selbst Jeffrey Dahmer einen *netten* Eindruck auf die Leute gemacht hat, als sie ihm zum ersten Mal begegneten. Jetzt hör schon auf, dich da in etwas reinzusteigern.«

Ich wechselte auf die defensive Schiene. Sicher, ich war manchmal etwas naiv, aber ich zählte das gleichzeitig zu meinen liebenswertesten Eigenschaften.

»Hast ja recht«, sagte ich und beschloss, das Thema nicht weiter zu verfolgen, bis ich Kumar getroffen und mich davon überzeugt hatte, daß er tatsächlich derjenige welcher war. »Und was hast du die Tage so gemacht?«

»Och, ich war gestern mit dem Typ von meinem Jujutsu-Kurs Sushi essen. Ich hatte schon seit Wochen ein Auge auf ihn geworfen; er ist echt ein ganz Süßer. Er fährt einen alten Morgan, Wahnsinn. Aber wie er meine Wasabireste vom Teller geputzt hat, das hat mich irgendwie irritiert. Und er hat mehr Lachsstückchen gegessen als ich, nicht zu vergessen den Sake, den er in einem Rekordtempo runtergespült und dann trotzdem erwartet hat, daß ich die Hälfte der Rechnung bezahle. Er hat heute vormittag angerufen, aber ich habe keine Lust, ihn wiederzusehen«, erzählte Sheryl. Ich hörte, wie sie am anderen Ende der Leitung ihre Fingernägel feilte.

»Aber er war doch trotzdem ganz nett, oder?« fragte ich. »Warum gibst du ihm nicht wenigstens eine zweite Chance? Mich wundert wirklich nicht, daß in New York jeder als elendiger Single durch die Gegend läuft. Die kleinste Kleinigkeit reicht, und ihr gebt auf. Meine Mutter sagt immer, das ist, wie wenn man bei der ersten Kakerlake gleich umziehen will. Eine totale Überreaktion, wenn du mich fragst.«

In Vorbereitung auf das Telefonat mit Kumar hatte ich alle Hände voll zu tun. Ich sang eines meiner vielen Mantras und hielt eine kleine *Ganesh-Puja*-Zeremonie ab. Ich verwendete zehn Minuten auf eine spirituelle Reinigung, die, wie man sagte, meine Aura von negativen Schwingungen befreien sollte. Ich zündete zwei rosafarbene Kerzen an – Symbol für Romantik und Vereinigung – und rieb meinen Rosenquarz, einen Stein, der die Kraft haben sollte, den Weg der Liebe zu ebnen. Darauf legte ich eine Luther-Vandross-CD in die Anlage und schaltete die Lichter aus.

Wo die echte Verführung ausgeschlossen war, sollte wenigstens die virtuelle funktionieren. Ich nahm mir vor, charmant, clever, warm und ein bißchen flirtig zu klingen. Ich nahm mir vor, ihn schon mit dem ersten Satz für mich zu gewinnen.

Zur verabredeten Zeit wählte ich die Nummer, und er nahm sofort ab. Er sagte, er freue sich, mich zu »treffen«, worüber wir beide lachen mußten. Er erzählte mir von seiner Arbeit, seiner Familie, seinen Freunden, von den Kernstücken eben, die das Leben eines Menschen ausmachten. Und er fragte auch ausführlich nach mir. Meine Arbeit, die Leute, mit denen ich tagtäglich zu tun hatte, schienen ihn zu beeindrucken. Für ihn hörte sich das aufregend an, ganz anders als seine, so wörtlich, »Papier-Umstapelei«, mit der er sich die Zeit vertrieb. Da war etwas zwischen uns, und wir beide merkten es.

Gerade, als wir beratschlagten, wann wir das nächste Mal telefonieren und danach eventuell ein Treffen verabreden wollten, fragte er mich, ob ich meinen Eltern von unserer kleinen, über die E-Mail generierten Liaison erzählt habe. Ja, sagte ich, ich hätte sie angerufen.

»Oh, du lebst gar nicht mit ihnen zusammen?« hakte er nach. »Das hatte ich angenommen.«

»Nein, sie sind in Bombay. Ich bin hier.«

»Aber mit wem wohnst du denn dann?«

»Mit niemandem. Ich lebe allein.«

Schweigen.

»Ähm, okay«, stammelte er. »Ich muß jetzt los. Du hast meine Nummer, und ich habe deine. Laß uns zusehen, daß wir bald mal wieder plaudern, hm? Okay, mach's gut.«

Ich hörte das Klicken.

Ich versuchte mir einzureden, daß er *wirklich* auflegen mußte, daß vielleicht ein dringender Anruf reinkam. Aber natürlich wußte ich, daß dem nicht so war. Er war davon ausgegangen, daß ich ein typisch indisches Mädchen war, das solange bei seinen Eltern lebt, bis der richtige Bräutigam kommt. Immerhin wohnte er ja auch noch bei seinen. Daß ich mit meiner Vermutung richtig lag, merkte ich spätestens, nachdem ich trotz zweier unverbindlich formulierter Mails, in denen ich ihm mitteilte, wie nett ich unser Gespräch gefunden hatte und wie sehr ich mich freuen würde, bei Gelegenheit daran anzuknüpfen, nichts mehr von ihm hörte. Sheryl hatte sich geirrt: Selbst wenn Kumar auf das Internet zurückgriff, um eine Frau zu finden, war er noch lange kein Loser. Er war schlicht wie jeder andere Mann, den ich kennengelernt hatte: leicht zu verunsichern und engstirnig. Viel später würde einer meiner einfühlsameren Verwandten den Satz wiederholen, den jede indische Frau in meiner Situation überall auf der Welt zu hören bekam: »Der Junge, der für dich bestimmt ist, ist schon geboren. Du mußt ihn nur finden.«

Nach all den Jahren, die ich in der wirklichen Welt vergeblich nach ihm gesucht hatte, war mir klar, daß ich auch im Cyberspace nicht fündig würde.

Drittes Kapitel

»Und nun kommen wir zu der Großen Straße ... zu der Großen, Breiten Straße, die das Rückgrat aller Hindi ist ... wie der Fluß des Lebens, der nirgendwo sonst auf der Welt existiert.«

Rudyard Kipling in: *Kim*

Kurz darauf schnurrte ich schon wieder über die in Samt gebetteten Gleise des Agenturalltags. Marion zog sich mehr und mehr aus der PR-Szene zurück und überließ mir quasi die Geschäftsführung. Wir hatten inzwischen doppelt so viele Mitarbeiter und avancierten zu der bedeutendsten Event- und PR-Agentur der Stadt. Der Trip nach Paris wurde einer von vielen, ergänzt von Reisen nach Cannes und Capri, Mailand und München. Wo immer es eine Party zu feiern, ein Parfüm zu launchen, einen Designer vorzustellen gab – wir waren da!

Ich war gerade von einem längeren Aufenthalt in Bombay, wo ich der Hochzeit meiner jüngeren Cousine Nina beigewohnt hatte, nach New York zurückgekehrt. Dort hatte ich die Möglichkeit eines Lebens in Accra in Erwägung gezogen. Und ich hatte mich in einen Mann aus Madrid verliebt, den ich nur vom Photo kannte. Ich hatte meinen Eltern versprochen zu bleiben, nicht lange, nur eine Weile, bis wir – wie mein Vater es ausdrückte – »unsere Hausaufgaben gemacht« hatten. Zwei Wochen später gab ich auf und kam nach New York zurück. Meine Eltern hatten zu diesem Zeitpunkt keine andere Wahl, als die Zügel lockerer zu lassen. Meine Mutter betete und fastete und sang weiter ihre Mantras, um wider jede Vernunft die Hoffnung nicht fahren zu lassen, daß am Ende doch noch alles gut ausginge. Meine ständige Reiserei machte es mir selbst hingegen fast unmöglich, mich spirituellen Ritualen zu unterziehen: Ich jedenfalls fand es relativ beschwerlich, während eines Zwischenstops in Frankfurt bei Vollmond eine *Puja* zu zelebrieren.

Ich hatte Sheryls Ratschlag befolgt und war wirklich und wahrhaftig viel »draußen« unterwegs, aber es machte keinen Unterschied. Ich war schließlich soweit zu akzeptieren, daß es so etwas wie einen göttlichen Fahrplan für diese Dinge gab. Wie ein Seher in Dubai mir sagte: »Wenn die Zeit kommt, könntest du dich noch in dem letzten Felsloch verstecken, und er würde dich trotzdem finden.«

Für meinen Bruder Anil rückte der Zeitpunkt seiner eigenen Eheschließung immer näher. Ich erwartete täglich den Anruf meiner Mutter, in dem sie mir von seiner Verlobung erzählen und unter Tränen flehen würde: »Allmächtiger, gib, daß ich diese Erde nicht verlasse, bevor ich auch meine Tochter verheiratet weiß!«

Anil hatte allerdings seine eigenen Vorstellungen. Er war ein erstaunlich konservativer junger Mann, der, ohne daß man es ihm ausdrücklich sagen mußte, sehr genau wußte, wie ein Haushalt mit der Schwiegertochter stehen und fallen konnte. Genau wie Anand hatte auch er nicht die Absicht, jemals auszuziehen. Beide wollten mit ihren Frauen in das Haus einziehen und ihre Kinder zur Welt kommen sehen, wo auch sie geboren wurden, und sich um meine Eltern kümmern, wenn sie alt waren.

Entsprechend suchte Anil nach einer ganz bestimmten Frau, einer, die sich bedingungslos den bestehenden Regeln anpaßte und sich mit jedem Mitglied der Gemeinschaft sensationell verstand, die aber auch Humor, Charme und eine Persönlichkeit mitbrachte. An Angeboten mangelte es ihm nicht, und bei jedem stellte er sich die Frage: »Wird sie zu meinen Eltern so gut sein, wie sie es zu mir ist?«

Im Westen hätte man ihn als Weichei abgestempelt.

Für uns aber war er der pflichtbewußte und liebende Sohn, der all die Segnungen, die er erfuhr, ohne jeden Zweifel verdient hatte.

Seine Schrullen hatte er trotzdem. So mochte er keine Frauen, die sich ein bißchen auffälliger zurechtmachten, entsprechend hatte er einer Verehrerin einen Korb gegeben, die in einem kurzen Top und einer ins Haar gesteckten Sonnenbrille zu der Verabredung erschien. In den Fällen, in denen das Mädchen zufällig in den Staaten lebte, wurde ich gebeten, sie mir anzusehen. Eine mißfiel mir, weil sie ein etwas arg freizügiges und irgendwo auch billiges türkisfarbenes Lackshirt trug und zudem eine absolute Konversationsniete war: Ihre Antworten auf meine sorgsam ausgearbeiteten Fragen gingen selten über ein »Ja« oder »Nein« oder ein »Na ja, vielleicht« hinaus. Dann war da noch die, auf die meine Familie alles setzte, mein Bruder dagegen weniger, weil er sich noch nicht mal mehr daran erinnern konnte, sie je getroffen zu haben. Meine Eltern redeten ihm also gut zu, »Na los, mach schon, verabrede dich halt noch mal mit ihr!«, was er auch tat, nicht ohne auf dem Weg dorthin Sai Baba um »ein Zeichen« zu bitten.

Und als sie dann mit einer Ray Ban im Haar auf ihn zugeschlendert kam (offensichtlich gab das 1999 in Bombay den modischen Kick schlechthin!), war es das gewesen: Schreiend flüchtete sich mein Bruder in die Malabar-Berge.

Nicht, daß ich mich jemals aufgeben würde. Wohlmeinende Verwandte rieten mir allerdings dazu, »meine Ansprüche herunterzuschrauben«.

»Schatz, du bist nicht Cindy Crawford«, sagte ein Onkel. »Es könnte sein, du mußt nehmen, was du kriegen kannst.«

Während ich mich zuweilen also meinen traurigen Tagträumereien hingab, in denen ich in Polyesterkleidern und dicken Strumpfhosen, die meine behaarten Beine verdecken sollten, als alte Jungfer in einer Kolonie in Poona endete, schöpfte ich gleichzeitig Hoffnung aus den Geschichten anderer Leute, die ihre große Liebe an den ungewöhnlichsten Orten kennengelernt hatten. Ich ließ mich auf einer Soiree in Paris von dem Geschäftsführer einer Modefirma zu einem Tisch geleiten, an dem er mich »einem echten indischen Prinzen, und noch dazu einem Single« vorstellen wollte. Der fragliche Königssohn – klein, bebrillt und mit fischigen Lippen – drehte sich weg, als ich ihm ein hoffnungsfrohes Lächeln zuwarf.

Ich hatte inzwischen einen relativ internationalen Freundeskreis, der schon allein von den vereinten Anstrengungen zusammengehalten wurde, mich glücklich unter die Haube zu bringen. Das Engagement war beispiellos und herzzerreißend. Der Mann meiner Freundin Ava arbeitete in einer Anwaltskanzlei und hatte einen Kollegen, der laut Ava »Inder, erfolgreich, gebildet – perfekt für dich« war.

»Wir werden ihn zum Essen einladen, aber nicht sagen, daß wir das so arrangiert haben«, meinte sie. »Dann wirkt es weniger konstruiert.«

»Klar, ich würde gern mit euch essen«, hatte er gesagt. »Darf ich meine Freundin mitbringen?«

Oftmals kamen diese Dinge über die verschlungensten Pfade zustande: Ein Freund in Monte Carlo hatte mal einen Kollegen in Boston, der ab und zu mit jemandem in New York Tennis spielte.

»Er ist aus Indien!« juchzte meine Freundin. »Angeblich extrem gutaussehend und erfolgreich. Perfekt für dich!«

Aber so perfekt der potentielle Mann auch sein mochte, wenn er sein Gegenüber nicht selbst auch so empfand, gab es nicht mehr viel, was man tun konnte. Es gab ein paar Kandidaten von dem Kaliber, die von der großen, hellen, gutaussehenden Sorte, die meine Eltern in einen wahren Freudentaumel versetzt hätten. Richtige Herkunft, richtiger Hintergrund, richtig in jeder Hinsicht. Geschliffen, elegant, gepflegt und integer. BMW in der Garage und Apartment in einem mit einem Architekturpreis ausgezeichneten Hochhaus. Einfach perfekt; allein, ich war nicht perfekt für sie.

Am Ende lief es darauf hinaus: Es lag an mir. An mir, der ehrgeizigen, enthusiastischen, dramatischen Frau. Ich erinnerte mich zum Beispiel an den indischen Stanford-MBA-Absolventen, der auf eine Dinnerparty in New York kommen sollte. Erin hatte mir gesagt, daß ich dort auch unbedingt hingehen *mußte*.

»Ich bin an dem Wochenende in London«, hatte ich mit Blick in meinen Tagesplaner gesagt.

»Dann flieg zurück«, beharrte sie.

Und das habe ich getan – aber die einzige Chance, die ich hatte, um pünktlich anzukommen, war, in einer Concorde zu fliegen. Ich nutzte mein Miles-and-More-Konto für ein Ticket-Upgrade und kam einige Stunden vor Beginn der Veranstaltung in New York an; damit hatte ich genug Zeit, zu baden, mich zu sammeln, zu schniegeln, zu striegeln und zu beten (dasselbe Mantra, anderes Zielobjekt). Ich las ferner »Die Regeln«, das Buch, über das jeder sprach, und beschloß, sie alle zu befolgen.

Auf dem Fest wurden wir einander kurz vorgestellt, dann verschwand Besagter auch schon im Garten und mischte sich unter die Leute.

»Was machst du hier drinnen?« empörte sich Erin. »Geh raus! Gesell dich zu ihm, flirte, *sprich* wenigstens mit ihm!«

»Ich kann nicht«, erwiderte ich ruhig. »In ›Die Regeln‹ steht, eine Frau sollte einem Mann nicht hinterherjagen. Wenn er mich interessant findet, wird er schon reinkommen und mich finden.«

Eine Stunde später verließ der Stanford-Absolvent mitsamt seinem MBA die Party, während ich in der Küche noch immer mit meinem Glas spielte. Später schlenderte ich nach draußen und setzte mich im Garten auf eine Bank. Ich begann eine Unterhaltung mit einem sympathischen Juden neben mir.

»Und, was hast du so zu erzählen?« fragte er.

»Ich? Oh, nichts weiter. Ich bin erst seit heute wieder zurück.«

»Ach, dann bist *du* die Concorde-Frau!« rief er aus. »Du bist diejenige, die extra eingeflogen kam, um den Typ zu treffen, der gerade gegangen ist.«

»Du hast davon gehört?« fragte ich schockiert.

»Davon gehört? Schätzchen, deinen Anstrengungen ist eine ganze Website gewidmet«, scherzte er. »Die Leute schließen schon Wetten ab. Sie spekulieren über deine Zukunft, tauschen Meinungen zu ›deinem Fall‹ aus, bieten ihre Hilfe an.« Er lachte – aber im Grunde sagte er die Wahrheit. Ich war bekannt als die Frau, die unbedingt einen Mann wollte und sich nicht traute, das zuzugeben.

Es heißt immer, man findet die Liebe seines Lebens, wenn man aufhört, nach ihr zu suchen. Es heißt, daß man genau dann, wenn man mit seinem Job, seinen Freunden und mit Dingen, die mit der Liebe nichts zu tun haben, vollauf beschäftigt ist, dem Mann oder der Frau seiner Träume begegnet.

Ich sage, das stimmt nicht.

Tatsache ist nämlich, daß, wenn man sich nach der Liebe sehnt, nie aufhört, an sie zu denken. Die Hoffnung blitzt in jeder Einladung zu einem Abendessen auf, bei jeder Cocktailparty, auf jedem Flug, jeder Zug- oder Busfahrt. Sie liegt auf jeder Hochzeit in der Luft, bei jedem Sprachkurs, für den man sich anmeldet, oder wenn man den Fensterplatz in seinem Lieblingsrestaurant einnimmt. Unvermittelt weht sie einen von der nächsten Straßenecke an. Morgen könnte es passieren. Oder heute schon.

Es heißt, diese Dinge seien vorherbestimmt. Es heißt, in den Sternen stehe geschrieben, daß die Liebe mannigfaltige Erscheinungsformen hat, und erst in der Entdeckung ihrer Einzigartigkeit findet man die wahre Glückseligkeit.

Ich sage, das stimmt.

Mir hat sich das in einer winzigen, dichten Kette von Ereignissen gezeigt, die mit Madonna ihren Lauf nahmen. Der Superstar hatte seinen Namen einer schillernden Wohltätigkeitsveranstaltung in Los Angeles zur Verfügung gestellt, zu deren Mitorganisatoren ich gehörte. Ich trug einen lilafarbenen Seidensari und sah hoch zum Podium, auf dem Frauen mit phantastischen Körpern in schwarzen Bikinioberteilen und Stringtangas im Rhythmus der Musik mit den Hüften kreisten. Hat deine Mutter eigentlich eine Ahnung, was du hier machst?, fragte ich mich insgeheim.

Hinter mir hörte ich jemanden sagen: »So sollten sich alle Frauen anziehen.« Und er meinte damit nicht die Models, sondern mich. Sein Name war Jason, und er war Schauspieler. Wir redeten den ganzen Abend miteinander und wurden beste Freunde.

Eines Nachmittags dann rief Jason mich an.

»Ich habe deine Zwillingsseele gefunden«, sagte er. »Ich habe den Mann getroffen, den du heiraten wirst.«

Ich verdrehte die Augen. »Vielen Dank, Jason«, sagte ich. »Aber das haben auch schon andere behauptet und sich geirrt. Insofern hält sich meine Begeisterung in Grenzen.«

»Nein, nein, nein«, widersprach Jason. »Ich meine es ernst. Er ist großartig. Auch ein Inder. Ein netter, offener Typ. Glaub mir.«

Wie sich herausstellte, hatten Jason und Rohan sich ein paar Tage zuvor während eines Benefiz-Volleyballturniers in Venice Beach kennengelernt. Danach waren sie noch ein Bier zusammen trinken, und Jason hatte ihm von seiner Freundin erzählt.

»Ich wünschte, ich hätte auch jemanden«, hatte Rohan gesagt. »Es ist kein Spaß, mit neununddreißig noch allein zu sein.«

»Warum gehst du nicht nach Indien zurück und suchst dir dort eine Frau?« hatte Jason in Erinnerung unserer vielen Gespräche vorgeschlagen. »Ich habe eine Freundin, Anju, deren Eltern ...«

Jason brach mitten im Satz ab. »O mein Gott! Natürlich, Anju, sie ist *perfekt* für dich!«

Das alles hatte Jason mir am Telefon erzählt, während ich nach den richtigen Dias für eine Presseaussendung suchte.

»Und, was soll ich deiner Meinung nach nun machen, mein Herz?« fragte ich ihn. »Ich lebe in New York. Er ist in L.A.

Wieder eins der Projekte, die sich am Ende als reine Zeitverschwendung herausstellen.«

»Entfernungen haben dich bislang doch auch von nichts abgehalten«, wandte Jason ein. »Soweit ich weiß, warst du drauf und dran, einen Mann aus Westafrika zu heiraten. Also bitte!«

Zwei Tage später bekam ich eine E-Mail. »Jason hat so begeistert von dir gesprochen«, las ich den Text auf meinem Bildschirm. »Vielleicht sollten wir uns mal kurzschließen?«

So sausten die E-Mails hin und her, oberflächliche zunächst (Geburtsort, Beruf, Interessen), die bald aber tiefgehender, wärmer, forschender wurden. Er war in Kalifornien geboren und hatte sein ganzes Leben dort verbracht. Seine Eltern wohnten eine Stunde von seiner Wohnung in L. A. entfernt, und ich mußte lachen, als er mir sagte, sie würden »sechzigtausendmal am Tag« anrufen. Daß ich in New York, einen Ozean von meinen Eltern weg lebte, störte ihn nicht im geringsten.

»Das ist doch großartig«, hatte er geschrieben. »Was für eine beachtliche Leistung! Du kannst mächtig stolz auf dich sein.«

Wir verabredeten uns für den nächsten Tag zum Telefonieren. Zum ersten Mal verzichtete ich auf jedes spirituelle Ritual, zündete keine Kerzen an, sprach kein Gebet. Was immer auch geschehen würde, würde eben geschehen.

Zwei Wochen lang telefonierten wir täglich (meine Telefonrechnung würde demnächst auf einem Tieflader vorgefahren werden), bis wir beschlossen, uns zu treffen. Dazu stellte er mir jedoch eine Bedingung.

»Ich werde meinen Eltern nichts davon erzählen«, sagte er. »Und ich bitte dich, das gleiche zu tun.«

»Warum?« wollte ich wissen, obwohl ich die Antwort kannte: Sobald wir jemanden aus unserer Familie einweihten, könnten wir die Nachricht auch gleich über CNN verbreiten lassen. Innerhalb weniger Minuten würden die Telefonleitungen erst in meiner Heimat und dann im Rest der Welt heißlaufen; unter der Hand würden Meinungen eingeholt, Einschätzungen durch die Gegend gefaxt, Details abgerufen, Astrologen aufgesucht werden. Meine Eltern würden *alles* über ihn, seine über mich in Erfahrung bringen wollen. Wir hätten mit einer »Beziehungsabstimmung durchs Tantchenkomitee« zu rechnen – und davon hätte Rohan rein gar nichts.

»Wir sollten uns als zwei freie Menschen begegnen«, hatte er gesagt. »Nur so können wir sehen, ob die Sache eine Chance hat.«

Es brachte mich fast um, aber ich mußte seiner Bitte entsprechen. Wie gern hätte ich meiner Mutter in einem unserer Sonntagmorgen-Gespräche Hoffnung gemacht: »Ja, Mum, es *gibt* da jemanden!« Ich wollte sie doch nur in der beruhigenden Gewißheit wiegen, daß ich nicht passiv war, sondern tat, was in meiner Macht stand. Ich war es nicht gewohnt, Stillschweigen über mein Leben zu bewahren – und das wiederum war ungewohnt hart.

Wie der Zufall es wollte, hatte Marion ohnehin vor, mich nach Los Angeles zu schicken, um dort die Möglichkeiten auszuloten, ein zweites Büro zu eröffnen. (Und als sie hörte, daß es in meinem Leben eventuell doch endlich einen Mann geben sollte, hatte sie das Projekt ein bißchen forciert.) Ich erzählte Rohan davon, der vor Begeisterung völlig aus dem Häuschen war.

»Phantastisch! Wir sehen uns dann am Flughafen!« hatte er gesagt.

»Ähm, nein. Ich dachte, ich würde direkt ins Hotel fahren, und wir treffen uns dort.«

Ich hatte alles minutiös geplant; ich würde ankommen, im Hotel kurz entspannen, duschen, mich umziehen und ihm bei unserer ersten Begegnung taufrisch wie eine junge Rose gegenübertreten. Als ich ihm das erzählte, lachte er laut auf. Er meinte, er könne es aber nicht abwarten, mich zu treffen, und daß er der erste sein wollte, der mich die Gangway hinabschreiten sieht. Ich nahm all meinen Mut und mein Vertrauen zusammen, um zu tun, was für mich vorher undenkbar gewesen war: nach einem sechsstündigen Flug die Maschine zu verlassen, um direkt einem »Blind Date« in die Arme zu laufen.

So geschah es, daß wir uns das erste Mal in LAX trafen, am Los Angeles International Airport. Ich hatte mich für Rot entschieden. Er kam auf mich zu und umarmte mich, sagte, daß er sich gedacht habe, daß ich es sei, sich jedoch nicht sicher war, da er – bei meinem schwer modegeprägten Leben – mit »mehr Gepäck« gerechnet hatte.

Ich trat einen Schritt zurück und sah ihn an, diesen dunkelhäutigen, großen Mann mit dem riesigen Strauß Blumen in den Armen und einem vorsichtigen Lächeln im Gesicht.

Es fühlte sich von der ersten Sekunde gut an. Wir gaben zusammen ein *gutes Bild* ab. Er war der Typ Mann, der mir auf einer Familienhochzeit aufgefallen wäre, und vielleicht hätte ich sogar den Maharischi Girdhar nach ihm gefragt. Er war der Typ Mann, für den meine Mutter bei Tante Jyoti angerufen hätte, der Typ, um den man sich mit Goldmünzen, indischen, in Silberpapier eingewickelten und mit Pistaziensplittern verzierten Pralinen bemüht hätte.

Und ich hatte ihn ganz allein gefunden. Na gut, vielleicht hat Jason ein bißchen nachgeholfen.

Rohan war Anwalt für Zivilrecht, schrieb Gedichte und spielte Klavier. Er war kreativ, zuvorkommend und von tiefer menschlicher Wärme. An seiner Seite war es mir egal, was ich anhatte oder ob die Schuhe zu meiner Tasche paßten.

Während meines fünftägigen Aufenthalts gingen wir zusammen essen, ins Kino, redeten stundenlang, ohne ein Ende zu finden. Wir setzten uns auf eine kleine Brücke, die über einen Bach führte, ließen die Beine baumeln und mampften eine köstliche rote Wassermelone. Für mich war das schlicht der glücklichste Tag meines Lebens – der unbeschwerteste, strahlendste und realste von allen.

Als ich nach New York zurückkam, wollte Marion wissen, ob ich das neue Westküstenbüro für machbar hielt. »Oh, ach das«, sagte ich geistesabwesend. »Ja, also, durchaus für machbar, nehme ich an. Da unten gibt es schon eine Menge potentieller Kunden.«

»So sehr magst du ihn also, hm?« fragte sie nur, und brachte damit wieder ihre Kompetenz als Rebirtherin ins Spiel.

»Ja, Marion«, antwortete ich leise. »So sehr.«

Rohan und ich telefonierten an diesem Abend miteinander, und ich erzählte ihm, daß mich ein paar Neukunden und laufende Projekte noch für eine Weile in New York halten würden.

»Aber weißt du«, bot ich ihm an, »ich kann doch kommen und dich einmal im Monat oder so besuchen. Das haut schon hin.«

»Alle paar Wochen in den Flieger steigen – das ist nicht die Art von Beziehung, die ich mir wünsche. Nein, so haut das *nicht* hin.«

Er sagte, daß für ihn das Leben in derselben Stadt eine unverhandelbare Voraussetzung sei. Also tat ich, was jede erfolgreiche Singlefrau in New York auch getan hätte: Ich schlug ihm vor, in *meine* Stadt zu ziehen.

»Komm einfach her«, ermunterte ich ihn. »Hier gibt es einen Haufen Jobs, du wirst sicher schnell etwas finden.«

Er sagte nein. Seinem Vater ginge es nicht gut, und als einziger Sohn wollte er in der Nähe sein.

Ohne daß ich darüber sprach, wußte Marion, was los war.

»Sieh mal, Anju«, sagte sie sanft, »ich glaube, die Idee mit dem Büro in Los Angeles kann wirklich funktionieren, und ich glaube, du bist die geeignete Person, um es auf die Beine zu stellen.«

Ich seufzte und spielte im Kopf die Alternativen durch. Entweder blieb ich hier und testete weiter im Internet regelmäßig meine Chancen auf dem Heiratsmarkt aus, oder ich verbrachte meine Zeit in Los Angeles mit dem Mann, der ohne jeden Zweifel dem, den ich mir unter »dem Richtigen« vorstellte, am nächsten kam. Im Grunde meines Herzens wußte ich, daß, wenn er es nicht wurde, ich die Suche endgültig aufgeben und Missionarin werden konnte.

Doch selbst jetzt ärgerte es mich noch, daß ich mich auf eine *Beziehung* einließ, anstatt, wie ich es hätte tun sollen, auf eine *Ehe*. Mir fehlte der noble Zug an dieser Laß-es-uns-ausprobieren-Haltung. Wir hatten fünf wunderbare Tage miteinander verbracht – was wollte er denn noch?

Trotzdem überzeugte mich Rohan davon, daß ich, wenn ich Klarheit über uns bekommen wollte, Marions Angebot ernsthaft in Betracht ziehen müsse.

So ging ich einen Monat, nachdem Rohan und ich uns kennengelernt hatten, nach Los Angeles, um meinen Posten als »Vizepräsidentin – West Coast Operations« in Marions Firma einzunehmen – eine eindrucksvolle Bezeichnung, wenn man bedachte, daß ich die einzige Mitarbeiterin in dem winzigen Büro nahe dem Sepulveda Boulevard war, das wir angemietet hatten.

Nachdem Rohan sich die neuen Räumlichkeiten angeschaut und mir beim Auspacken geholfen hatte, besuchten wir noch am Abend meiner Ankunft ein nettes Sushi-Restaurant.

»Es wird dir hier gefallen«, sagte er. »Und ich werde tun, was ich kann, um dir die Umstellung so leicht wie möglich zu machen.«

»Es ist vermutlich nur eine Frage der Zeit, habe ich recht?« Ich sah ihn an und tunkte etwas Wasabi in das Schälchen mit Sojasauce. »Ich meine, irgendwas müssen wir unseren Eltern bald erzählen, und dann können wir es genausogut gleich offiziell machen.«

Rohan legte die Stäbchen zur Seite und betrachtete mich aufmerksam.

»Anju, meine Liebe, du bist eine wirklich bemerkenswerte Frau.«

Mein Herz hörte auf zu schlagen. Sollte das die Einleitung zur Trennung werden? Hatte der Hund mich einfach so hierher gelockt?

»Du bist ein umwerfender Mensch, gütig und liebenswert«, fuhr er fort, »und ich fühle mich glücklich und geehrt, jemanden wie dich in meinem Leben zu haben. Aber du irrst dich, wenn du glaubst, daß ich in dieser Sache nach den Regeln der Alten Welt verfahre. Das werde ich nicht tun. Diese Beziehung entwickelt sich in der Zeit, die sie braucht. Ich lasse mir weder von meinen noch von deinen Eltern etwas vorschreiben.«

Der scharfe grüne Meerrettich stieg mir in die Nase und trieb mir Tränen in die Augen. Ich unterdrückte sie mit wiederholtem Blinzeln, während ich mir etwas Reis von den Fingern schabte.

Was meinte er damit? Daß ich in eine dieser westlichen Geschichten hineingerutscht war, in eine dieser unverbindlichen und unkalkulierbaren Partnerschaften? Ich will keinen *Freund*, hätte ich ihm am liebsten ins Gesicht geschrieen. Ich will einen *Mann*!

»Meine Eltern machen sich Sorgen um mich«, sagte ich ruhig. »Erst New York, jetzt L.A. Sie wissen nicht, was mit mir los ist. Das kann ich ihnen nicht antun.« Ich begann zu weinen.

Rohan streckte seinen Arm aus, schob Schüsseln und Teller zur Seite und legte seine Hand auf meine.

»Anju, sei ehrlich«, sagte er weich, »wenn es deinen Eltern egal wäre, wann oder ob oder wen du heiratest, würdest du dann trotzdem hier mit mir sitzen? Wenn ich deine Kriterien nicht erfüllen würde, würden wir dann dieses Gespräch führen? Überleg mal, wo hört deine Mutter auf, und wo fängst du an?«

Jetzt konnte ich erst recht nicht mit dem Weinen aufhören und wühlte in meiner Tasche nach einer Packung Kleenex.

»Bring mich nach Hause«, bat ich leise, bemüht, nicht doch noch einen hysterischen Anfall zu bekommen. Ich umfaßte den diamantbesetzten Talisman des Gottes Durga, den ich um den Hals trug, und rieb den Korallenring an meinem Finger, als ob das helfen würde, den Schmerz zu lindern.

»Bring mich bitte sofort nach Hause.«

Am nächsten Tag riefen zwei neue Kunden an, die ich dem Anrufbeantworter überließ. Rohan meldete sich dreimal, aber auch bei ihm ging ich nicht ran.

Ich war verzweifelt. Und ich war verunsichert. Rohan konnte mir vieles bieten, aber er war nicht in der Lage, mir das zu geben, was ich vielleicht sogar in einer arrangierten Ehe bekommen hätte: eine Garantie, den Ring zu einem bestimmten Stichtag. Und er schloß meine Eltern aus dem Prozeß aus – obwohl er wußte, daß eine Verlobung das Ende ihrer Trauer bedeuten würde. Ich hatte ihm das am Abend zuvor in der Hoffnung, sein Mitgefühl zu wecken, gesagt. Ich hatte ihm gesagt, wie sehr ich meine Eltern liebte, und wie ich es förmlich brauchte zu heiraten – und zwar bald. Die Sorge, die sich darauf auf seinem Gesicht abzeichnete, war nicht zu übersehen gewesen. Er meinte, er würde mich verstehen – schließlich hatte er selbst eine jüngere Schwester –, aber das machte das Ganze nicht richtiger. Und überzeugen würde es ihn auch nicht.

Aus einem Impuls heraus hätte ich am liebsten meine Mutter angerufen und ihr alles gebeichtet, sie und mein Vater hätten es vielleicht regeln können, sie hätten einen Verwandten finden können, der auf Rohans Eltern Druck ausüben würde, den diese dann an ihn weitergeben würden. So liefen die Dinge nun mal.

Aber natürlich konnte ich das nicht tun – nicht nur, weil meine Eltern nichts von ihm wußten, sondern weil Rohan das nicht verdient hatte.

Drei weitere Tage ging ich weder ans Telefon noch aus dem Haus. In dieser Situation konnten mir meine Freundinnen und auch Marion nicht helfen. Das war etwas, mit dem ich allein einen Umgang finden mußte.

Stundenlang meditierte, betete, weinte und schrieb ich während dieser drei Tage. Ich saß im Schneidersitz vor der kleinen Granitstatue des Gottes Shiva, und wieder und wieder, lauter und lauter sang ich mein Mantra: »*Om Namah Shivaya, Om Namah Shivaya.*« Ich wünschte, die Worte könnten mich an einen friedvollen Ort versetzen.

Das Mantra entschied sich für den beschwerlichen Weg dorthin. Ich flehte die himmlischen Mächte um Gehör an – diesmal bat ich um Trost, nicht um einen Bräutigam. Als ich schließlich selbstversunken in den Klängen meines Singsangs abgetaucht war, fühlte ich mich leicht; Tränen rannen mir in Schüben über die Wangen, Schluchzer brachen sich mit einer solchen Macht Bahn, daß ich daneben kaum noch Kraft zum Atmen hatte.

Und dann sah ich es vor mir, mein Thema, so hell wie der lichte Tag. Ich sah, was mich all die Jahre nach vorne, weiter und immer weiter getrieben hatte, sah den Grund all meiner Verzweiflung.

Ich glaubte, die bittere Enttäuschung, die ich für meine Eltern vermeintlich zeitlebens gewesen war, wieder gutmachen zu können, indem ich den »perfekten« Mann fand. Endlich konnte ich etwas tun, wofür sie mich lieben würden. Und ich mußte es schnell tun: die größte Angst, die das kleine Mädchen empfand, das ich tief in meinem Innern immer noch war, bestand darin, daß einer meiner Eltern starb und der andere Teil die Last meines Singledaseins allein auf seiner Schulter tragen mußte. Schon der Gedanke daran erfüllte mich mit quälenden Schuldgefühlen.

Rohan hatte all das längst erkannt – und liebte mich trotzdem.

Schließlich rief ich ihn zurück.

»Hey, ich habe mir Sorgen um dich gemacht«, sagte er. Er war auf dem Sprung zur Arbeit. Ich hatte ihn gerade noch erwischt. »Ich hatte schon überlegt, vorbeizukommen und zu gucken, ob alles in Ordnung ist, dachte aber, daß du vielleicht lieber allein sein möchtest.«

»Das stimmt auch«, entgegnete ich. »Ich mußte nachdenken. Es tut mir leid, wenn ich dich unter Druck gesetzt habe. Das war nicht meine Absicht. Es ist nur … na ja … du weißt schon.«

»Ja, ich weiß«, sagte er. »Auch *ich* habe indische Eltern, wenn ich dich erinnern darf. Und die sind von meinem Leben alles andere als begeistert. Ich gehe hart auf die Vierzig zu. Aber wenn wir es miteinander versuchen wollen, dann müssen wir es auf unsere Art und nach unserem Rhythmus tun. Und wir müssen uns ein eigenes Bild vom anderen machen, das nicht dadurch verwässert wird, was unsere Eltern für uns wollen. Verstehst du das?«

Ja, ich verstand. Es hatte eine Weile gedauert, aber schließlich hatte ich es begriffen.

Ich beschloss, nach Bombay zu fliegen.

Sind da in L. A. nicht dauernd Erdbeben?« fragte mein Vater, als wir vom Flughafen nach Hause fuhren. Er hatte am Rande von meinem neuen Job als Geschäftsführerin der Filiale in Los Angeles gehört, konnte die Eckdaten jedoch noch nicht so recht zusammenbringen. Da er selbst nie lange in den USA gewesen war, ging er rührenderweise davon aus, daß ich tagsüber in L. A. arbeitete, um zum Abendessen wieder pünktlich in New York zu sein.

»Nein, so schlimm ist es nicht«, versicherte ich ihm. »Es ist soweit ganz okay.«

Meine Mutter erwartete uns mit Lockenwicklern im Haar in der Tür.

»*Beti*!« rief sie, als sie mich sah. »Du bist zurück! *Aiii*, wie dünn du bist! Du mußt essen! Iß doch was!« sagte sie und schob mir ein Stück Cashew-*Mithai* in den Mund.

Ich umarmte sie, und als Chotu mit dem Teetablett kam, setzten wir uns.

Zum ersten Mal erkundigte sie sich tatsächlich nach mir, wollte wissen, ob mein Job mir Spaß machte, ob mir mein Apartment in L. A. gefiel und ob ich gute Freunde hatte. Ich überlegte, ob sie womöglich irgendeine Droge zu sich genommen hatte, die sie meinen Singlestatus vergessen ließ, war aber dennoch sehr glücklich über die Veränderung.

Nicht, daß sie lange angehalten hätte. Später, als Anil und Anand aus dem Geschäft zurück waren und wir uns alle zum Essen um den Tisch versammelt hatten, kam die Sprache unweigerlich auf das Thema. Dieses Mal jedoch hatte ich Neuigkeiten zu verkünden, ernstzunehmende Neuigkeiten.

»Mum, Dad, um die Wahrheit zu sagen, es gibt jemanden«, hob ich an, die Berge an Reis und *Dhal* auf meinem Teller ignorierend.

Plötzlich waren alle Blicke auf mich gerichtet, und man hätte eine Stecknadel fallen hören können. Bei meinem Gesichtsausdruck war ihnen sofort klar, daß es mir ernst war.

»Ich habe jemanden kennengelernt, und wir mögen uns, mögen uns sehr. Ich denke, es könnte klappen.«

Meine Mutter ließ ihre Serviette fallen und stieß einen spitzen Schrei aus. »Inder, er ist Inder, oder *Beti*? Bitte sag, daß er Inder ist!«

»Ja, Mum. Er ist Inder, genau wie wir. Alles an ihm ist wie bei uns. Er wird euch gefallen.«

Dann machte ich eine Pause.

»Aber das ist nicht der Grund, warum ich ihn mag. Selbst wenn er eine andere Hautfarbe hätte, würde er mir noch immer gefallen. Er ist warmherzig und klug, und er sorgt für mich.«

Meine Mutter legte ihre Hände aufeinander, schloß ihre Augen und murmelte schweratmend ein Gebet. Mein Vater griff nach einem Stück warmen *Chapatti,* und meine Brüder starrten mich reglos weiter an.

»So so«, sagte mein Vater. »Das freut mich für dich.«

»Wenn es soweit ist, lasse ich euch wissen, was wir entschieden haben«, sagte ich. »Fragt jetzt bitte nicht weiter, und, bitte, setzt mich nicht unter Druck. Wenn es funktionieren soll mit uns, dann wird es das. Er heißt Rohan, und mehr möchte ich dazu nicht sagen.«

In dem Schweigen, das darauf folgte, sahen meine Eltern sich gegenseitig an. Schließlich ergriff mein Vater das Wort.

»Okay, *Beti*. Wir vertrauen dir.«

Meine Mutter hingegen konnte der Versuchung nicht widerstehen.

»Rohan und weiter?« fragte sie. »Ist er groß?«

Sehr spät am Abend rief mich Rohan noch einmal an, und wir sprachen stundenlang miteinander. Ich erzählte ihm von der Unterredung am Eßtisch, wie erleichtert ich mich fühlte, wie klar. Ich erzählte ihm, daß ich die Autonomie unserer Verbindung, seine und meine Unabhängigkeit schätzte. Und dann sagte ich etwas, das ihn von meiner Bereitschaft, den Weg mit ihm zu gehen, überzeugte. Ich sagte, daß, selbst wenn meine Eltern aus welchen Gründen auch immer gegen die Verbindung wären, ich ihn dennoch heiraten würde.

»Dann laß es uns doch tun«, sagte er ruhig mit einer Stimme, die wie die Wellen des Ozeans an- und abschwoll.

»Meine liebste Anju«, fuhr er fort. »Würdest du mir den unschätzbaren, einzigartigen Gefallen tun, meine Frau zu werden?«

Ich zitterte, bevor ich gänzlich zusammenbrach.

»Ja«, weinte ich in den Hörer, den Blick auf die rotblinkenden Leuchtziffern meines Weckers vor mir gerichtet. »Ich kann mir gar nichts anderes vorstellen.«

Als ich meinen Eltern ein paar Stunden später davon erzählte, weinte ich immer noch. Meine Mutter streichelte meine Wange und sagte: »Möge Gott dich auf all deinen Wegen segnen.« Sie war so überwältigt, daß sie noch nicht mal die Kraft hatte, Tante Jyoti anzurufen.

Zwei Wochen später verlobte sich mein Bruder Anil mit der liebenswerten Lavina. Ich vermutete, daß er die ganze Zeit auf mich gewartet hatte. Ich hatte den Eindruck, wir alle hätten platzen können vor Freude. Und als ob sie nicht schon genug zu tun bekäme in nächster Zeit, trompetete meine Mutter überall herum, auch Anand sei »bald soweit«.

Meine Eltern lernten Rohan erstmals zum Auftakt der Hochzeitszeremonien für Anil und Lavina kennen. Wie eine frische Brise kam er in einer indischen Seidenkurta in unser Haus, beugte sich nieder, um erst die Füße meines Vaters und dann die meiner Mutter zu berühren. Mein Vater umarmte ihn mit den Worten: »Ich danke dir, daß du dich für unsere Tochter entschieden hast.« Rohan strahlte ihn an und erwiderte: »Daddy, es ist mir ein großes Vergnügen. Und, wenn ich so sagen darf, Sir, für Sie ist es ein ebenso großer Verlust.«

Meinem Bruder wurde wie allen seinen Cousins zuvor eine typische Bombay-Hochzeit ausgerichtet. Hunderte von Gästen in dem Ballsaal eines Hotels, eine Woche der Feiern und Feste, ein wahrer Ansturm von namenlosen Gratulanten.

Als es für Rohan und mich an der Zeit war, unsere Hochzeit zu planen, entschieden wir uns für einen ebenso feierlichen wie anheimelnden Rahmen. Ich hatte von einem jüngst renovierten Maharadscha-Palast, dem Ananda im Himalaja, gehört – ein faszinierendes altes Gebäude in traumhafter Umgebung. Wenn wir uns einen Ort mit Seele und von spiritueller Kraft wünschten, dann gab es keinen besseren als diesen.

Wenn eine Frau heiratet, ist es egal, ob sie zwanzig oder vierzig ist. Ich war so zappelig und aufgeregt, wie ich es auch als Teenager gewesen wäre. Ja, so neben der Spur war ich, daß eine Freundin mich, als wir die Gästeliste durchgingen, darauf aufmerksam machte, daß ich meinen zukünftigen Mann vergessen hatte.

»Es wäre schon besser, wenn er auch kommen würde«, sagte sie trocken.

Für die Organisation der Hochzeit mußte ich mir einen Monat frei nehmen. (Für eine indische Braut ist es ganz und gar undenkbar, einem Job nachzugehen und gleichzeitig die Hochzeitsvorbereitungen zu koordinieren.) Marion hatte nichts dagegen, da sie wußte, daß sie dabei sein würde und endlich mit eigenen Augen bezeugen konnte, wovon ich ihr in regelmäßig wiederkehrenden Abständen jahrelang erzählt hatte.

Die meisten Sachen mußten in siebenstündiger Autofahrt von Delhi herangeschafft werden. Die Stylistin der Braut wiederum kam aus dem kleinen, benachbarten Dehradun.

»Machen Sie sich keine Sorgen, Madam«, sagte sie und kramte das »Golly Glitter Rouge« aus ihrem Köfferchen. »Wir werden für die besten Hochzeiten von Dehradun gebucht.«

Lasterweise wurden Blumen, reichverzierte silberne Möbelstücke, Gottesstatuen, Tausende Lampionketten und dicke Seidenballen angekarrt. Hunderte von Kissen, unzählige Meter Leinen, kistenweise Silberbesteck. Auch Maibäume, Ottomanen, Sockel und Podeste hatten wir antransportiert – genug, um fünfhundert Quadratmeter gebirgiges Gelände in eine Landschaft zu verwandeln, die sich als perfekte Bühne für eine glückliche hinduistische Hochzeit anbot. Das Ganze erinnerte an eine so ausgefeilte Filmkulisse, daß sich eine Spielberg-Produktion daneben wie die Weihnachtsfeier eines Kindergartens ausnahm.

Der heilige Ganges-Fluß folgte weit unten am Fuß der Berge seinem gesegneten Lauf, und wir waren dem Himmel so nah, daß ich mich nur strecken mußte, um Lord Shivas Hand zu berühren.

Endlich durfte ich danke sagen.

Epilog

»So edel wie Gold und aus dem Land der Jade,
kommt seine Liebste zu ihm.
Und selbst wenn er der Herrscher über Ost und West wäre –
noch kostbarer wäre Anju.

Würde Perlen und Rubine sie ihr eigen nennen,
zufrieden wäre sie dennoch nicht.
Wo, oh, wo ist Rohan gewesen? –
Zwei Herzen schlagen nun im Takt.

Würden sie alle Schätze des Lebens ihr eigen nennen,
zufrieden wären sie dennoch nicht –
komm, meine Liebste und vereinige dich mit mir
und laß uns leben in Harmonie.«

Merelika Shamash

Nicht lange nach meinem sechsunddreißigsten Geburtstag standen Rohan und ich unter einem vollen, leuchtenden Mond, umgeben von züngelnden Flammen und einem Meer von Ringelblumen. Ich hatte mir den Sari umgelegt, den auch meine Mutter, vierzig Jahre zuvor, zu ihrer Hochzeit getragen hatte, ein blaßrosafarbenes Stück, das bestickt mit Seidenfäden war, die die Erinnerung einer ganzen Generation in sich bargen. Rohan führte mich um das Hochzeitsfeuer, und ich folgte ihm, ließ zu, daß die Wärme unser Karma reinigte, daß unser Leben noch einmal begann. Unsere Familien segneten uns mit auf unseren Köpfen ruhenden Händen, und ich vergoß die Tränen einer neugeborenen Frau.

Er war genau das, was jeder sich für mich vorgestellt hatte.

Aber zu diesem Zeitpunkt spielte das schon keine Rolle mehr.